De suite

Van dezelfde auteur

All-inclusive
De vlucht
Zomertijd
Cruise
Après-ski

Suzanne Vermeer

De suite

A.W. Bruna Uitgevers B.V., Utrecht

Omslagbeeld
©Dreampictures
Omslagontwerp
Wil Immink Design

ISBN 978 90 229 9708 6
NUR 305

Derde druk, augustus 2010

Mixed Sources
Productgroep uit goed beheerde bossen, gecontroleerde bronnen en gerecycled materiaal.
www.fsc.org Cert no. CU-COC-802528
© 1996 Forest Stewardship Council
FSC

Dit boek is gedrukt op papier dat het keurmerk van de Forest Stewardship Council (FSC) mag dragen. Bij dit papier is het zeker dat de productie niet tot bosvernietiging heeft geleid. Een flink deel van de grondstof is afkomstig uit bossen en plantages die worden beheerd volgens de regels van FSC. Van het andere deel van de grondstof is vastgesteld dat hiervoor geen houtkap in de laatste resten waardevol bos heeft plaatsgevonden. Daarom mag dit papier het FSC Mixed Sources label dragen. Voor dit boek is het FSC-gecertificeerde Munkenprint gebruikt. Dit papier is 100% chloor- en zwavelvrij gebleekt en wordt geleverd door Arctic Paper Munkedals AB, Zweden.

Tenerife, zomer 1996

1

‘Heb je nog geen heimwee naar het zuiden?’ vroeg Bencomo Roca in het Engels. Joyce boog zich naar voren en kuste hem zacht op zijn lippen. ‘Heimwee? Na al dat feesten voelt het snuiven van cultuur als een verademing.’
Bencomo grijnsde. ‘In het zuiden kun je van alles snuiven, behalve cultuur.’
Joyce lachte te hard om zijn grap, maar het kon haar niets schelen. Ze voelde zich geweldig. Terwijl de zon langzamerhand aan kracht begon te verliezen, zat ze samen met haar prille vakantieliefde op een terras met uitzicht op een prachtige basiliek en de uitgestrekte Atlantische Oceaan. Zijn eau de toilette, vermengd met de heerlijke etensluchten en de zilte geur van de zee, drong in haar neusgaten. Ze haalde diep adem en voelde zich gelukkig. Het kon niet beter.
Na zes dagen zon, strand, zwembad en stappen tot diep in de nacht was dit uitje een welkome afwisseling. De rust die in Candelaria heerste, kenden de zuidelijke toeristische plaatsjes niet. Natuurlijk waren ze naar Tenerife gekomen om overdag te luieren en ’s nachts uit te gaan. Maar na een kleine week gefeest te hebben was de lol daar toch een beetje van af. Hoewel het haar vooraf onwaarschijnlijk had geleken, werd je ook blasé van bakken in de zon, voortdurend flirten, dansen en drinken tot de dageraad zich aandiende. Hetzelfde gold voor Jessica, haar studiegenoot, met wie ze voor de eerste keer op vakantie was. Zij had eergisteren een jongen van het eiland ontmoet en was vandaag met hem afgereisd naar de hoofdstad Santa Cruz, even ten noorden van Candelaria. Joyce was benieuwd of Jessica’s date net zo goed verliep als die van haar.
‘Wat vind je van de standbeelden?’ vroeg Bencomo.

'Indrukwekkend, levensecht. Als je lang naar ze kijkt krijg je het gevoel dat ze zomaar van hun sokkel kunnen afstappen en het plein op kunnen lopen.'

'Dat zou wat zijn,' antwoordde Bencomo. 'Guanche-koningen die in deze moderne tijd eens flink huis zouden houden.'

'Waren ze dan zo gewelddadig?' Ze wist weinig tot niets van de historie van de Canarische Eilanden en de teksten op een aparte zuil waren in het Spaans, waarvan ze slechts enkele woordjes machtig was. Bencomo haalde zijn schouders op.

'Dat viel wel mee. De oorspronkelijke bewoners van de Canarische Eilanden, de Guanches, stonden niet bekend om hun agressie of veroveringsdrang. Met hun beperkte middelen waren ze hoofdzakelijk bezig om te overleven. Volgens de geschiedenisboeken was mijn naamgenoot koning Bencomo een vredelievend mens, die streed voor samenhorigheidsgevoel tussen de eilandbewoners. Daar moet je nu eens mee komen. De onderlinge strijd tussen de bewoners van Tenerife en Gran Canaria is nog nooit zo hevig geweest.'

Joyce glimlachte en knikte terwijl ze naar de koningen bleef kijken. In de korte tijd dat ze op dit eiland verbleef, was het haar opgevallen dat de bevolking van Gran Canaria hier op Tenerife niet bepaald populair was. Waarom was haar onduidelijk. Ze had er ook niet naar gevraagd; eigenlijk had het haar niet echt geïnteresseerd. Nu, na een week alleen maar slap geouwehoerd te hebben, wilde ze wel weer eens een gesprek voeren dat een beetje zinnig was. En vooruit, het gezelschap van deze aantrekkelijke man deed ook wonderen voor haar plotselinge interesse in deze geschiedenis. Bencomo schatte haar oogopslag goed in en vertelde verder.

'Ik overdrijf een beetje. Het is over en weer een beetje pesten. Rivaliteit tussen buren. Politieke kwesties. Beide eilanden vinden zichzelf het belangrijkst in deze regio, waardoor er soms wrevel ontstaat. Vaak is het heel kinderachtig. Mijn vader kan er urenlang over vertellen, hij is politiek journalist en zit dus dicht bij het vuur. Ach, waar hebben we het over? Eilandpolitiek... volgens mij doe ik mijn uiterste best om jou te vervelen.'

Joyce schudde haar hoofd. Het laatste wat ze nu deed was zich vervelen. Bencomo kon boeiend vertellen en had een prettige, relaxte uitstraling. Zelfverzekerd, maar niet arrogant. Knap, maar niet ijdel. Intelligent, maar geen blaaskaak. In bijna alles verschilde hij van de oppervlakkige mannen die ze de tijdens haar vakantie had ontmoet.
'Ik heb het echt heel erg naar mijn zin,' antwoordde ze. 'Jij treedt dus in de voetsporen van je vader?'
Bencomo glimlachte en keek haar waarderend aan. 'Ja en nee. Ik ben een beginnend journalist die zich probeert te specialiseren in kunst. Mijn vader is een ervaren hoofdredacteur die binnen zijn vakgebied zijn sporen heeft verdiend.'
Ze kenden elkaar pas twee dagen en tijdens hun ontmoeting in een stampvolle discotheek, en op het strand de dag erna, was er weinig van praten gekomen. Hij was met een groep van vijf vrienden naar het zuiden gereden om daar een lang weekend plezier te maken. Toen hij Joyce eenmaal had gezien kon hij zijn ogen niet meer van haar afhouden. Een prachtige donkerblonde vrouw die, in tegenstelling tot de meeste vrouwelijke toeristen, nog een soort klasse uitstraalde. Er was meteen een klik, een soort band, tussen hen. Tijdens een van de spaarzame momenten dat ze niet omringd waren door anderen, had hij voorgesteld om haar wat meer van het eiland te laten zien. Tot zijn genoegen had zij hier enthousiast op gereageerd.
Hij rekende af en pakte haar hand. Ze staken het plein over in de richting van de trappen naar het strand. Toen ze langs de standbeelden liepen, knikte Joyce naar het eerste standbeeld in de rij van negen. 'Acaymo.'
'Heel goed,' beaamde hij en hij hield even zijn pas in.
'Adjona,' was Joyce' onmiddellijke reactie.
'Je verbaast me.'
'En het vierde standbeeld is Bencomo, van de rest ben ik de naam vergeten,' zei ze snel en een beetje verontschuldigend.
Bencomo bleef staan en begon te lachen. 'Drie van de negen,' sprak hij zonder een greintje sarcasme. 'Niet gek voor een toekomstige hoteldirectrice.'

Nu was Joyce aangenaam verrast. Zo lang hadden ze het tijdens de autorit vanuit het zuiden naar hier niet over haar achtergrond en ambities gehad. Het overgrote deel van de reis had hij verteld over de bezienswaardigheden van het eiland en haar gewezen op typisch Canarische huizen en gebouwen die ze vanaf de snelweg konden zien liggen.
'De derde koning is Anaterve, dan komt Bencomo. Vervolgens Beneharo, Pelicar, Pelinor, Romen en Tegueste.' Hij sprak de namen snel en nonchalant uit en keek naar de basiliek.
'Daar heb ik heel wat uurtjes doorgebracht.'
'Laat zien.' Joyce trok hem mee naar de ingang van de basiliek.
'Heb je nog niet genoeg van mijn geschiedenislessen?' vroeg hij geamuseerd.
'Ik wil je beter leren kennen, dus ik wil ook weten waarom je hier zoveel tijd hebt doorgebracht.' Ze was van huis uit niet gelovig en had in haar leven weinig kerken bezocht. Ze herinnerde zich vooral een uitstapje naar Venetië, waar ze als meisje van tien met haar ouders een kathedraal had bezocht. Het was niet zozeer de enorme kerk, als wel het gouden boek dat ingelegd was met talloze fonkelende edelstenen dat haar het meest was bijgebleven. Direct bij binnenkomst van de basiliek van Candelaria maakte een bijna nederig gevoel zich van haar meester. Tussen de pracht en praal van de schitterende glas-in-loodramen, de groteske schilderijen uit de veertiende, vijftiende en zestiende eeuw, de zilveren kansel met daarop gouden kandelaars en de contradictie van de kale kapelletjes en houten banken met afgebladderde verf, voelde ze zich klein, op een prettige manier. Ze kon zich voorstellen dat Bencomo hier graag kwam. 'Dus de basiliek is een van je favoriete plekken?' Het was meer een constatering dan een vraag.
'Niet echt. Ik was misdienaar, het moest van mijn vader.'
Voordat Joyce de kans kreeg hierop te reageren, liep hij snel de basiliek uit. Ze liepen over het plein tussen de bronzen krijgsheren Pelinor en Romen naar een trap die naar het strand leidde.
'Zin in een wandeling?' vroeg Bencomo.
Ze knikte. Op dat moment had de tweeëntwintigjarige Joyce Nieuw-

poort, die sinds enkele weken afgestudeerd was aan de internationale hogere hotelschool in Scheveningen, geen flauw idee dat de ontmoeting met deze knappe Spaanse man bepalend zou zijn voor de rest van haar leven.

Zomer 2003

2

Joyce liep op haar tenen naar de keuken. Voorzichtig opende ze de deur van de ijskast en haalde er boter en ham uit. Ze pakte uit een keukenkast een papieren zakje met twee harde broodjes erin en uit een la haalde ze een mes tevoorschijn. Het diner kon beginnen, dacht ze zonder enig sarcasme of zelfmedelijden. Vandaag was namelijk een bijzondere dag. Vandaag had zich een mogelijkheid voorgedaan voor het begin van haar zo hartstochtelijk gewenste carrièrevlucht.

Nog steeds op haar hoede om zo weinig mogelijk geluid te maken, liep ze met haar eenvoudige maaltijd naar de woonkamer. Jason was vijf en sliep licht. Helemaal als zijn vader niet thuis was, wat regelmatig voorkwam. Dan las ze hem verhaaltjes voor uit een boek of verzon ze er ter plekke eentje. Als zijn oogleden eindelijk zwaar begonnen te worden en hij het gevecht tegen de slaap verloor, bleef ze nog even bij hem zitten. In de loop der jaren had ze geleerd dat haar zoon een ingebouwde radar had waarmee hij feilloos kon peilen waar zij zich bevond. Als ze vertrok terwijl hij nog sluimerde, was de kans zeer groot dat hij wakker werd en dat ze weer van voor af aan kon beginnen. Daarom nam ze geen enkel risico en verliet zijn slaapkamer pas als ze zeker wist dat hij sliep.

Ze keek op haar horloge. Uiterlijk halfacht, had hij haar vanmorgen gezegd en zijn zoon beloofd. Het liep inmiddels tegen negenen. Dit was de derde keer deze week dat hij zich niet aan zijn afspraken hield. Een irritante eigenschap waarmee zij inmiddels met moeite had leren leven, maar tegenover hun zoon vond ze het stijlloos, misschien zelfs onverantwoordelijk. Ze slikte een stuk van haar belegde brood door en dwong zichzelf rustig te blijven. Niet vanavond, Joyce. Dit is te belangrijk voor je om het door een ruzie te laten verpesten. Wacht tot hij thuis is en blijf vooral

kalm. Ook als hij heeft gedronken, wat ongetwijfeld het geval zal zijn.
Tegen halfelf hoorde ze hoe de buitendeur werd geopend. Even later kwam Bencomo de kamer binnen. Hij knikte afwezig in haar richting, zei 'Hallo' en liep door naar de keuken. Geen kus. Met gekromde tenen luisterde ze naar de herrie die hij produceerde tijdens het smeren van een broodje. Gelukkig werd Jason er niet wakker van. Een jengelend kind was het laatste wat ze vanavond kon gebruiken. Het zou al een hele toer worden om Bencomo te overtuigen van haar plannen.
Met het gesmeerde broodje ging hij op de bank zitten en hij pakte de afstandsbediening.
'Wacht even,' zei Joyce gehaast. 'Ik wil eerst met je praten.'
Nonchalant haalde hij zijn schouders op. Ze waren ruim zes jaar getrouwd en na de geboorte van Jason was het geleidelijk bergafwaarts gegaan met hun huwelijk. Hij was niet meer de hartstochtelijke canario voor wie zij was gevallen. Niet meer de gevoelige, sympathieke en romantische man die haar had doen besluiten uit Nederland te vertrekken. Er was een soort onvrede in zijn leven geslopen die maar niet op te lossen viel. Hij wilde er ook nooit over praten. Het enige wat nauwelijks aan hem was veranderd was zijn uiterlijk. Hij was nog steeds een van de knapste mannen die ze ooit had ontmoet.
'Het interview liep wat uit,' mompelde hij met duidelijke tegenzin. 'Een Engelse rockband met drie vrije dagen tussen twee optredens.' Met zijn hand maakte hij een drinkgebaar. 'Dan weet je het wel.'
Joyce knikte begrijpend. Ze wist het inderdaad wel. De dranklucht, die sinds zijn binnenkomst in het appartement hing, vertelde het verhaal al. Meestal waren de geïnterviewden musici, auteurs en kunstenaars, die gemakkelijker spraken als ze een glaasje op hadden. Waarom hij het dan niet bij water kon houden...
Een beetje nerveus schraapte Joyce haar keel. Dit werd lastig, wist ze. Maar ze was vastbesloten om door te zetten. Ditmaal zou ze geen concessies doen. Voor de verandering was ze bereid heel ver te gaan om haar zin te krijgen.
'Het gaat over mijn werk,' begon ze voorzichtig. 'Ik heb vandaag in

Puerto de la Cruz geluncht met Sergio Gonzalez, de regionaal directeur van de HV-keten.'
Bencomo fronste direct zijn wenkbrauwen.
'De HV-keten? Dat staat toch voor Hermanos Vega? Hebben die niet een hotel in het zuiden?' Hij keek haar vragend aan. 'Waar was het ook alweer?'
'Playa de las Américas.'
'Precies, hotel La Palmera. Een afzichtelijk log gebouw waarin ze toeristen proppen. Vooral Engelsen.'
Nu haalde Joyce haar schouders op.
'Zo lelijk is La Palmera nou ook weer niet. We praten wel over vier sterren, hoor. Daar komt bij dat de 21 aangrenzende bungalows ultramodern zijn ingericht en absoluut iets extra's aan het complex toevoegen.'
Bencomo grijnsde vals. Joyce wist wat die grijns betekende. Als hij zo glimlachte was hij aangeschoten en kon hij onredelijk fel worden. 'Je praat als een gladde HV-manager in plaats van als een receptionist van hotel Bahia Felipe in Puerto de la Cruz. Wat had die Gonzalez...'
'Front manager,' interrumpeerde ze. 'Oftewel hoofd van de receptie. De tijd als receptionist ligt achter me en daar heb ik keihard voor gewerkt.'
Ze begon Bencomo's denigrerende opmerkingen over haar werk zat te worden. Om de goede vrede te bewaren had ze al zoveel commentaar van hem moeten slikken.
'Oké, mevrouw de front manager,' vervolgde hij op zijn irritante toontje. 'Wat had de Grote Gonzalez tijdens die lunch te melden? Wordt er in Puerto de la Cruz soms weer zo'n kolos uit de grond gestampt? Lijkt mij geen probleem, tenslotte hebben we op dat stukje van het eiland genoeg groen. Maar niet heus.' Hij grinnikte om zijn eigen grap.
'Hij heeft me een baan als operation manager aangeboden in hotel La Palmera,' antwoordde Joyce. Het was haar snel duidelijk geworden dat het geen zin had om subtiel tot de kern van de zaak te komen. Ze was er klaar voor haar standpunten te verdedigen.
Bencomo keek haar verbaasd aan, en glimlachte toen dunnetjes. Hij schudde meewarig met zijn hoofd en pakte de afstandsbediening.

'La Palmera ligt aan de boulevard van Playa de las Américas. Da's hartje zuiden, vanaf hier minstens een uur rijden.' Hij drukte met een beweging waaruit vooral verveling sprak op een knop. Het beeldscherm kwam tot leven.
'Onbespreekbaar. Ik neem aan dat het een korte lunch was, toch?'
Joyce schudde haar hoofd.
'We hebben het over mijn taakomschrijving gehad en, dat is eigenlijk het belangrijkste, uitgebreid over mijn doorgroeimogelijkheden.'
Ze zag zijn gezicht betrekken en besloot hem geen kans op een reactie te geven.
'Zoals je weet trekken de ketens onderling mensen bij elkaar weg. Vooral in het middenkader. Geschoold personeel met de potentie en ambitie om door te groeien naar het hogere kader.'
Bencomo keek haar geringschattend aan. 'Dus die Gonzalez zag wel potentie in jou. Operation manager, zo, zo. En wat is de volgende stap? Privésecretaresse soms? Zou het niet zo kunnen zijn dat hij een heel andere definitie voor het woord "potentie" heeft?'
Het liefst had Joyce zich omgedraaid en was ze weggelopen. Ze hield zich echter in en gaf hem met een strak gezicht antwoord.
'Over twee jaar gaat de zittende directeur van La Palmera met pensioen. Nadat ik ervaring heb opgedaan als operation manager volg ik hem op.'
Bencomo keek haar verbouwereerd aan. Blijkbaar was dit antwoord een klap in zijn gezicht. Zijn neusvleugels begonnen te trillen. De aderen in zijn hals zetten op en klopten een wild ritme. Hij wees met zijn vinger bezwerend in haar richting.
'Dat kun je dus echt vergeten, mevrouwtje de carrièrejaagster. Werken in het zuiden is geen optie. Dat is onmogelijk te combineren met het gezin!'
'Onzin!' pareerde Joyce. 'Het gaat nu toch ook goed? Het enige wat ik moet doen is naschoolse opvang voor Jason regelen. Wat is een uurtje reistijd nou?!'
'Opvang voor Jason regelen,' imiteerde hij met een overdreven hoog stemmetje. 'Ik dacht het niet,' ging hij op normale toon verder. 'Vanaf

het begin ben ik erop tegen geweest dat jij ging werken. Een moeder hoort thuis te zijn om voor haar kind te zorgen.' Hij maakte een weids gebaar met zijn arm. 'Ik kan je tientallen voorbeelden geven van kinderen die ontspoord zijn omdat hun moeders zo nodig moesten werken. Op een bepaald moment in hun carrière moeten ze keuzes maken en dan schieten de kinderen erbij in. Ik ben al veel te lang met deze onzin meegegaan, Joyce. Ditmaal trek ik echter een lijn. Het gebeurt niet en daarmee basta!'

Uit ervaring wist Joyce dat deze discussie op niets zou uitlopen. Bencomo had zijn standpunt ingenomen en was op dit moment doof voor haar argumenten. Misschien was het beter om het nu te laten rusten en er morgen weer over te beginnen. Tenslotte had ze drie jaar geleden ook op die manier haar zin gekregen. Jason was toen twee en tot dat moment had ze thuis gezeten. In eerste instantie was Bencomo er fel tegen geweest dat ze een baan in hotel Bahia Felipe nam. Uiteindelijk ging hij na urenlange praatsessies overstag. Hij voerde altijd dat conservatieve standpunt aan dat een moeder thuis voor haar kinderen moest zorgen en dat had haar in het begin geschokt. Nu begon ze in te zien dat er misschien meer achter stak. Het leek wel of hij haar het succes niet gunde, alsof hij het door de onvrede over zijn eigen leven niet kon aanzien dat anderen zich wel ontwikkelden. Had hij soms meer van zichzelf verwacht? Of zijn vader? Waarom zat hij zo vastgeroest in zijn denkpatronen? Was het toch ook een cultuurverschil? De keren dat ze door had gevraagd waren op knallende ruzies uitgelopen, dus had ze maar een andere tactiek bedacht. Joyce slaakte een diepe zucht en liep naar de keuken. Ze wilde Bencomo het gevoel geven dat ze zich bij zijn beslissing had neergelegd, ook al was ze woedend. Niet alleen vanwege zijn denigrerende en bekrompen houding, maar ook omdat hij haar als moeder beledigde. Alsof zij met een betere baan minder goed voor Jason kon zorgen! Haar besluit stond toch al vast. Ze liet haar droom om directeur van een hotel te worden niet varen vanwege de conservatieve denkbeelden van haar echtgenoot. Ze had de juiste papieren en over twee jaar ook genoeg ervaring om op zo'n plek te beginnen. Haar toekomst lag in hotel La Palmera. Niemand hield haar nog tegen, ook Bencomo niet. Ze zou hem langzaam maar zeker bewerken, dan draaide hij wel bij. En als hij het echt hard wilde spelen, dan moest dat maar. Deze baan wilde ze hebben, ten koste van bijna alles.

Dinsdag 1 december 2009

3

Joyce staarde naar de cijfers op haar computerscherm. De verwachte bezettingsgraad van deze maand lag 9 procent lager dan een jaar geleden. En de 71 procent die vorig jaar werd genoteerd, was al slecht te noemen. Wellicht dat deze maand door rechtstreekse boekingen de bezettingsgraad nog een of twee procent zou stijgen, maar daarmee was de koek wel op. Ruim 95 procent van alle reserveringen liep via het hoofdkantoor van HV in Barcelona. Het aantal boekingen van mensen uit Tenerife of de omliggende eilanden was verwaarloosbaar.

Eind 2007 was de daling van de bezettingsgraad ingezet en door de crisis was daar niet veel verandering in gekomen. En dan deed La Palmera het nog goed ten opzichte van de overige hotels van de HV-keten. Bij sommige kwam het water zelfs zó hoog aan de lippen dat sluiting werd overwogen. Dat was enkele jaren geleden nog ondenkbaar geweest.

Toen het eenmaal duidelijk werd dat deze crisis geen eendagsvlieg was, maar een dal waaruit het op korte termijn lastig klimmen werd, had ze drastische maatregelen genomen. In nauwe samenwerking met haar financiële manager, liep ze de cijfers tot in detail door. Er moest bezuinigd worden, en niet zo'n beetje ook. Het voordeel van deze saneringsoperatie was dat zij hierover aan niemand verantwoording hoefde af te leggen. Zoals bij de meeste ketens het geval was, werden de contracten met de touroperators, de reserveringen en de marketing vanuit het hoofdkantoor geregeld. Het dagelijks beleid in het hotel zelf viel onder verantwoording van de directeur. In feite kwam het erop neer, dat als zij geen financiële steun 'van boven' vroeg, ze naar eigen inzicht haar tent kon runnen.

In samenspraak met haar stafleden was ze tot een aantal oplossingen gekomen. Kortlopende contracten werden niet verlengd en bij de leveranciers werden nieuwe kortingen afgedwongen. De hele sector stond onder druk, dus iedereen moest inleveren. De uitkomst van deze bezuinigingsronde was dat het overgebleven personeel een aantal stappen harder moest lopen voor hetzelfde loon. In sommige gevallen werd er zelfs ingeleverd.

Ook werden de glazen vervangen door harde plastic bekers en de papieren servetten door ouderwets linnen dat talloze wasbeurten kon doorstaan. Het was een paradoxale oplossing, plastic bekers maar wel linnen tafelgoed dat vaak als chiquer werd ervaren dan papier. Op jaarbasis scheelde dit toch een aardig bedrag.

Een van de weinige zaken waarop Joyce niet bezuinigde, was de kwaliteit van het voedsel. La Palmera was een all-inclusivehotel en stond bekend om drie uitgebreide en goed verzorgde maaltijden per dag. Ze wist bijna zeker dat hierop beknibbelen de doodsteek voor het hotel zou betekenen.

Met de huidige cijfers kon een volgende bezuinigingsronde niet lang meer uitblijven, dacht ze. Ook voor januari en februari zag het er allerminst rooskleurig uit. Om over de zomer van 2010 maar te zwijgen. Waar ze moest gaan snijden was haar een raadsel. Met het personeelsbestand zaten ze tegen de limiet van wat verantwoordelijk was. Iedereen moest buffelen. Als ze weer mensen moest laten afvloeien, zou er een ongezonde sfeer op de werkvloer ontstaan. Dat kon ze haar personeel niet aandoen. Ook bij leveranciers zat ze op het randje van het toelaatbare. Door de kortingseisen die de hotel- en appartementenbranche hun had opgedrongen, was het vet inmiddels van hun botten verdwenen. Hun winst was nu al marginaal.

Joyce wreef met haar handen over haar ogen en wendde haar gezicht af van het scherm. Even rust. Ze moest nu een paar minuten iets anders doen, anders werd ze nog gillend gek.

Jason keek haar vanaf een portretfoto aan. Onbewust glimlachte ze terug. Altijd als ze naar hem keek voelde ze zich trots. Niet zozeer op zichzelf, maar op haar kind, dat langzamerhand opgroeide tot een jongeman.

Het ging fantastisch met hem. Hij deed het uitstekend op school en zijn vrije tijd bracht hij door op het voetbalveld of bij het animatieteam in het complex waar ze woonden. Om de week bracht hij een weekend bij zijn vader door. Zijn vader, dacht Joyce. Ik klink nu net als een verbitterde gescheiden vrouw. Gescheiden was ze wel, maar verbitterd niet. Bencomo functioneerde uitstekend in de rol die ze hem min of meer had opgedrongen. Hij was tegen de scheiding geweest en had, nadat hij voor dit onvoldongen feit werd geplaatst, zijn uiterste best gedaan om te veranderen. Ze moest toegeven, hij had voor hun huwelijk gevochten. Maar het was te laat geweest. Er waren te veel dingen gebeurd. Wat er in zes jaar was fout gegaan, kon je met 'je uiterste best doen' niet meer terugdraaien. Hoewel hij daadwerkelijk probeerde te veranderen, was ze er toen van overtuigd geweest dat het om een tijdelijke opleving ging. Dat hij toch weer zou terugvallen in zijn oude gewoontes. Je karakter kon je moeilijk veranderen. Eigenlijk was dat een onmogelijke opgave, omdat je iets deed wat tegen je eigen persoonlijkheid indruiste. Vroeg of laat kwam het 'oude' karakter toch weer bovendrijven. Dat wilde ze niet meemaken.

Een halfjaar nadat ze tegen zijn wil de beslissing had genomen om voor La Palmera te gaan werken, huurde ze een appartement in het zuiden en ging daar met Jason wonen. Een jaar later was de scheiding officieel.

Het gerinkel van de telefoon deed Joyce opschrikken uit haar overdenkingen. Ze herkende het nummer meteen en nam op.

'Hallo Sergio, hoe is het ermee?'

'Goed, uitstekend zelfs. En hoe is het met jou?'

'Ik kan wel een opsteker gebruiken,' antwoordde Joyce op vlakke toon. 'Helaas zijn de cijfers op mijn beeldscherm rood in plaats van zwart.'

Tot haar verbazing lachte de regionaal directeur van de HV-keten uitgelaten.

'Ik heb geweldig nieuws,' zei hij zo enthousiast dat ze er eens goed voor ging zitten.

4

Het sfeertje dat er hing beviel hem goed. De kelder onder nachtclub Amor was een rechthoekige zaal, het plafond was aan de lage kant waardoor de ruimte kleiner oogde dan in werkelijkheid het geval was. Toch was het er niet benauwd of grimmig. Door het optimistische verwachtingspatroon van de aanwezigen was de stemming goed. Ook als ze een aanzienlijk bedrag verloren, slikten ze hun ongenoegen weg om even later hun fiches over een aantal vakjes met nummers op het groene laken te verspreiden en vol enthousiasme de baan van het witte rouletteballetje te volgen. En als de fiches op waren dan trokken ze hun portemonnee en wisselden hun euro's opnieuw voor speelgeld.
Alle facetten van deze aparte wereld boeiden hem. De spanning, de verwachting, de beheersing van de croupiers en van de ervaren spelers, de blijdschap en de teleurstelling die van de gezichten van amateurs afdroop, het gokken, het raden, het denken en de overwinning. Het ging hem in eerste instantie niet eens zo om het geld als resultaat van het winnen, maar om het gevoel zelf. Vier was nu het winnende nummer. De vadsige man aan de roulettetafel waarnaar hij stond te kijken, glunderde als een kind dat zojuist een graai in een volle snoeptrommel had gedaan. De croupier schoof een aanzienlijke stapel fiches naar de man toe. Toen hij deze twee fiches met een nonchalant gebaar zijn kant op liet rollen, bedankte de spelleider hem met stemverheffing voor deze fooi. De afwijzing leek langs de man heen te gaan, na zijn winst was hij in een soort roes beland. Met wijd opengesperde ogen waarin de hebzucht stond te lezen, hing hij inmiddels half over de tafel en zette in razend tempo fiches op verschillende nummers in.
Toen het balletje op een ander nummer viel dan waarop de dikzak had

ingezet, moest hij een glimlach onderdrukken. Wat liet die man zich kennen door zich met een stuurse blik in zijn ogen en een verbeten trek om zijn mond in zijn stoel terug te laten zakken. Tja, met roulette was alles mogelijk. Het verschil werd gemaakt door de hoogte en de waarde van je stapels fiches.

Hoewel hij een sterke behoefte voelde om te spelen, wilde hij dit moment nog even uitstellen. Hiermee bewees hij voor zichzelf dat hij sterker in zijn schoenen stond dan het gros van de bezoekers van het illegale casino. De meeste van hen waren zwakkelingen, verslaafden bijna, al moest hij bij die term automatisch aan harddruggebruikers denken. Voor zover hij het kon inschatten, liep hier niemand rond die die rotzooi gebruikte. Natuurlijk werd er hier en daar wel een lijntje gesnoven, maar echte spelers moesten helder blijven. Ook notoire zuiplappen vond je hier bijna niet, wist hij inmiddels. Echte gokkers waren geen drinkers. Ze hadden hun geld voor het spel nodig. Bovendien zouden de eigenaren dronkenlappen er meteen uitgooien. Ze wilden geen gezeik in hun tent, geen negatieve aandacht op hun nachtclub vestigen.

Het illegale casino en het erboven gelegen bordeel Club Amor werden gerund door de Russische Jevgenij en Boris Nikolajev. Hij had Boris een paar weken geleden ontmoet en aan het eind van hun korte conversatie had de Rus hem uitgenodigd eens een kijkje in het casino te komen nemen. Na zijn aarzelende reactie had Boris hem met een brede grijns gemeld dat hij nergens bang voor hoefde te zijn. Zijn medewerkers runden het bedrijf strak en zorgvuldig, maar zorgden voor een ongedwongen sfeer waardoor alle klanten het naar hun zin hadden. Zolang er geen problemen waren liet de politie hen met rust. Een vette knipoog volgde. Boris had de waarheid verteld. Tenminste, over de stemming die hier heerste. Wat de deal tussen de Russen en de politie inhield wist hij niet en hij wilde het ook niet weten. Dat was hun zaak. Vanaf de eerste dag dat hij hier kwam, vermaakte hij zich prima en dat was het enige wat voor hem telde.

Zijn blik viel op een speler die enkele minuten geleden van de tafel was opgestaan en zich schoorvoetend tussen het publiek, dat rond de twee speeltafels stond, had gemengd. De man smoesde met Ivan, de zaalchef. Hij zag de Rus knikken en naar een deur lopen. Intussen nam hij de vrijgekomen plek aan tafel in. Nadat het balletje was gevallen en de winnaars waren uitbetaald, keerde Ivan terug in de zaal. Hij fluisterde iets in het oor van de tafelchef, die aan het hoofd van de roulettetafel zat en erop toezag dat alles ordentelijk verliep. Deze boog zich voorover en gaf de speler met wie Ivan had gesproken een stapel fiches.

Hij concentreerde zich weer op het spel. Nummer zestien was gevallen. Hij besloot met de bank mee te spelen en zette honderd euro op rood. Het balletje bleef liggen in het vakje van nummer 33, zwart. Met een stalen gezicht harkte de croupier zijn fiches naar zich toe. Opnieuw zette hij in, maar hij verloor weer. En weer. Om het lot te tarten zette hij de laatste tweehonderd euro in. Als hij nu zou winnen, kon hij meteen bijna al zijn verloren geld terugverdienen.

Het was over, de vijfhonderd euro die hij had gewisseld voor speelgeld was in handen van de bank. Hij wilde opstaan, maar aarzelde. Gemiddeld kwam hij hier tweemaal in de week en zijn zelfgestelde limiet bedroeg vijfhonderd euro per avond. Vanavond had het spel op hem echter een zuigende werking als nooit tevoren. Ondanks zijn zelfbeheersing aan het begin van de avond, en ondanks zijn scherpe oordeel over de andere spelers had ook hij het gevoel alsof hij het geluk kon aanraken. Hij wist bijna zeker dat hij kon winnen. Met een snelle beweging haalde hij twee briefjes van honderd euro uit zijn broekzak en gooide deze op tafel.

'Wisselen voor fiches van twintig,' sprak hij gedecideerd. Verwachtingsvol zette hij de helft van de toegeschoven fiches in.

5

Joyce liep op haar gemak tussen het uitgaanspubliek. Het was iets over tienen en langzaam maar zeker stroomden de hotels en appartementen leeg. Hoewel vooral de hotels tegenwoordig de animatieprogramma's tot minstens elf uur door lieten lopen om zo de klanten binnen te houden, ging het merendeel van de gasten 's avonds toch aan de wandel. Het uitgaansgebied op Playa de las Américas leende zich daar ook uitstekend voor. Het wemelde er van de bars en als je liever rust wilde, dan lag de strandboulevard op een steenworp afstand.

De zoveelste propper sprak haar aan. Of ze zin had om iets te komen drinken. De jongen was begin twintig, droeg een strakke spijkerbroek en de bovenste knoopjes van zijn witte overhemd waren open, waardoor het felle neonlicht zijn gouden ketting extra in de schijnwerpers zette. Hij wees naar een bar in het winkelcentrum en benadrukte dat het happy hour was. Ze schudde vriendelijk haar hoofd en liep verder. De jongen drong verder niet aan, hij zag de volgende eventuele klanten in zijn ooghoek en beende naar het stelletje toe. De uitnodigende glimlach bleef op zijn gezicht geplakt.

Nadat ze het hart van het uitgaanscentrum achter zich had gelaten, sloeg Joyce rechts af. In deze zijstraat lag disco Freedom, waarvan Nigel Bannister de eigenaar was. Deze flamboyante Engelsman behoorde al jarenlang tot haar vriendenkring en vanavond vierde hij zijn vijfenveertigste verjaardag. Het feestje zou pas over een paar uur echt op gang komen, maar dan zou zij allang naar huis willen. Officieel begon het feest om tien uur, dus daar had ze zich keurig aan gehouden. Ze zou gewoon niet zo lang blijven.

De portier knikte haar vriendelijk toe. Ze liep door naar de garderobe en

gaf haar jas af. Uit het aantal jassen dat er al hing, concludeerde ze dat er minstens tien mensen haar voor waren gegaan, ongetwijfeld ook allemaal genodigden. Freedom was een echte nachttent waar het na twaalf uur pas echt begon te lopen, dus klanten zouden er nu nog niet zijn.
Zij zou hooguit een uurtje blijven en dan terug naar huis gaan. Tenslotte had ze straks nog een date. Nou ja, date... Angelo had gevraagd of hij vanavond laat nog even langs mocht komen. Ze kende hem pas een jaar en was behoorlijk gek op hem. Hoewel het verstandiger was geweest om hem af te zeggen, had ze toch toegestemd. Ze wist donders goed hoe het zou aflopen en tijdens de spaarzame momenten die ze vandaag voor zichzelf had gehad, had ze zich verheugd op hun ontmoeting. Het was een lange dag geweest waarin ze door het geweldige bericht van Sergio flink had moeten omschakelen. Ze had haar reguliere werkzaamheden op een laag pitje gezet en zich gestort op een briefing die ze morgen aan haar stafleden ging geven. Ze zou bespreken wat ze komende zomer konden verwachten en hoe ze hiermee om dienden te gaan. Een nieuwe situatie die weliswaar een fantastische uitdaging was, maar ook een flinke klus. Daar moest ze morgen iedereen van weten te doordringen.
Omdat ze bepaalde zaken niet kon laten liggen tot morgen, was ze pas om acht uur thuisgekomen. Ze had Jason laten kiezen: een pizza bestellen of aanschuiven bij het buffet van Parque Montabal. Toen ze daar drie jaar geleden twee bungalows had gekocht, was ze met de eigenaar van het park overeengekomen dat zij en Jason gebruik mochten maken van de faciliteiten die het park aan zijn klanten bood. Ook was afgesproken dat ze af en toe mee konden eten. De eigenaar van het park wist dat zij als directeur van het tegenover Montabal gelegen hotel en alleenstaande moeder een druk leven had, waarbij een maaltijd er nog weleens bij inschoot.
Nigel droeg een donkerblauw pak met daaronder een lichtblauw overhemd en een bordeauxrode das, voor zijn doen een conservatieve outfit. Hij leunde schuin tegen de bar en was in gesprek met een man die ze niet kende. Ze kende overigens de rest van de aanwezigen ook niet. Des

te meer reden om op tijd naar huis te gaan, dacht ze. Blijkbaar had Nigel haar gezien in de reusachtige spiegel die achter de bar hing. Hij draaide zich om en spreidde zijn armen.

'Joyce,' sprak hij met een grote glimlach. 'Wat fijn dat je kon komen.'

Hij gaf zijn gesprekspartner een gemoedelijke tik op zijn schouder en zei: 'Ik zie je straks nog wel.'

De man knikte en draaide zich om. Joyce vond de man met de ingevallen wangen en *five o'clock shadow* een engerd. Zo'n type in een fout pak dat om halfzes 's morgens in een nachtclub met gladde praatjes en goedkope drank vrouwen probeert te versieren.

Nigel leidde haar naar de bar.

'Mijn drukbezette en beste vriendin, die toch de tijd vindt om op mijn feestje te komen,' grijnsde de Engelsman. 'Wat een goed begin! Champagne?'

'Eentje dan. Ik wil Jason niet te lang alleen laten en morgenochtend heb ik een belangrijke bespreking.'

Nigel knikte belangstellend. 'Toch geen orders van bovenaf, hoop ik?'

Ze wist waarop Nigel doelde. De laatste keer dat ze haar voltallige staf onverwacht bij elkaar had geroepen was in verband met een bezuinigingsronde geweest. De dag ervoor had ze 's middags met Nigel geluncht en haar hart bij hem gelucht. Het was de ideale manier om op een drukke werkdag nog wat eten naar binnen te krijgen, te ontspannen, bij te praten en elkaar te steunen als er iets vervelends was. Zo had ze ook al talloze keren voor hem klaargestaan als zijn zoveelste jongere vriendin opeens met de noorderzon was vertrokken.

'Nee, deze keer was het een positieve mededeling van bovenaf,' zei ze met een brede glimlach. 'Eentje waarvan ik spontaan gelukkig werd.'

'Je maakt me nieuwsgierig.'

In het kort vertelde ze hem wat Sergio haar die middag meegedeeld had. Nigel hield zijn gezicht in de plooi en keek recht voor zich uit, zoals hij wel vaker deed als hij eigenlijk heel blij was, maar voor de grap gedistingeerd wilde reageren. Hij gaf haar een knipoog en zei stoïcijns: 'Wat dacht je van een doos champagne, *my dear*?'

6

Ze slaakte een diepe zucht en ging op haar comfortabele leren bank zitten. Het was halftwaalf en haar dag zat er bijna op. Wat nu nog restte was het toetje. Als Angelo tenminste kwam opdagen, daarover was hij duidelijk geweest. Ze hadden afgesproken dat zij tot halfeen zou wachten. Als het voor hem nachtwerk werd zou hij niet meer langskomen. Ook hij had het razenddruk op Tenerife als hoofd van Anipro, een Nederlands bedrijf dat animators uit heel Europa leverde. Hij had de leiding over ruim driehonderd animators die op dit eiland werkten. Zijn afspraken waren meestal op tijdstippen dat de directeur, in sommige gevallen de operation manager van de hotels, een gaatje in zijn of haar schema rond lunchtijd of 's avonds kon vinden. Het contact met de animators was afhankelijk van hun dienst. Omdat de meeste hotels en appartementen er alles aan deden hun klanten bezig te houden, was het eerder regel dan uitzondering dat de animatieteams tot elf uur 's avonds door moesten werken. Wilde Angelo per se iemand spreken dan moest hij zo'n dienst afwachten. Joyce pakte de afstandsbediening en zapte langs de Nederlandse kanalen. Ze had een schotel en een speciaal kastje laten installeren waarmee ze vrijwel alle Nederlandse zenders kon ontvangen. Niet zozeer voor zichzelf, ze keek sporadisch tv, maar voor Jason. Hij was geboren op Tenerife en opgegroeid met de Spaanse taal. Thuis had ze zo veel mogelijk Nederlands met hem gesproken, waardoor hij een aardige woordenschat had opgebouwd, maar vanaf het moment dat hij naar de peuterspeelzaal ging, was dit met sprongen achteruitgegaan. Hij werd omringd met Spaanssprekende kinderen en thuis waren hun 'Hollandse uurtjes' steeds spaarzamer geworden omdat zij werkte. Zijn gebrekkige Nederlands werd vaak weer even wat beter als

haar ouders of haar zus bij hen op vakantie waren. Toch hadden die paar weken in het jaar niet kunnen voorkomen dat zijn Nederlands was verslechterd.
Tot drie jaar geleden. Na tweeënhalf jaar in een huurhuis gewoond te hebben, dat net buiten het aan Playa de las Américas grenzende vissersplaatje Los Cristianos lag, kreeg ze de kans om de twee vakantiebungalows te kopen waarin ze nu woonden. Ze verbouwde die tot één grote bungalow met vier slaapkamers, twee badkamers met toilet en een enorme woonkamer. Aan de voorkant had ze een terras met daarvoor een smalle strook gras. Het aangrenzende tegelpad kronkelde door het hele park langs alle bungalows. Mochten toeristen tijdens hun verblijf verdwalen in het park, dan kwamen ze door dit pad te volgen uiteindelijk altijd bij hun eigen onderkomen terecht.
Joyce liet de tv op RTL 4 staan. Er was nog een actiefilm bezig. Ze vond het prima zo. Terwijl ze luisterde naar naderende voetstappen die misschien van Angelo waren, keek Joyce met een half oog naar de drukke beelden. Het was maar goed dat Jason al sliep, dacht ze. Hij zou ongetwijfeld helemaal in de film zijn opgegaan. Sinds ze over Nederlandse zenders beschikten, ging zijn Nederlands met sprongen vooruit. Hij vond de programma's stukken beter dan de Spaanse uitzendingen. En de hele dag naar MTV kijken was ook geen optie. Daar kreeg zelfs een puber na een tijdje genoeg van. De voetstappen naast haar huis stierven weg.
Naast de televisie was er nog een reden geweest waarom Jasons Nederlands was verbeterd. Het animatieteam van Parque Montabal bestond in het hoogseizoen uit zeven personen. In het laagseizoen uit vijf. De twee animators die een vast dienstverband bij Anipro hadden waren Nederlanders, omdat de bezettingsgraad gemiddeld uit dertig procent Nederlanders bestond.
Jason kon het goed met de Friese Jurre en de Brabantse Isabelle vinden. Als het druk was assisteerde hij hen soms en tijdens hun vrije uurtjes speelden ze vaak samen op Jasons PlayStation. Zelf kon ze ook prima met het tweetal en de rest van het team opschieten. Het waren stuk voor

stuk harde werkers die wat van hun toekomst wilden maken. Zij zagen het animatieteam als een opstap in de toeristenindustrie.
Ze was bewust binnen gaan zitten. Het werk voor de animators zat er op voor vandaag en de snelste route naar hun bungalows liep langs haar huis. Normaal gesproken had ze geen bezwaar tegen een praatje op de late avond, maar mocht Angelo nog komen opdagen, dan wilde ze de spaarzame tijd die ze samen konden doorbrengen ten volste benutten.
Joyce stond op en liep naar de keuken. Ze schonk zichzelf een glas witte wijn in en liep in gedachten de briefing van morgenochtend voor de zoveelste keer die dag na. Opeens hoorde ze iemand zacht tegen het raam kloppen. Blijkbaar had hij geen geluid gemaakt, of waren haar gedachten zo bij haar werk geweest dat ze hem niet had horen aankomen. Ze liep snel naar de deur om hem te openen. Glimlachend stapte Angelo naar binnen en hij kuste haar vluchtig op haar mond.
'Ik heb alles uit de kast moeten halen om hier op tijd te zijn.' Hij ging op de bank zitten en klakte met zijn tong.
'Tjonge, tjonge, wat een gezeik. Nu moest ik weer een brandje blussen in hotel Ronda. Onderling kunnen die gasten van het animatieteam elkaar niet luchten of zien. Het was zo erg dat ze vandaag bijna met elkaar op de vuist zijn gegaan.' Hij snoof geërgerd. 'Dat is precies het soort reclame waarop Anipro zit te wachten... *not*.'
'Ben je er met ze uitgekomen?' Angelo haalde zijn schouders op.
'Zo kun je het ook omschrijven. Eerder ingegrepen, ik heb er namelijk twee op staande voet ontslagen. Heel vervelend allemaal, maar het kon niet anders.'
'Tja, daar wordt niemand vrolijk van,' beaamde Joyce. Ze stond op en liep naar de keuken. 'Ik neem nog een wijntje. Jij ook?'
'Lekker. En laten we het niet meer over werk hebben. Ik ben veel te blij dat ik hier ben. Bij de mooiste vrouw van Tenerife en omstreken.'
Met een onbewogen gezicht nam Joyce het compliment in ontvangst, terwijl ze er in stilte van genoot. Zelf was hij een knappe vent met zwart gekruld haar tot zijn schouders en een gespierd lichaam. Een echte latinolover uit Arnhem, zoon van een Italiaanse vader en een Hollandse

moeder. Het leeftijdsverschil tussen hen, hij was acht jaar jonger, had hij nooit als een belemmering gezien. Hij hield niet van een hokjesgeest. Ze waren verliefd op elkaar en leeftijd speelde volgens hem geen rol. Bij haar lag het toch wat genuanceerder. In het begin van hun relatie, die nu bijna een jaar duurde, had ze haar twijfels gehad. Eerlijk gezegd schaamde ze zich een beetje voor het feit dat ze gek was op een veel jongere man en intens genoot van de gepassioneerde seks die zo lang uit haar leven was geweest. Ze wilde het ook voor Jason niet te ingewikkeld maken. Hij wist dat zijn moeder een vriend had, maar de eerste maanden kwam Angelo niet bij hen thuis. Dan spraken ze af in zijn huis of zochten een stil plekje op. Vooral dat laatste was spannend geweest. Ze voelde zich dan even weer een schoolmeisje dat stiekem dingen uithaalde. Een beetje bespottelijk, maar ook erg welkom als je zoveel verantwoordelijkheden droeg. Omdat dit geen houdbare situatie was, kwam Angelo sinds een halfjaar ook bij haar thuis. Meestal was dit laat op de avond als Jason al sliep. In al die maanden hadden ze elkaar welgeteld driemaal ontmoet. Hoewel het lastig was om in te schatten, had ze het idee dat Jason Angelo wel mocht.

Ze liep met de twee glazen wijn terug naar de woonkamer en ging naast Angelo zitten. Hij droeg een strakke spijkerbroek en een overhemd waarvan de bovenste drie knoopjes openstonden. Ze maakte ook het vierde knoopje los en gleed met haar vingers door zijn borsthaar. Hij reageerde meteen, trok haar tegen zich aan en kuste haar hartstochtelijk. Haar hand gleed naar beneden. Door zijn spijkerbroek heen voelde ze zijn erectie en ze kneep er zachtjes in. Hij kreunde licht en verbrak de kus.

'Jezus, wat ben je lekker,' fluisterde hij. 'Toen ik binnenkwam leek het wel alsof je omringd was door een prachtige aura. Je stráálde.'

Haar hand gleed naar zijn buik. Ze voelde zijn spieren, wat haar nog meer opwond.

'Vanavond is een speciale avond.'

'Waarom dan?'

'Omdat jij er bent.'

'Dat hoor ik graag.'

‘En ik had vandaag ook een prima dag op het werk.’

Met haar vingers maakte ze de knoop van zijn spijkerbroek los en deed de rits naar beneden. Een zucht ontsnapte aan zijn lippen. Hij genoot zichtbaar van dit voorspel en wilde de spanning nog meer opbouwen. Zijn hand gleed over haar borsten.

‘Is je hotel soms volgeboekt?’ sprak hij met ingehouden adem terwijl Joyce met haar vingers zijn kruis masseerde.

‘Nog niet,’ antwoordde ze met hese stem. ‘Maar daar komt verandering in. Binnenkort zit het stampvol met Russen. Ik zal het je straks allemaal vertellen, want het betekent voor jullie ook meer werk, maar nu heb ik wat anders te doen.’

Hij sloot zijn ogen toen ze vooroverboog.

7

‘Ik heb gisteren met onze regionaal directeur, Sergio Gonzalez, gesproken,’ begon Joyce de vergadering toen haar stafleden in haar kantoor hadden plaatsgenomen. ‘Voor de verandering ging het niet over de recessie in de reiswereld, de lage bezettingsgraad van het hotel of verdere bezuinigingen.’ Ze zag de spanning van het drietal afglijden. ‘Vandaag wordt er in Madrid een overeenkomst getekend tussen vertegenwoordigers van de regeringen van Spanje, Rusland, Oekraïne en Kazachstan. Samengevat komt het erop neer dat vanaf 1 juni 2010 de toeristen uit deze landen geen visum meer nodig hebben voor de Canarische Eilanden. Voorlopig geldt dit voor een proeftijd van twee jaar. Na die periode komen ze weer bij elkaar om de zaak te evalueren. Als iedereen tevreden is, wordt er een overeenkomst getekend voor onbepaalde tijd.’

Haar operation manager Kevin Ortega keek haar glimlachend aan. Hij was een ambitieuze, intelligente man van begin dertig en deed zijn werk uitstekend. Soms wilde hij té graag en was ze gedwongen hem terug te roepen en te wijzen op de verantwoordelijkheden die in zijn taakomschrijving stonden. Als ze Kevin de vrije hand gaf, regelde hij naast zijn eigen toko het *food-and-beverage*-gedeelte, deed hij de financiën en ging hij tussendoor ook nog op haar stoel zitten. Ondanks die minpuntjes was hij een uitstekende kracht voor wie ze veel waardering had en die ze wel een eigen tent zag runnen over een paar jaar.

‘Een kopie van de Turkije-situatie,’ reageerde hij als eerste. ‘Dat is fantastisch!’

Joyce knikte. ‘Niet helemaal, in Turkije ligt het iets anders. Daar kunnen de toeristen uit de voormalige Sovjetstaten overal in het land terecht, terwijl het bij deze deal uitsluitend om de Canarische Eilanden gaat. Het

vasteland van Spanje en de Balearen vallen buiten de overeenkomst. Wordt de deal met de Canarische Eilanden een succes, dan gaan ze het wellicht overwegen voor heel Spanje.' Voordat Kevin de gelegenheid kreeg iets te zeggen, ging ze verder.
'Waar het wat ons betreft om draait is een grote markt die opeens wordt geopend. We praten over miljoenen potentiële klanten waarvan een gedeelte ongetwijfeld naar Tenerife zal komen. Hoe we ons gaan voorbereiden en met de nieuwe situatie omgaan, is nu belangrijk.'
César Espino haalde zijn schouders op. 'Voor mij is het al een feest dat ik binnenkort minder creatief hoef te boekhouden. Zomaar zwarte cijfers schrijven... da's lang geleden.'
Joyce gaf hem een knipoog, ze begreep precies wat hij bedoelde. César was een dikke vijftiger, die zich in de loop der jaren had opgewerkt tot de belangrijkste financiële man bij La Palmera. Hij stond aan het hoofd van de administratie en werkte rechtstreeks onder haar. Zijn integriteit was legendarisch. In tegenstelling tot wat zijn droge grapjes deden vermoeden, had hij zich nog nooit bezondigd aan illegale boekhoudkundige trucs. Natuurlijk kende hij de kneepjes van het vak en paste deze ook toe, maar altijd strikt binnen de lijnen van de wet. Joyce vertrouwde hem volkomen en de cijfers die hij haar zeer regelmatig toespeelde, bewezen haar gelijk. Nog nooit had ze op dit gebied problemen met het hoofdkantoor of de belastingdienst gehad.
'De Russen...' zei Esmeralda Torres, hoofd van de food-and-beverageafdeling. 'Ik ben blij met deze deal, begrijp me goed, maar ik heb ook geluiden gehoord...'
'Dat ze tijdens het eten hun bord maar blijven volscheppen, een paar happen nemen, de rest weggooien en weer doodleuk hun volgende bord volladen?' reageerde César geamuseerd. 'Of dat ze in een all-inhotel de hele dag alcohol drinken, zich leeg kotsen en de boel kort en klein slaan? Bedoelde je dat soort verhalen?'
Esmeralda keek wat ongemakkelijk voor zich uit. 'Tja, je hoort weleens wat...'
Joyce maakte een breed gebaar met haar handen.

'En zo bestaan er ook honderden verhalen over Engelsen, Duitsers en Italianen. Laten we ons bezighouden met datgene wat daadwerkelijk voor La Palmera aan de orde is.'
Haar blik bleef even op Esmeralda rusten.
'Waarbij we dus alles wat relevant is proberen mee te nemen. Ook de verhalen over deze toeristen, laten we ze onderling voor het gemak Russen noemen, hebben we van horen en zeggen. Waarbij ik meteen wil opmerken dat er al jarenlang Russen naar Tenerife komen. En ik kan me niet herinneren daar ooit iets negatiefs over te hebben gehoord.'
'Dan heb je het wel over de rijke hap,' zei Kevin. 'De Russische elite die de hele wereld over reist. Oliedollars, voornamelijk uit Kazachstan. Dat is echt wat anders dan de hordes toeristen die jaarlijks in gigantische resorts in Turkije neerstrijken.' Hij klapte in zijn handen.
'Maar het blijft natuurlijk een fantastische uitdaging. Zoveel mensen uit een andere cultuur, met andere gewoontes op zoveel verschillende vlakken die hier op vakantie komen. Ik heb er wel zin in!'
Joyce zag aan Esmeralda dat ze ergens mee zat. Ze keek haar vragend aan.
'Tja, ik dacht zo... Neem nou het buffet. Hoe zit het met de smaak van die mensen? Verschilt die sterk van bijvoorbeeld die van de Engelsen, onze grootste klanten? Of de tijden van het buffet, moeten die worden aangepast? Moeten we de regels van de roomservice bijstellen? En wat te denken van de communicatie van het personeel met de gasten? Spreken de Russen Engels?' Ze keek vragend naar haar collega's.
'Heel goed. Dit zijn gerichte vragen waarmee we aan de slag kunnen.'
Hoewel Esmeralda tijdens stafmeetings vrij timide overkwam, had ze er bij het personeel goed de wind onder, wist Joyce. Ze was een laagopgeleide vrouw van het eiland die met hard werken en thuisstudies was doorgegroeid tot food-and-beverage-manager, een veelomvattende functie die ze naar behoren uitoefende. In tegenstelling tot Kevin had ze geen ambitie om nog een stapje hoger te zetten. Ze was getrouwd, 46 jaar oud, moeder van twee tienerdochters en vond het zo wel goed. Ze deed haar werk met plezier, maar als haar dienst erop zat trok ze de deur

achter zich dicht om met een brede lach naar huis te gaan.
'Hoe zit het met de boekingen?' wilde César weten. De receptie viel onder zijn verantwoording.
'Daarin komt geen verandering,' antwoordde Joyce. 'Alle contractbesprekingen met de touroperators en de marketing worden geregeld door het hoofdkantoor. Het computersysteem geeft de reserveringen direct aan ons door, zodat wij weten welke personen hebben geboekt.'
'En uit welk land ze komen,' voegde César eraan toe.
'Exact. Omdat wij ervan uit moeten gaan dat deze nieuwe situatie tot veel vroege boekingen zal leiden, kunnen we tijdig inspelen op de verschillende nationaliteiten die in La Palmera vakantie komen vieren.'
Kevin wilde zijn volgende vraag alweer afvuren, maar Joyce was hem voor. Ze had iedereen de kans gegeven op een eerste reactie en wilde het gesprek nu afronden. Eerst de grote lijnen. Juni volgend jaar leek nog ver weg, maar organisatorisch gezien was het een tijdsbestek van niets.
'Ik wil dat ieder van jullie de komende week goed gaat inventariseren wat de veranderingen op jouw afdeling zullen zijn. Schrijf een rapport dat ik met jullie in een persoonlijk gesprek kan evalueren. Hou bij het samenstellen van jullie bevindingen, wensen en voorstellen rekening met het gegeven dat de analisten van het hoofdkantoor met ingang van juni 2010 rekenen op een gemiddelde bezettingsgraad bij alle HV-filialen op de Canarische Eilanden van rond de 90 procent.'
César glimlachte fijntjes. 'Aangezien La Palmera steevast boven het gemiddelde draait, zou ik minstens uitgaan van 95 procent.'
Joyce keek hem aan en probeerde haar gezicht in een plooi te houden, wat haar maar half lukte.
'Dat zijn de woorden van César. En als iemand hier de cijfers van La Palmera kent...' Ze stond op, wat voor de rest een signaal was om het kantoor te verlaten.

8

‘Ik pik je morgenavond om een uur of elf op,’ zei Angelo met de innemende glimlach waar al zoveel vrouwen voor waren gevallen. Het voelde goed dat het nog steeds werkte.
‘Voor bar La Tumba,’ vulde de Duitse blondine verwachtingsvol aan.
Angelo knikte en gaf haar een knipoog. ‘Je bent niet alleen oogverblindend maar ook nog eens intelligent. Een zeldzame combinatie.’
Hij stak zijn hand op ter afscheid en verliet het park. Zonder te kijken wist hij dat hij binnenkort weer een nieuwe verovering op zijn lijstje kon bijschrijven; de Duitse animator die pas vijf weken op het eiland werkzaam was. Morgenavond zou hij haar meenemen naar wat trendy gelegenheden, waarna de romantische strandwandeling een opwarmertje zou worden voor urenlange seks in zijn slaapkamer. Of een snelle wip op een stil plekje, desnoods in de auto. Dat ze seks zouden hebben stond vast, dat kon hij tegenwoordig goed inschatten, alleen waar was nog onduidelijk. Dat maakte het ook voor hem spannend.
Werken en vrouwen, daaruit bestond zijn hele leven. Het was een verslaving waarvan hij nooit wilde afkicken. Dat zijn levenswijze door de andere partij niet altijd op prijs werd gesteld, nam hij voor lief. Tenslotte beloofde hij nooit iets, maar hadden zij altijd meer verwachtingen. Daar kon hij toch ook niets aan doen? Als ze net als hij alleen aan hun genot zouden denken, dan zouden ze blij moeten zijn dat er niet veel meer bij kwam kijken. Dus als hij uitgekeken was op een scharrel, dan liet hij haar genadeloos hard vallen. Spijt kende hij niet. Daar verzuurde je maar van. Hoewel hij moest toegeven dat met Joyce... het zat hem niet helemaal lekker. Maar dit was zijn leven en daar golden zijn regels en hij was niemands eigendom. Ha, was dat niet wat vrouwen altijd riepen?

Hij stapte in zijn auto en reed naar zijn volgende afspraak; een conflict tussen twee animators dat hij moest sussen. De tijden dat hij bij het minste geringste incident ontslag voor desbetreffende personen overwoog, lag achter hem. Daarvoor was de aanvoer van animators te laag. Hij moest roeien met de riemen die hij had en dus al zijn mensen aan boord houden. Alleen als ze echt over de schreef gingen, bijvoorbeeld met diefstal, moest hij radicaal ingrijpen en ze op staande voet ontslaan.
Hij reed over de Avenida Rafael Puig. Hotels en appartementencomplexen trokken als een lange, gekleurde sliert aan hem voorbij. Park Club Europe, dat was Chrisje, de gemoedelijke Belgische die in bed helemaal los ging. Hotel Conquistador, Renate, een Zwitserse die op zijn slaapkamer even koel bleek als zij zich de hele avond had opgesteld. Het was een van de weinige keren dat hij had geneukt zonder emotie te voelen. De Engelse Emily had hij tijdens een werkbezoek in Parque Santiago versierd. Omdat ze bijna klaar was met haar dienst had hij op haar gewacht en waren ze rechtstreeks doorgereden naar zijn huis. Wat was zij heet geweest, dacht hij en hij glimlachte om de bevredigende seksuele herinnering.
Hotel La Palmera lag schuin links van hem. Joyce was een van de weinige vrouwen met wie hij in zijn visie daadwerkelijk iets had. Het was anders, dieper, wat waarschijnlijk ook wel met haar leeftijd te maken had. In de tijd dat zij nu met elkaar omgingen had hij toch een bepaalde geborgenheid gevoeld die hij nog niet eerder had ervaren. Als hij heel eerlijk was, voelde hij enige spijt over de manier waarop hij bezig was. Dat het anders moest. Voor het eerst voelde hij zich een beetje schuldig dat hij ook af en toe nog andere vrouwen zag. In het begin van hun relatie had hij niet naar andere vrouwen getaand. De ervaring met deze volwassen en ervaren vrouw, een jonge moeder, had hij nog niet eerder gehad. Maar de drang naar avontuur werd weer groter en vandaag had hij voor het eerst sinds maanden de verleiding niet kunnen weerstaan om met een Duitse schoonheid aan te pappen. Eigenlijk zou hij dit met een beetje meer klasse moeten aanpakken, en het eerst moeten beëindigen met Joyce, maar hij wilde haar nog niet

kwijt. Wat niet weet wat niet deert. Maar hij wist dat het ook met haar niet voor eeuwig was.
Zo langzamerhand begon hij een beetje te balen van Tenerife. Voor een man met zijn kwaliteiten bleef het een eiland met beperkingen. Het werd de hoogste tijd dat hij zijn omgeving en regels drastisch ging aanpassen. Sinds twee maanden had hij weer contact met een oude vriend die hij toevallig op het internet was tegengekomen. Na wat heen en weer geklets over die goede oude tijd had Michel hem verteld over hoe warmpjes hij er tegenwoordig bijzat en hoe dat kwam. Toen Angelo liet merken hoe zijn eigen leven eruitzag en dat hij langzamerhand genoeg van Tenerife kreeg, had Michel hem een voorstel gedaan waar hij geen nee tegen kon zeggen. Twee dagen later had hij zijn hoofdkantoor om overplaatsing gevraagd. Verleden week had zijn baas gemeld dat hij mogelijkheden zag voor een standplaats in de door hem gevraagde regio. Hierdoor kon hij met een beetje geluk deze zomer Tenerife achter zich laten.
Op naar het grote geld, dacht Angelo en hij parkeerde zijn auto voor het complex waar hij een afspraak had.

9

Hij schoof vier fiches van elk vijftig euro naar de croupier.
'Zerospel.' Hij had een sterk gevoel dat hij zou winnen door zerospel te spelen: inzetten op een van de zeven getallen die in de schijf van het roulettewiel naast elkaar lagen, met de 26 in het midden. Hierop werd één fiche geplaatst, een *plein.* Op het groene speelveld lagen de overige nummers naast, boven of onder elkaar. De 32 en 35, 0 en 3 en nummer 12 en 15. Op deze combinaties, die een *cheval* heetten, plaatste de croupier ook één fiche per stuk. Viel nummer 26, dan kreeg de speler 35 keer zijn of haar inzet. Een winnend nummer uit een van de combinaties was goed voor 17 keer het ingelegde bedrag.
Met een vloeiende beweging waaruit jarenlange ervaring sprak, plaatste de man de fiches en keek hem vriendelijk aan.
'En 23 buren,' antwoordde hij zonder enige twijfel. Hij hoopte dat het rouletteballetje in het vakje voor een van de getallen die aan weerszijden van nummer 23 lagen (5, 10, 8 en 30) of op 23 zelf zou blijven liggen, dan zou hij ook 35 keer zijn inzet terugkrijgen. De croupier legde zijn vijf fiches op de juiste nummers. '*Faites vos jeux.*' Hierna pakte hij het balletje en slingerde hem in de bovenrand van de bak. Het balletje draaide in strakke baanrondjes. Het aftellen was begonnen. Rond de tafel was het druk. Mensen die zelf hun fiches wilden plaatsen, drongen elkaar rustig maar beslist opzij. Nadat het ronddraaiende balletje aan snelheid verloor, riep de croupier: '*Rien ne va plus.*'
Langzaam boog hij wat voorover. De adrenaline gierde door zijn lijf. De spanning was, net als het moment vlak voor een orgasme, bijna ondraaglijk. Als het balletje op zijn nummer viel, voelde het bijna alsof hij werd opgetild, maar als dat niet zo was en hij zijn inzet verloor, leek het

juist alsof hij met een ruk naar beneden getrokken werd. Het spel was als een drug, alle facetten hiervan ervoer hij als een kick. Want na de val had hij weer een opleving nodig en na een opleving wilde hij alleen maar meer. Wat hem weken geleden nog onmogelijk had geleken, overkwam hem nu ook.

Vanavond zat het niet mee, maar hij was ervan overtuigd dat deze ronde hem eindelijk een flinke winst zou opleveren. Omdat hem was opgevallen dat het regelmatig gebeurde dat het balletje recht tegenover een door hem ingezet nummer viel, had hij zich ditmaal ingedekt en ook 23 buren gespeeld. Het was bijna ontluisterend te merken hoe je je door zo'n spel in de luren kon laten leggen en de logica ervan in dacht te zien. Alsof er wetten voor waren die hij moest leren kennen.

'Wat is het vanavond druk, nietwaar?' De opmerking van zijn buurvrouw ging volledig langs hem heen. Hij had alleen maar oog voor het balletje en was doof voor alles om hem heen. Het balletje vertraagde, daalde, raakte onderweg de rand van de vakjes, schoot even omhoog en stuiterde richting het vakje van de 30 (zijn cheval!), maar belandde drie vakjes verder.

'Dertien, zwart,' meldde de croupier stoïcijns.

Om een vloek te onderdrukken, bracht hij zijn hand naar zijn mond en beet op het vlees van zijn vinger. Hij zag even niks meer en knipperde wild met zijn ogen om weer focus te krijgen.

'Dat is mijn nummer!' hoorde hij zijn buurvrouw ergens vanuit de verte roepen. 'Met een vijfeurofiche!' Hij wist niet hoe hij het had.

De plekken waar zijn fiches hadden gelegen waren leeg. Met deze laatste ronde had hij alles verspeeld. Zijn intuïtie had hem in de steek gelaten. Vanavond was zijn vijftienhonderd euro eigendom van de bank geworden.

Hij aarzelde geen seconde. Dit was niet meer dan een tegenslag. De afgelopen maanden was hij vaker uit een schijnbaar kansloze positie teruggekomen en had met geleend geld toch nog een winst geboekt. Dat hij er ook net zo vaak en hard mee verloren had, vergat hij steeds. Hij stak zijn hand omhoog en had meteen de aandacht van Ivan, de zaal-

chef. Die kwam meteen naar hem toelopen en boog zich voorover.
'Ik heb tweeduizend nodig. Wil jij dat op mijn rekening zetten?'
Zonder een woord te spreken trok Ivan zich terug. Hij opende de deur naar de ruimte naast het casino en bleef enkele minuten weg. In deze korte tijd verbeet hij zich, omdat er een nummer viel dat hij had willen spelen. Tenminste, daarvan was hij overtuigd nadat het winnende nummer werd bekendgemaakt.
Toen Ivan weer naast hem stond, fluisterde de Rus vriendelijk: 'Wilt u even meekomen?' Met lichte verbazing en duidelijke tegenzin stond hij op en volgde de man die voor de eerste keer in maanden geen fiat voor meer speelgeld gaf.

10

De kleine ruimte naast de speelzaal moest doorgaan voor een kantoor. Omdat er naast de tafel en stoelen ook casinobenodigdheden lagen, hingen en waren opgestapeld, leek het meer op een veredeld, overvol magazijn. Toen hij binnenkwam knikten de broers Nikolajev hem stuurs toe. Jevgenij zat achter het bureau en Boris stond ernaast.
'Neem plaats,' zei Ivan. Een korte hoofdbeweging van Jevgenij maakte hem duidelijk dat hij weer kon gaan. Hij draaide zich om en verliet het claustrofobische lokaal.
'Je stelt ons teleur, vriend,' opende Jevgenij.
'Waarom?'
De Rus glimlachte meewarig.
'Al die maanden hebben wij jouw hobby gefinancierd en nooit een woord van dankbaarheid ontvangen. Zelfs een simpele vraag als "hoeveel ben ik jullie schuldig?" was blijkbaar al te veel moeite.'
Theatraal schudde Jevgenij zijn hoofd. De dikke halsketting waaraan een met edelstenen ingelegd gouden kruis hing, wiegde traag langs zijn zwarte borstharen. Hij maakte een breed gebaar met zijn handen en stelde zichzelf een retorische vraag: 'Je helpt de mensen en wat krijg je ervoor terug?'
Hij voelde zich verre van op zijn gemak. De benauwde ruimte, twee Russische casinobazen van wie er minstens eentje te veel matige misdaadfilms had gezien en dus een slecht toneelstukje opvoerde... Hij wilde hier zo snel mogelijk weg.
'Hoeveel ben ik jullie schuldig?'
Boris deed voor de eerste maal zijn mond open.
'Wat denk je zelf?'

Hij haalde zijn schouders op, omdat hij het ook niet precies wist.
'Ongeveer dertigduizend, denk ik.'
Jevgenij grijnsde. Het was foute boel, drong het opeens tot hem door. Echt foute boel.
'Hou het maar op vier keer dat bedrag,' sprak Boris op een rustige en zelfverzekerde toon.
'Wát?!' Dit bedrag was buiten alle proporties, dat wist hij zeker. 'Dat is onmogelijk, zoveel heb ik niet van jullie geleend!'
Jevgenij sloeg met zijn hand op het bureaublad. In de kleine ruimte klonk het geluid onevenredig hard, alsof iemand zojuist een pistoolschot had gelost.
'Luister nu goed naar me, klootzak. Wij zijn geen bank die geld leent aan burgermannetjes en ze dit bedrag in twintig jaar met een schappelijke rente laat terugbetalen.' Zijn vinger priemde in de richting van de speelzaal.
'Wij hebben personeel dat een uitstekend salaris ontvangt omdat het tot diep in de nacht mannetjes zoals jij moet vermaken. Om deze tent draaiende te houden betalen we handenvol steekpenningen aan ambtenaren op de juiste posities, zodat we geen onaangekondigd politiebezoek krijgen. Af en toe gebeurt het weleens dat iemand per ongeluk een groot geldbedrag wint. Om onze naam hoog te houden, betalen wij dit zonder morren uit. Je begrijpt dat alles wat ik net heb opgenoemd veel geld kost. Geld, dat ook wij soms via bepaalde kanalen moeten lenen. En deze geldschieters rekenen een nog hoger percentage dan we nu bij jou doen. Dus als je nog één kik geeft, verhoog ik die rente zonder schroom.'
Jevgenij keek hem onvermurwbaar aan.
Hij wilde zijn gezicht afwenden, niet in die woedende ogen hoeven kijken, maar wist zich te beheersen. Hij wilde niet zwak overkomen.
'Maar... jullie weten toch dat ik goed ben voor mijn geld? Heus, binnenkort...'
'Binnenkort is precies één week,' zei Boris gedecideerd. 'Van beloftes kunnen we onze tent niet draaiende houden.'
Jevgenij bleef hem strak aankijken.

'Er zijn twee mogelijkheden. Binnen één week kom jij hier met het geld binnenlopen of met een verhaal waarvan wij ongelofelijk blij worden; een tip waar de sleutel van de Nationale Bank ligt, of zo. Iets waarmee we heel rijk kunnen worden.'
'Aangezien dat laatste onwaarschijnlijk is,' vulde Boris aan, 'is het voor jou slimmer om je op het geld te concentreren.'
Hij maakte met een korte knik duidelijk dat ze genoeg tijd aan hem hadden besteed. Hij stond op en liep naar de deur.
'Maak niet de fout ons te slim af te willen zijn,' sprak Jevgenij toen hij vlak bij de deur was. 'We weten je te vinden. Als het zover moet komen, pakken we je al je bezittingen af en loop je de komende jaren mank. Op je handen, want als we klaar zijn met je benen, kun je die nooit meer gebruiken.'
Zijn broer lachte.
'En nu opgesodemieterd,' blafte Jevgenij hem toe.
Hij opende de deur en verliet het casino zonder op of om te kijken.

11

Joyce liep door de hal Parque Montabal binnen. Het getik van haar hakken op de marmeren tegels klonk venijnig.
'Goedenavond, Manuel.'
'Dag mevrouw Nieuwpoort,' antwoordde de nachtreceptionist. 'U bent vroeg vanavond.'
Joyce vertraagde haar pas. Manuel was de vaste nachtreceptionist en werkte hier al ruim twintig jaar. Omdat de nachtdienst door zijn collega's werd verafschuwd, was hij na zijn pensionering gewoon doorgegaan met datgene waarmee hij al jarenlang zijn brood verdiende, namelijk vijf dagen in de week van tien uur 's avonds tot zes uur 's morgens in z'n eentje de receptie bemannen. Hij was een bijzonder aardige man die altijd vriendelijk tegen haar was.
'Ik had er gewoon geen zin meer in,' sprak ze in het voorbijgaan. 'Morgen is er weer een dag.'
Manuel stak zijn duim op. 'U hebt groot gelijk. Je werkt om te leven en niet omgekeerd.' Uit zijn mond klonk dat net zo vreemd als de belofte van een kleptomaan om nooit meer iets te stelen.
'Alles goed met Jason?' vroeg Manuel nog voordat ze de receptie was gepasseerd.
'Kon niet beter,' antwoordde Joyce naar waarheid en vlak voordat ze de hoek omging stak ze haar hand op. Ze hoorde Manuel nog wat zeggen, maar zijn woorden gingen op in het rumoer van een luidruchtig groepje gasten dat de hal van het complex binnen kwam lopen.
Eenmaal in het park hoorde Joyce de muziekflarden die vanaf het terras naast het restaurant in haar richting waaiden. Van het ene op het andere moment was het stil. Ze keek op haar horloge en zag dat het halfelf was.

Muziekquiz, dacht ze. Het animatieteam had een vast programma en op woensdagavond was dat een muziekquiz waarbij de winnaar een fles rode wijn kreeg, had Jason haar verteld. Hij kende het programma van de animatie uit zijn hoofd. De muziekquiz vond hij maar stom gedoe, dus die ontweek hij liever. Alleen als er knappe meisjes in het park waren, wilde hij opeens deel uitmaken van het animatieteam.

Puberteit, ze kon zich nog veel uit die periode herinneren. De twijfels. Het altijd maar bezig zijn met wat anderen van je dachten. Ook die tijd was voorbijgegaan en zoals de meesten was ze er sterker uitgekomen. In gedachten verzonken had ze ongemerkt haar bungalow bereikt. Ze hoorde Jasons harde lach vanuit de woonkamer komen. Ze stapte naar binnen en zag dat hij samen met Jurre op de bank zat en op de PlayStation speelde. 'Hoi, mam, jij bent vroeg. We doen een spelletje en het is echt om je dood te lachen.'

Joyce snapte niet wat hij bedoelde. Ze speelden een game waarbij in rap tempo de ene na de andere tegenstander werd neergeschoten.

'Goedenavond, Joyce,' zei Jurre. Op haar verzoek tutoyeerde hij haar. Vanwege haar functie werd ze de hele dag al op een formele wijze aangesproken en thuis zat ze daar niet op te wachten. 'Let op, mam, je komt echt niet meer bij. Wat dacht je van deze naam: Koos Busters? Van Ghost Busters, begrijp je?!'

Joyce knikte. Een beetje verward, maar ook een beetje opgelucht dat hij zo'n lol had om een naamspelletje en niet om het onwillekeurig neerknallen van figuren in het PlayStation-spel, keek ze hen aan. Jurre kwam meteen met een verklaring.

'Een tijdje terug was ik op familiebezoek in Friesland. In de auto van een vriend luisterden we naar een radioprogramma waarin vreemde namen werden genoemd. Ik geloof dat het een soort wedstrijd was wie de gekste namen kende of kon bedenken. Daar kwamen heel wat rare namen voorbij.'

'Wil Jannie Mosterd uit de Fles,' proestte Jason. Joyce lachte met hem mee, hoewel dat meer was om zijn gedrag dan om de idiote naam.

'Stanley Messie,' sprak Jurre tussen twee langgerekte geweersalvo's door. Jason schoot weer in de lach en drukte de pauzeknop van het spelletje in. Ah... rust.

'Fokje Modder', zei Jason op een uitdagende toon. Hij had de grootste moeite niet in lachen uit te barsten.

'In het Engels...'

'Ik weet wat je bedoelt, Jason,' onderbrak Joyce hem haastig. 'Heel grappig, maar niet heus.'

Ze gaf hem niet de kans daarop te reageren. 'Het is halfelf. Heb jij je huiswerk gemaakt?'

Hij knikte wat obstinaat.

'Ik ga naar huis,' zei Jurre. 'Morgen wordt een lange dag voor me.'

'Had je vandaag vrij?' wilde Joyce weten.

'Nee, Bratt en Chiara wilden graag de muziekquiz doen. Isabelle doet de supervisie zodat ik vanavond vrij kon nemen.' Hij stond op en liep naar de deur.

'Dag, Joyce. Ik zie je morgen weer, Jason.'

'Later,' zei Jason en hij stak een gebalde vuist op. 'Fijn dat je zo vroeg thuis bent, mam. Dat komt niet zo vaak voor. Was het werk op?'

Joyce glimlachte om zijn opmerking, die zo heerlijk kinderlijk klonk. Het kwam zelfs niet bij haar op om hem te corrigeren.

'Nee, lieverd. Ik had gewoon geen zin meer. Morgen is er weer een dag.'

'Oké, ik ga naar bed. De training was leuk. Dat wilde je toch vragen?' Hij wachtte haar reactie niet af, maar liep rechtstreeks door naar zijn slaapkamer. 'Ma?' klonk het vanuit zijn slaapkamer.

'Ja?'

'Komt Angelo vanavond nog?'

Heel even was ze verward door deze vraag, die uit het niets leek te komen. 'Niet dat ik weet,' antwoordde ze zo laconiek mogelijk. 'Waarom wil je dat weten?'

Het duurde een paar seconden voordat hij antwoordde.

'Zomaar.'

Jaja, dacht ze. Als een puber 'zomaar' als antwoord gaf, bedoelde hij vaak iets anders, wat hij niet wilde zeggen. Maar evengoed, kon het

hem echt niets schelen? Daar kreeg ze nog altijd niet goed hoogte van. God, wat lag het toch gecompliceerd, dacht ze.
'Ik heb pas dit weekend met Angelo afgesproken,' zei ze. 'Misschien gaan we zaterdag met de boot naar La Palma.'
'Blijven jullie daar slapen?'
'Dat weet ik nog niet. Maar dat is mogelijk, jij bent dit weekend toch bij je vader dus ik hoef voor niemand thuis te blijven.'
Het duurde lang voordat ze antwoord kreeg.
'Tenerife speelt zondag om vijf uur thuis. Daarna ga ik nog wat met papa eten. Dan ben ik ongeveer om tien uur thuis.'
Bencomo en Jason hadden een seizoenskaart voor Tenerife dat sinds tijden weer in de eerste divisie speelde. Om de twee weken speelde de ploeg in het eigen stadion en werd Jason rond een uur of tien door Bencomo thuisgebracht. Niets nieuws dus. Toch had ze het idee dat hij ergens omheen draaide.
'Wat bedoel je, Jason? Als Tenerife thuis speelt ben je hier toch altijd weer rond een uur of tien?'
Weer treuzelde hij met zijn antwoord. 'Nou, ik dacht zo... Als Angelo zondagavond vroeg weggaat, kunnen wij misschien nog wat met z'n drietjes kletsen.'
Daar kwam de aap uit de mouw. En ze had het niet zien aankomen. Jason was weliswaar de afgelopen maanden steeds vaker lovend over zijn vader dan daarvoor het geval was geweest, maar hij had nooit eerder op deze manier laten merken dat hij zijn ouders graag weer samen zag. Of was het haar ontgaan? Was ze zo met haar werk en relatie bezig geweest dat ze bepaalde signalen gewoon niet had opgevangen? Opeens kon ze zichzelf vanwege deze nalatigheid wel voor haar hoofd slaan.
Jason was closer met zijn vader dan ooit en dat vond ze geweldig. Dat zij en Bencomo niet samen konden leven, wilde nog niet zeggen dat hij geen goede vader was. Integendeel, hij was stapelgek op zijn zoon en hield zich altijd keurig aan zijn afspraken. Tijdens de momenten dat ze elkaar spraken was er van enige vijandigheid geen sprake. Eerder berusting, een soort van stilzwijgend verbond. Het was nu eenmaal zo gelo-

pen en ze moesten er op deze manier gewoon het beste van maken. Ze hielden veel van hun zoon en hij mocht niet lijden onder het feit dat ze gescheiden waren.
'Mam?'
Joyce schrok. Ze was zo in haar eigen gedachten opgegaan dat ze was vergeten hem antwoord te geven.
'Euh, je overvalt me hiermee, Jason. Ik denk er vanavond over na en laat het je morgen weten, oké?'
Hij reageerde meteen. 'Prima.'
Ze hoorde in zijn antwoord een lichte teleurstelling. Hij had een plannetje uitgedokterd om hen samen te krijgen. Zo gelukkig was hij dus niet met de huidige situatie. Hij wilde verandering en dat het weer goed kwam tussen zijn ouders, dat ze weer een gezin waren. Joyce liep naar de keuken, schonk zichzelf een glas wijn in en speelde met de gedachte dat zij het wellicht belangrijker maakte dan het in werkelijkheid was. Door de sterke verantwoordelijkheid die ze voor haar werk en haar rol als alleenstaande moeder voelde, kon het zijn dat ze dit gesprek te zwaar opnam. Wilde hij echt zijn ouders weer samenbrengen? Voor hetzelfde geld was dit idee ineens bij hem opgekomen en was hij het nu alweer vergeten.
Ze ging op de bank zitten en sloot haar ogen om even tot rust te komen. Straks zou ze proberen om alles op een rijtje te zetten. Er was genoeg om over na te denken.

Donderdag 1 april 2010

12

Joyce voelde zich fris. Ze had vanmorgen tot tien uur geslapen, uitgebreid ontbeten en een vol uur bij de kapper gezeten. De donderdagochtend was haar break waarin ze energie tankte voor de rest van de week. Dat ze op woensdag meestal tot diep in de nacht werkte, zag ze als een compensatie voor een ochtend die ze helemaal op eigen wijze kon inrichten. Hoewel ze ook wel wist dat ze zichzelf een beetje voor de gek hield, want juist omdat ze zo lang doorwerkte had ze die ochtend vrij nodig.

Sinds ze als directeur bij La Palmera werkte, had ze deze regel ingevoerd. Op woensdagavond had ze een oppas voor Jason geregeld, die bij hen sliep. Toen hij enkele weken voor zijn twaalfde verjaardag aangaf het in zijn eentje te willen proberen, had ze zo haar twijfels gekend. Toch had ze hem de kans gegeven, die wonderwel goed uitpakte. Ondanks zijn leeftijd ging hij goed met zijn plotseling verkregen verantwoordelijkheid om. Hij deed zijn huiswerk en ging op tijd naar bed. Van de animators hoorde ze dat hij op woensdagavond niet of nauwelijks in het park rondhing. Niemand had hem ooit na elven buiten gezien.

Natuurlijk was ze zelf een paar keer onaangekondigd in het park en bij haar bungalow verschenen. Een afstand van niets, want haar kantoor lag tegenover het park. Tijdens al die inspecties had ze hem thuis aangetroffen. Twee keer om elf uur, toen hij op het punt stond naar bed te gaan en drie keer net na middernacht, een tijdstip waarop hij hoorde te slapen en dat ook deed. Ze was trots op hem. Gescheiden ouders, moeder 's avonds laat nog aan het werk – waarover ze zich af en toe schuldig voelde – en toch was hij zo verstandig en zelfstandig. Hij deed het toch maar!

Ze nam plaats achter haar bureau. Vannacht had ze tot twee uur doorgewerkt. De stapels op haar bureau die nog moesten worden geordend, waren het restant van de informatiestroom die ze had vergaard en haar was toegezonden. Het vel dat ze nu in haar hand hield, was een kort interview met een Spaanse parlementariër die een bescheiden rol had gespeeld bij het tot stand komen van de overeenkomst tussen Spanje, Rusland, Oekraïne en Kazachstan. Hierin werden nadrukkelijk de voordelen uitgelicht die het opheffen van de visumplicht voor de Canarische Eilanden met zich meebracht. Werkgelegenheid, opbloei van de plaatselijke economie en het intensiveren van al gelegde contacten waren de stokpaardjes, die niet vaak genoeg van stal konden worden gehaald. De minpunten kwamen niet aan bod. Ze legde het velletje in de daarvoor bestemde map.
Natuurlijk was het akkoord een geweldige deal die de Canarische Eilanden een flink eind uit de economische malaise zou trekken. De werkeloosheid was hier dramatisch hoog en uitzicht op herstel was er voor deze overeenkomst niet geweest. De eilanden waren vrijwel volledig afhankelijk van het toerisme en juist die tak vertoonde een dalende lijn waarvan het dieptepunt nog lang niet bereikt leek. Zonder uitzondering werd er echter met een roze bril op over het akkoord gesproken. Volgens iedereen die zijn mening waar dan ook verkondigde, was dit een schoolvoorbeeld van een win-winsituatie.
In haar opinie, die ze voorlopig nog voor zich hield, was de gesloten deal een prima zaak, maar het kon nog weleens vervelend uitpakken. Iedereen ging er namelijk maar van uit dat de overeenkomst verlengd zou worden. Het werd afgedaan als een formaliteit, terwijl dat absoluut niet het geval was. Wat als er tijdens de afgesproken periode problemen ontstonden? Bijvoorbeeld met Russen die het absoluut niet konden vinden met Engelsen? Er mocht dan een invasie vanuit het oosten worden verwacht, de inwoners van Groot-Brittannië vormden voorlopig de grootste groep toeristen op Tenerife.
Mocht om wat voor reden dan ook deze deal niet doorgaan, dan waren de gevolgen niet meer te overzien. Al het extra aangenomen personeel

kwam weer op straat te staan en alle investeringen waren voor niets geweest. De ellende die hieruit voortvloeide zou een klap worden die ze niet meer te boven zouden komen.
Joyce schudde deze gedachten van zich af. Doemdenken had geen zin. Bovendien waren de cijfers nu al zeer positief. César had nog laag ingezet met zijn bezettingsgraad van 95 procent. Vanaf juni zat het hotel stampvol. Voor noodgevallen en directiebezoek had ze twee kamers en één suite vrij. De overige 516 kamers en 21 bungalows waren tot 1 september bezet. Een unieke situatie die waarschijnlijk standhield, omdat de boekingen voor het najaar nu al binnenstroomden.
Zakelijk ging het dus fantastisch. Vanuit het hoofdkantoor was er veel feedback gekomen. De marketingafdeling had centraal een aantal zaken doorgevoerd zoals Russische vertalingen bij het buffet en op de kamers. Ook hadden ze het voor elkaar gekregen om een vertaling van de huisregels, die bij elk hotel van de HV-keten ongeveer hetzelfde waren, bij de mensen thuis te bezorgen. Hierdoor wisten de nieuwe klanten ruim van tevoren wat ze konden verwachten en aan welke regels ze zich dienden te houden.
Haar staf had ook bergen werk verricht. Alle zaken die zich in en om het hotel afspeelden, werden opnieuw tegen het licht gehouden en beoordeeld. De voorstellen waren over het algemeen zinnig en door haar gefiatteerd. In de eerste week van mei zou het nieuw aangenomen personeel beginnen met proefdraaien. Ze zag beelden van de eetzaal in mei voor zich en glimlachte. De toeristen die in deze van oudsher stille periode hun vakantie hadden geboekt, kregen waar voor hun geld. Er was bij wijze van spreken meer personeel aanwezig dan er gasten waren...
Van het volgende document werd ze minder vrolijk. Het was een opdracht om naast het salaris van Esmeralda Torres over de maand mei, een voorschot over de maand juni uit te keren. Sinds drie maanden was haar man Pedro werkloos en de financiële problemen begonnen nu grip op het gezin te krijgen. Op dit moment kon ze weinig anders doen dan een voorschot uitkeren. Misschien was er een mogelijkheid om hem in het najaar te betrekken bij lichte renovatiewerkzaamheden. Een kleine opknapbeurt

die gefinancierd moest worden uit de inkomsten van deze zomer.
Ze legde het verzoek op de hoek van haar bureau en nam zich voor het zo spoedig mogelijk naar César te laten brengen, zodat hij het direct kon overmaken. Ook over hem maakte ze zich zorgen. In de maanden februari en maart was hij drie weken niet op zijn werk verschenen, terwijl hij de afgelopen jaren in totaal vier dagen ziek was geweest. Hij zag er ook slecht uit. Zijn ogen stonden dof, hij werd in korte tijd zichtbaar grijs en het leek er sterk op dat zijn gewicht met de dag afnam. Toen ze hem had gevraagd hoe het met hem ging, had hij kortaf 'Prima' geantwoord. Ze had in de wandelgangen opgevangen dat hij last had van een zeldzame hartaandoening. Er was een operatie nodig die alleen door zeer gespecialiseerde chirurgen kon worden uitgevoerd. Daarom was de wachtlijst lang, het kon wel jaren duren voordat hij aan de beurt was. De enige andere optie was een operatie in de Verenigde Staten, maar dat was nog veel duurder.
Joyce zuchtte. Voorlopig hoopte ze dat roddels altijd werden overdreven. Toch moest ze een dezer dagen César hierop aanspreken. Als directeur, maar vooral als mens, had ze de persoonlijke relatie met hem laten versloffen. De gigantische drukte die haar baan met zich meebracht, mocht hiervoor geen excuus zijn.
Met wie ze binnenkort ook om de tafel moest gaan zitten, was Kevin Ortega. Haar ambitieuze operation manager begon vedetteneigingen te krijgen. Nu het hem duidelijk was geworden dat de aankomende vloed van toeristen zijn carrière niet in een stroomversnelling ging brengen, had hij zichzelf vervelende trekjes aangemeten. Via zijn ondergeschikten had ze vernomen dat hij als een heuse zonnekoning over zijn medewerkers heerste. Hoewel ze enigszins begrip had voor zijn teleurstelling dat er niet veel hoger te klimmen viel dan dit, was het een mentaliteit die zij niet kon tolereren. Wilde hij ooit promoveren tot hoteldirecteur, dan moest hij blijven presteren en geduld hebben. In een persoonlijk gesprek zou ze hem dit heel duidelijk maken. Verbeterde zijn instelling niet, dan was er in La Palmera geen plaats meer voor Kevin. Hoe jammer ze dat ook zou vinden, want hij had het in zich om het tot directeur te schoppen.

In tegenstelling tot de problemen waarmee haar stafleden te kampen hadden, ging het in de persoonlijke sfeer bij haar alleen maar beter, dacht ze terwijl ze naar Jasons foto keek. Sinds Jasons pogingen hen dichter bij elkaar te brengen, was haar relatie met Bencomo beduidend verbeterd. Elke twee weken kwam hij zondagavond bij haar thuis en spraken ze met z'n drietjes over van alles en nog wat. Als Jasons bedtijd was aangebroken, stond hij altijd op, wenste zijn zoon goedenacht en bedankte haar voor de gezellige avond. Verder dan dat was het nooit gekomen en daar voelde ze zich goed bij. Wel moest ze voor zichzelf erkennen weer veel van de oude Bencomo in hem terug te zien. De man op wie ze verliefd was geworden...

Tot haar opluchting, althans in het begin, had Angelo totaal geen probleem met het feit dat ze om de veertien dagen met haar ex-man op haar terras zat bij te kletsen. Integendeel, hij vond het een geweldige ontwikkeling, met name voor Jason. Hij had Bencomo nooit ontmoet, maar uit de verhalen die Jason over zijn vader vertelde, kon hij enkel concluderen dat haar ex een 'goeie gast' was die veel om zijn zoon gaf. Hij was de laatste op de wereld die tussen die relatie wilde komen, verklaarde hij regelmatig. Ook vond hij het normaal dat zij en Bencomo goed contact hadden. 'We zijn toch allemaal volwassenen, nou dan?' Gek genoeg, en dit kon ze werkelijk niet verklaren, kon ze zijn opstelling helemaal niet zo waarderen. Na verloop van tijd kreeg zij steeds meer het idee dat het hem weinig kon schelen. Dat hij hun relatie anders beleefde dan zij. Vrijblijvender. Toegegeven, hun relatie was gebaseerd op seksuele aantrekkingskracht, maar hoorde het niet zo te zijn dat er na verloop van tijd meer bij kwam kijken dan uitsluitend seks? Er bestond toch ook nog zoiets als diepgang? Het oprecht in elkaar geïnteresseerd zijn zonder dat er een orgasme aan te pas kwam? Ze moest niet zo malen, hup aan het werk.

César wandelde op zijn gemakje richting hotel La Palmera. Het was tien voor halfnegen 's ochtends en de zon scheen al furieus. Al die jaren had het werk een bijzondere plek in zijn leven ingenomen. Hij mocht dan een schat van een vrouw hebben, tijdens kantooruren was hij getrouwd met La Palmera. Hij was een boekhouder in hart en nieren. Tegenwoordig scheen zijn functie financieel manager te heten, maar hij had niet goed begrepen waarom overal een Engelse term voor gebruikt moest worden. Alsof je met de naam 'financieel manager' belangrijker was dan als je 'boekhouder' op je kaartje had staan. Hoe de tijden konden veranderen was hem sinds kort echter pijnlijk duidelijk geworden. Waar hij de rappe carrièremakers vroeger links had laten liggen, had hij er nu spijt van dat hij niet eerder met hen had aangepapt. Dat hij zich niet op een slimme, desnoods gladde manier onder hen had begeven om na verloop van tijd een van hen te worden. Als hij dat had gedaan, zou het er nu allemaal anders voor hem uitzien. Want dan had hij geld gehad. Een dikke bankrekening waarmee hij zijn eigen leven kon redden. Zo simpel lag het, als je geld had, bleef je leven. Het was wat kort door de bocht, maar uiteindelijk kwam het daar wel op neer. Hij stond op een wachtlijst voor een zware hartoperatie en was voorlopig nog niet aan de beurt. Lang leve de sociale verzekering. Decennialang hadden ze elke maand een bedrag van zijn salaris ingehouden en nu het er voor hem echt op aankwam, moest hij alsnog achteraan in de rij aansluiten.

César vloekte binnensmonds. Hij moest zich niet zo druk maken. Dat was slecht voor zijn hart... Stelletje hypocrieten. In plaats van goedbedoelde adviezen geven waarmee hij geen reet was opgeschoten, hadden ze beter een operatie kunnen regelen. Na het slechte nieuws over zijn gezondheid was hij meteen het internet opgegaan en had ontdekt dat dezelfde operatie mogelijk was bij een privékliniek in Madrid. Nu was hij niet geheel onbemiddeld, maar hij kwam nog een flink bedrag tekort om de operatie zelf te bekostigen... Dat restbedrag moest er komen. Hoe hij dat voor elkaar kreeg deed er niet toe, en dat wilde wat zeggen, want tot dan toe was hij altijd een integer man geweest.

13

De spectaculaire zonsopgang zag hij niet eens echt. Zijn gedachten hielden zich slechts met één ding bezig.
Vier dagen waren als in een trance voorbijgegaan. Op een dieet van ademhalen en diep nadenken was hij de etmalen doorgekomen. Zonder resultaat. Al zijn geestelijke inspanningen hadden geen enkel zinvol idee opgeleverd. Niks, nada, niente.
Bezinning was het enige wat deze periode had gebracht. En berusting, nadat hij minstens een dag woedend in zijn appartement had rondgestampt. Hij was stom en naïef geweest en moest nu op de blaren zitten. Het enige positieve aan deze zelfreflectie was de keiharde confrontatie die hij met zichzelf was aangegaan. Hij had zich overduidelijk gedragen als een verslaafde. Anders dan bij een junk zou het gokken als een *golden shot* misschien niet zijn dood worden, maar de broers Nikolajev waren helder in hun bewoordingen geweest. En hij geloofde hen onvoorwaardelijk. Kwam hij niet met geld of een wereldidee op de proppen, dan zouden ze hem voor het leven tekenen. Zo niet erger...
Hij rilde bij deze gedachten. Hoe had hij zo stom kunnen zijn. Waarom had hij die alsmaar sterker wordende roes niet doorbroken? Hij had zich onkwetsbaar geacht, boven alle materie verheven. Uit dat gevoel had hij zichzelf nooit kunnen en willen bevrijden, wist hij nu. Hem uit de sleur van de verslaving trekken – de afgelopen weken had hij het casino dagelijks bezocht – was dus het beste wat de Nikolajevs hadden gedaan. Hoe ironisch. Ze hadden hem weggetrokken voor de poorten van de hel en neergezet in een arena vol hongerige leeuwen. Als hij niet snel met vers vlees op de proppen kwam, zouden die beesten hem in stukken scheuren.

Op het strand werkte een jogger zich in het ochtendzweet. Twee mannen van de gemeente verwijderden met hun prikkers de laatste papierresten en ruimden de flessen op die stappers achteloos in het zand hadden gedumpt. De jongeman die verantwoordelijk was voor de verhuur van ligstoelen, rekte zich nogmaals uit. Daarna liep hij naar een hok waar hij gisteren de stoelen had opgeborgen. Elke stap die hij zette, leek overwogen. Het was nog vroeg, voor de jongen moest de dag nog beginnen.
Hij bleef staan en zuchtte. Weer een wandeling die niets opleverde. Elke minuut die wegtikte, bracht hem dichter bij de confrontatie. Ruim honderdduizend euro. Of de sleutel van de Nationale Bank, grapjassen. Met hun *sleezy* bordeel. Ze hebben echt niet zoveel geld van me nodig. Die tent van ze brengt vast genoeg op, maar voor dat soort lui is het nooit genoeg. Als ik zo'n bordeel zou hebben, zou ik het anders aanpakken.
Hij zag hoe een bewaker de deur van de achteringang van hotel La Palmera opende. De extreem vroege vogels konden nu via de botanische tuin rechtstreeks naar de zee lopen. Er was echter niemand te zien die op dit tijdstip gebruikmaakte van deze service. Hij liep door en zag vanuit zijn ooghoek dat de bewaker op zijn gemak terug naar het hotel wandelde.
Hij bleef staan. De ingeving kwam als een flinterdun idee binnen en nestelde zich in zijn hoofd. Omdat het zo opeens en onverwacht in zijn gedachten was geïnfiltreerd, bewoog hij zich niet.
Russen.
Geld.
Bordeel.
Prostitutie.
De sleutel van de Nationale Bank.
Hij knipperde fel met zijn ogen, schudde met zijn hoofd en glimlachte moedeloos.
'Dat nooit,' fluisterde hij. 'Er zijn grenzen.'
Hij concentreerde zich op het uithangbord van een Italiaanse ijssalon in de verte om afleiding van zijn eigen zieke ideeën te zoeken. Maar het stemmetje kwam terug.

Grenzen? Alsof je die grenzen niet allang overschreden hebt. Dat deed je al toen je geld van de Russen aannam om je gokverslaving te bekostigen. Toen heb ik je ook niet over grenzen gehoord. Spelen wilde je. Ten koste van alles, wees daar eerlijk over. Neem jezelf vooral niet in de maling. Nu moet je de consequenties aanvaarden en de rekening betalen. Niet dat je hem kunt betalen. Of lenen. De banken zien je in deze zware tijden al aankomen. Die lenen enkel als ze zeker weten dat elke euro is afgedekt.

Een gouden idee is dus jouw enige kans. Morele overwegingen kun je overboord kieperen. Het gaat om leven en dood. Zo simpel is het. Dus kies maar: wil je overleven of een geweldig idee laten lopen vanwege ethisch geleuter? Inderdaad, je hebt geen keus. Op dit moment zou je zelfs je moeder moeten verkopen als het niet anders kon. Het alternatief, wat je net hebt bedacht is verre van aantrekkelijk, maar je zit niet in een positie om kieskeurig te zijn. Kies voor jezelf, hoe moeilijk dat in dit specifieke geval ook is!

Hij sloot zijn ogen, bleef enkele minuten zo staan, slaakte een diepe zucht en draaide zich om. Hij had zijn keuze gemaakt.

Donderdag 10 juni, 01.45 uur

14

De stilte in het hotel werd af en toe onderbroken door gasten die terugkeerden naar hun kamers. Het merendeel van hen liep rustig naar de liften en verdween geruisloos in hun onderkomen op een van de negen verdiepingen van La Palmera. Het isolatiemateriaal in de wanden van haar kantoor zorgde ervoor dat hun aanwezigheid aan haar voorbijging. Enkel degenen die dronken en lallend door de gangen liepen, verstoorden even Joyce' concentratie.

Haar kantoor bevond zich op de benedenverdieping, gelijkvloers met de eetzaal, de botanische tuin met twee zwembaden en de daarachter gelegen boulevard. Het was een voormalige vergaderruimte voor kleine presentaties. Haar oude kantoor lag in het verlengde van de receptie, één verdieping hoger. Vanwege het ruimtegebrek in de nieuwe situatie, had ze besloten haar oude kantoor bij de receptie te trekken en zelf naar de presentatieruimte te verhuizen. Haar oude kantoor werd bij de receptie getrokken als opslag voor de toenemende administratie en als plek om even pauze te kunnen nemen. Haar nieuwe kantoor was stukken ruimer dan haar vorige werkplek. De mensen van de binnendienst hadden haar wensen prima in de praktijk gebracht, waardoor ze sinds haar directeurschap eindelijk een gevoel van privacy, ruimte en rust had. Het verruilen van de grote ramen voor tot aan het plafond opgetrokken crèmekleurige wanden bleek een gouden zet. De gasten konden haar niet zien en vice versa. Ook het bordje op de deur met in vier talen DIRECTIE, NIET STOREN A.U.B. deed wonderen. Het gebeurde zelden dat een klant op de deur klopte met een vraag die eigenlijk door de receptie afgehandeld kon worden, maar je had van die mensen.

De klok aan de wand gaf aan dat het tegen tweeën liep. Joyce was bezig

met een ondertekensessie. Stapels verzoeken en rekeningen moesten door haar worden ondertekend voordat de daarvoor verantwoordelijke afdeling ze kon afhandelen. Omdat een vrije donderdagochtend haar nog steeds heilig was, kon het gebeuren dat ze woensdag tot diep in de nacht doorwerkte. Haar limiet was echter twee uur 's nachts. Als ze nog langer doorwerkte was ze de volgende dag geen mens meer. Ze moest dus opschieten, ze had nog een kwartiertje.
Het korte klopje deed haar opschrikken. Voordat ze de kans kreeg te reageren, werd de deur geopend. Twee mannen kwamen ongevraagd binnen. Ze liepen naar haar toe en terwijl de een recht voor haar bureau bleef staan, stond de grootste van het tweetal opeens naast haar. In een fractie van een seconde zag ze een witte lap.
'Wat is er...'
Voordat ze haar zin kon afmaken werd het zwart voor haar ogen.

15

Langzaam verliet ze de duisternis. De trap was lang en bij elke stap die ze zette, werd de omgeving een fractie lichter. Ze bevond zich nu in het schemergebied. Af en toe onttrok zich een schim aan de duisternis die langs haar heen gleed. Wie of wat het was kon ze niet zien. Daarvoor was de vorm te onduidelijk. Een schim, een geest of spook: ze kon er geen naam aan geven omdat ze nog nooit zoiets bizars had gezien.
Het trappenlopen kostte haar geen moeite. Haar benen beklommen de treden zonder dat haar hersens hiervoor opdracht hadden gegeven. Hierdoor leek het alsof ze zweefde.
Haar blik bleef gericht op het eindpunt, ver boven haar. Daar, in dat felle, witte licht, moest de laatste trede van deze trap zijn. Dat kon bijna niet anders. Het leek op een overbelicht filmdoek waarop de scherpe beelden ontbraken. Omdat ze toch iets dacht te zien bewegen, kneep ze met haar oogleden. Ja, in de verte zag ze contouren van een voorwerp. Of was het een mens, misschien een dier? Ze wist het niet.
In haar benen leek weer gevoel te komen. Het leek wel alsof ze het bloed door haar lichaam voelde stromen. Nee, het was iets anders. Een vreemde sensatie tussen haar benen. Niet onprettig.
Het felle licht kwam dichterbij. Opeens veranderden de zwakke contouren van een schaduw in donkere strepen die een lichaam accentueerden. Was het wel een lijf? Het kon ook een standbeeld zijn. Details ontbraken. Ze zag geen ogen of een mond... Nee, het was geen standbeeld, want hij bewoog. Of was het een zij?
Weer dat plakkerige gevoel tussen haar benen. Ze wilde met haar handen op die plek voelen, maar evenals haar benen leidden haar armen een eigen leven. Alsof ze doof waren voor wat zij ze opdroeg.

Ze was bijna boven. Het bovenlijf van een man tekende zich af. Op de plek van zijn buik zag ze een vreemde uitstulping. Een overdaad aan lichaamshaar? Wat vreemd, zoveel haar op een mannenbuik had ze nog nooit gezien.
Op het moment dat haar voet de bovenste trede raakte, straalde het felle licht opeens in haar hele blikveld. Ze knipperde met haar ogen, waarna een aantal kleuren op haar netvlies verscheen. Verward keek ze rond. Het eerste wat ze herkende waren de blauwe gordijnen met de verticale witte strepen. Recht tegenover haar zat een man op zijn knieën. Hij droeg een zwarte kap. Zijn bovenlijf was ontbloot en door een opening in het masker zag ze dat zijn mond half was geopend. Hij hijgde. Tussen haar en de man in lag nog iemand. Omdat de mist in haar hoofd nog niet helemaal was opgetrokken, kon ze van die persoon geen goed beeld krijgen. Aan het haar te zien was het een vrouw. Ze droeg geen masker.
Een schok trok door haar lichaam. In een helder moment wist ze ineens waar het vreemde gevoel tussen haar benen vandaan kwam. Ze tilde haar hand op om de vrouw van zich af te duwen, maar voordat ze iets kon doen, werd er een witte lap op haar gezicht gedrukt en zakte ze weer weg in een diepe roes.

16

Hij begaf zich bewust tussen het volk in het uitgaansleven. Rondlopen en gezien worden, dat was waar het nu om draaide. Mocht zijn naam ooit in verband worden gebracht met deze zaak, dan konden tientallen mensen met de hand op het hart verklaren dat hij op dit bewuste tijdstip niet in hotel La Palmera was geweest.

Hij maakte zich zorgen, terwijl hij dat juist niet zou moeten doen. Alles liep namelijk volgens plan. De afspraak luidde dat zij alleen contact met hem zouden opnemen als zich problemen zouden voordoen. Als brein achter het plan had hij de volledige verantwoordelijkheid gekregen en het was dan aan hem om de directe leiding op zich te nemen en de uitvoerders een nieuwe opdracht te geven. Maar zover zou het niet komen, daarvoor was er te veel tijd verstreken. Volgens zijn berekeningen was het belangrijkste en het ergste gedeelte van zijn plan inmiddels achter de rug, en dus succesvol verlopen, precies zoals hij zijn schuldeisers had voorgespiegeld.

Opluchting, dus. Dat zou hij nu moeten voelen. De knoop in zijn maag werd echter met de minuut groter. Er waren momenten dat het als een heus gezwel aanvoelde. Daar zou hij nog wel even mee moeten rondlopen.

Hij haalde diep adem. Het was iets waar hij doorheen moest. Vergelijkbaar met de afgelopen maanden waarin hij het plan had voorbereid en tot in detail had uitgewerkt. In die periode had zijn geweten steeds over zijn schouder meegekeken. Nu het einde van deze fase naderde, hoopte hij maar dat hij wat coulanter voor zichzelf zou worden waardoor dat absurde idee van boetedoening uiteindelijk zou wegebben.

Hij was nog gezond van lijf en leden en er gloorde hoop in de verte.

Hoop op een toekomst zonder zorgen. In eerste instantie hadden de broers sceptisch gereageerd. Hun insteek was om zo snel mogelijk geld van hem te ontvangen. Van mensen met prachtige plannen liepen er bosjes rond, maar zij hadden iemand nodig die ze ook ten uitvoer kon brengen. Ergens in de uitvoering liep er altijd wel iets mis, waardoor die op voorhand geweldige ideeën in duigen vielen. *Money talks, bullshit walks.* Hij had moeten praten als Brugman. Na veel wikken en wegen besloten ze hem toch de kans te geven zijn plan uit te voeren. Betrouwbare mankracht, zijn grootste zorg, was voor hen geen probleem geweest. Ze verzekerden hem dat dit met een paar telefoontjes werd opgelost. Als hij maar met een onfeilbaar gedetailleerd plan kwam, regelden zij de rest.
Hij deed wat hij hun had beloofd. Zijn onderzoek en huiswerk werkte hij tot in detail uit en binnen een maand kwam hij met een scenario dat stond als een huis. Mits goed uitgevoerd, hadden ze binnen afzienbare tijd een goudmijn in handen. Toen dit besef ook tot hen doordrong, sloeg de sfeer enigszins om. De dreigementen van weleer leken opeens niet meer als het zwaard van Damocles boven hem te hangen. Ze zouden nooit vrienden worden, maar een normale samenwerking bleek in dat stadium mogelijk.
Mede door deze omslag, durfde hij het aan om zijn poot stijf te houden toen ze in de afrondende fase van de onderhandeling zaten. Hierin werd het plan nogmaals onder de loep gelegd. Tijdens het meningsverschil dat over het eerste onderdeel van het plan ontstond, wilde hij geen water bij de wijn doen. Gesterkt door de overtuiging dat hij het van een loser tot spil had geschopt, bleef hij bij zijn standpunt.
De Russen wilden veel verder gaan dan hij had bedacht. Zij waren ervan overtuigd dat alleen de keiharde aanpak werkte. Van de seksuele handelingen die zij in gedachten hadden, liepen de rillingen letterlijk over zijn rug. Dat waren geen handelingen, dat was verkrachting. Terwijl ze hem emotieloos uitlegden wat zij het liefst zagen, kwam het beeld van Joyce in de hotelkamer in zijn gedachten weer bovendrijven: weerloos, kansloos, bewusteloos.
Hij was al heel ver gegaan, had vele scheidslijnen overschreden, maar

die stap weigerde hij te zetten. De weken ervoor had hij oprecht gedacht dat de Russen zakenmensen waren met wie het best mogelijk was om samen te werken. Maar Jevgenij en Boris Nikolajev waren beesten. Een conclusie die hij nooit meer zou vergeten.

Toch lukte het hem om hen te overtuigen van zijn gelijk. Met veel moeite wist hij zijn emotie te verbergen en het tweetal met zakelijke argumenten over de streep te trekken. Te veel seksueel geweld leidde namelijk tot instabiliteit bij het slachtoffer. De gevolgen hiervan waren onoverzichtelijk, het kon zelfs leiden tot ontslag of opname in een kliniek. En een geestelijk gestoorde directeur was het laatste wat zij wilden, toch?

Hij keek voor de zoveelste maal op zijn horloge. Het gewraakte deel was verleden tijd. Als regisseur moest hij zich nu concentreren op het volgende deel, maar dat lukte niet. Het enige waaraan hij kon denken waren de vunzigheden die zich in een hotelkamer hadden afgespeeld. Dingen die hij had bedacht.

Het spijt me zo, Joyce.

Maar het kon niet anders.

17

Joyce kwam langzaam bij bewustzijn. Terwijl haar oogleden trilden, schoten talloze onsamenhangende beelden over haar netvlies. Wit licht, een trap, de man met de schokkende schouders, zijn buik, de haarlokken van een vrouw. Ze knipperde met haar ogen en keek verschrikt om zich heen. Binnen enkele seconden was het haar duidelijk waar ze zich bevond.

Ze kwam overeind en liet zich meteen weer op het bed vallen. Een aanval van misselijkheid en een knallende hoofdpijn dwongen haar rustig te blijven liggen. Ze keek naar het plafond. Zoals elk plafond van de kamers in La Palmera was het gebroken wit geschilderd.

Centimeter voor centimeter kwam haar bovenlichaam omhoog. Zo kon ze de misselijkheid aan zonder meteen over te geven en werd de knallende hoofdpijn beperkt tot een dof gebons in haar achterhoofd. De doorsnee tweepersoonskamer zonder salon, waarvan er in totaal 363 waren, had een kleine flatscreentelevisie aan de muur, een reproductie van een Van Gogh aan de wand, schemerlamp met gele kap, blauw met wit gestreepte gordijnen, twee eenpersoonsbedden die tegen elkaar waren geschoven, blauwe spreien met lichtpaarse motiefjes, haar kleding op het bed naast haar...

Ze was naakt! Ze negeerde het rotgevoel in haar hoofd en lichaam en kleedde zich snel aan. Wat doe ik hier in godsnaam?

Het was bijna halfvier. Het laatste wat ze zich kon herinneren was dat ze tegen tweeën in haar kantoor haar handtekening onder van alles en nog wat zette. Tussen dat moment en nu zat anderhalf uur. Negentig minuten waarvan ze zich niets of nauwelijks meer iets voor de geest kon halen.

De verwarring sloeg toe. Wat was er gebeurd? Waarom was dit gebeurd? En het belangrijkste van alles; wat moest ze doen? Ze liep met kleine pasjes voorzichtig door de kamer. Het was er opgeruimd, alsof de kamer niet in gebruik was. Achtergelaten door de interieurverzorgster die dagelijks haar ronde deed. In de kamer zelf kon ze niets bijzonders ontdekken. Ze opende de deur naar het kleine balkon. Ze had vol uitzicht op de zijkant van het naast La Palmera gelegen hotel en ze keek schuin op de Avenida Rafael Puig, een brede wandelpromenade die langs het hotel liep. Op een armlengte afstand van het balkon bevond zich de grijze, spiraalvormige brandtrap die vanaf de negende verdieping naar beneden liep en eindigde op de in- en uitrijroute van de parkeerplaats, recht tegenover de achteruitgang van het hotel. De kamer waarin zij zich bevond, was een van de minst geliefde van het hotel. De ligging was ongunstig, helemaal aan het eind van de gang, en het uitzicht was ronduit slecht.

Wat doe ik op dit tijdstip in deze beroerde kamer? Ze liep naar de badkamer en keek in de spiegel. Ze zag eruit als een vaatdoek. Haar mascara was doorgelopen, er zat een veeg lippenstift op haar mondhoek en haar ogen stonden dof. Ze depte wat water in haar gezicht en werkte zo goed en kwaad als het ging met een handdoek haar gezicht bij.

Om welke kamer het ging zag Joyce toen ze de voordeur opende. In goudkleurige letters las ze 536. Ze trok de deur achter zich dicht en liep over het geluiddempende rode tapijt naar de liften. Op de onderste verdieping stapte ze uit. Het tikkende geluid van haar hakken leek nog harder dan normaal op de marmeren vloer. In haar kantoor was alles precies zo als ze het had achtergelaten. Ze liet de boel de boel en pakte haar handtas. In plaats van haar normale route, linksaf de trap op langs de receptie en rechtstreeks naar de hoofdingang, sloeg ze rechts af. Hoewel ze haar hersens pijnigde, kon ze zich maar niet herinneren wat er in haar kantoor gebeurd was en hoe ze in die hotelkamer terecht was gekomen. Ze liep langs de verlaten eetzaal naar de achteruitgang van het hotel. Eenmaal op de parkeerplaats bleef ze even staan en keek omhoog. Kamer 536 lag recht boven haar. Waarom had ze anderhalf uur in die kamer doorgebracht? Waarom die kamer? Met wie? En wat had ze daar gedaan?

Vijftig meter verderop stond het huisje waarin de nachtwaker een groot gedeelte van zijn dienst doorbracht. Ze liep ernaartoe en zag dat hij op zijn post was.
'Goedenacht, Raúl.' Ze hoopte maar dat haar stem niet zo slecht klonk als ze eruitzag.
'Goedenacht, directeur,' antwoordde hij op formele toon.
'Houdt u soms een nachtelijke inspectie?'
Joyce probeerde te glimlachen, wat niet lukte.
'Ik heb lang overgewerkt,' luidde haar verklaring.
'Even over jouw dienst.' Ze zag dat Raúl schrok, wat heel logisch was. Het kwam nooit voor dat de directeur in het holst van de nacht op zijn werkplek stond.
'Is er tussen kwart voor twee en vijf minuten geleden nog iets opmerkelijks voorgevallen?'
Hij dacht even na en schudde toen nadrukkelijk van nee.
'Niets bijzonders, mevrouw. De gebruikelijke luidruchtige stappers die ik tijdens mijn ronde tegenkom. Meestal voor de hoofdingang of in de lobby. Daar zeg ik dan wat van en het is klaar.'
'Hoeveel rondjes heb je in die tijd gemaakt?'
'Twee,' antwoordde hij direct. 'Eentje om iets over twee en de andere om drie uur precies.'
'Hoe loopt die route?' Ze zag dat hij zich ongemakkelijk voelde en stelde hem gerust.
'Dit gaat niet over jou, Raúl. Ik wil het gewoon weten.'
De nachtwaker knikte op een gedienstige manier en wees naar het begin van de oprit die aan de straatkant lag.
'Ik ga hier omhoog, dan bij de hoofdingang het hotel binnen, daarna visuele inspectie van de tuin en de zwembaden. Op de terugweg neem ik de onderste verdieping, loop langs de eetzaal en kom via de achteringang terug in mijn kantoor.'
'Hoe lang doe je over die route?'
'Ongeveer een kwartier.'
'En de rest van het hotel?'

'Tijdens mijn dienst loop ik tweemaal alle gangen door. Meestal om een uur of één en tegen zessen. Met die route ben ik ongeveer een halfuur zoet.'

Joyce bedankte hem. Ze stak de straat over, ging Parque Montabal binnen, knikte tegen Manuel, de nachtportier van het park waar haar bungalow stond en liep in hetzelfde tempo verder. Ze had nu geen enkele behoefte aan een praatje met de oude man.

Eenmaal thuis, checkte ze eerst of Jason lag te slapen. Ze gaf hem voorzichtig een kus op zijn wang en liep door naar de badkamer. Haar kleding verdween in de wasmand. Misschien moest ze haar kleren laten stomen. Zou ze het mantelpakje überhaupt ooit nog kunnen dragen? Of zou elke keer dat ze het kledingstuk zag al voldoende zijn om haar aan deze bizarre nacht te doen terugdenken? Ze zette de douche aan en bleef er een lange tijd onder staan, in de hoop dat de warme waterstraal het onbekende vuil van deze nacht zou verwijderen en wegspoelen.

18

Joyce piekerde zich suf over wat zich de afgelopen nacht had afgespeeld. Nadat ze had gedoucht was ze naar haar slaapkamer gegaan en wonder boven wonder direct in slaap gevallen. Van het nadenken was niets meer terechtgekomen. Ze was bekaf en was in een soort coma geraakt.
Vanmorgen was ze om tien uur wakker geworden. Jason had zijn donderdagochtendritueel keurig uitgevoerd; zonder onnodige geluiden had hij ontbeten en was naar school gegaan. Ook al was hij bijna een puber, en kende ze de verhalen over opstandigheid, ze kon gelukkig op hem vertrouwen. Dat kon ze van die klootzakken van vannacht niet zeggen. Met pijn en moeite had ze zelf een halve cracker en een kop thee naar binnen gekregen. Ondanks de zes uurtjes slaap, normaal gesproken voldoende voor een werkdag, was ze geradbraakt. Achter haar ogen zat een zeurende hoofdpijn, haar spieren voelden stram aan en al haar energie leek bij het opstaan al verbruikt. Toch moest ze door. Talloze vragen die te maken hadden met het vreemde voorval van vannacht, speelden constant door haar hoofd.
Omdat ze zich nog steeds weinig herinnerde, dwong ze zichzelf tot actie. Geen gekeutel rond het huis of een kappersbezoek, ook de lunch met Nigel sneuvelde. Met een kort telefoontje had ze hem duidelijk gemaakt dat het werk haar tot de lippen stond. Hij reageerde teleurgesteld, maar begripvol. Nigel mocht dan af en toe een vreemde snuiter zijn, hij was wel een echte vriend die wist dat ze niet zomaar afbelde. Ze kon zich inmiddels weer herinneren dat twee mannen haar kantoor binnen waren gekomen. Een grote vent en een man met een wat kleiner postuur. Slecht gekleed, ze hingen in hun pakken, een priemende oogopslag,

meer kon ze zich niet van hen herinneren. Ze waren naar haar toe gelopen en daarna was ze in een zwart gat gevallen.
Bij de receptie vond ze al snel wat ze zocht. Kamer 536 was begin maart geboekt door een zekere Enrico Sanchez, afkomstig uit de hoofdstad van Tenerife, Santa Cruz. Volgens de aantekeningen was er aan de balie contant betaald voor één week en had de heer Sanchez een voorkeur voor specifiek vier kamers. Aan de nummers zag ze dat de overige drie kamers zich recht boven 536 bevonden. Respectievelijk op de zesde, zevende en achtste verdieping. Hoewel het rond die periode al boekingen vanuit het oosten regende, kon men aan zijn verzoek voldoen, omdat deze kamers het minst populair waren en het laatst geboekt werden. Het was kamer 536 geworden. De heer Sanchez had zich samen met zijn vrouw afgelopen zondag ingecheckt en ze bleven tot aanstaande zondag in die kamer. Het duurde even voordat ze de moed verzameld had, maar vastbesloten iets te ontdekken ging Joyce naar de vijfde verdieping en klopte aan bij de kamer waar ze vannacht nog naakt op bed had gelegen. Zoals te verwachten viel, werd er niet opengedaan.
Volgens de dienstroosters hadden Rosita en Carmen deze week dienst op de vijfde etage. Joyce liet beide schoonmaaksters bij zich komen en stelde hun een paar vragen over de staat waarin ze de kamer de afgelopen week hadden aangetroffen. Hun antwoord was kort: er was bijna niets. Een weekendtas met daarin waarschijnlijk wat kleding was het enige voorwerp in de kamer dat niet aan het hotel toebehoorde. De bedden waren onbeslapen en de badkamer was ongebruikt. Omdat deze vrouwen al jarenlang hetzelfde werk deden en veel vreemde dingen hadden gezien en meegemaakt, verbaasden ze zich niet meer zo snel over de gewoontes van sommige klanten. Ze hadden plichtsgetrouw hun rondje door de kamer gemaakt en hun route vervolgd.
Joyce belde het mobiele nummer dat Enrico Sanchez had achtergelaten. Het verbaasde haar niets dat het nummer niet meer in gebruik was. Het adres in Santa Cruz zou ook wel vals zijn, evenals zijn naam en identiteitsbewijs.
Ze probeerde nogmaals op een rijtje te zetten wat ze zich kon herinne-

ren. Ze lag naakt op bed. Weerloos. De man met het masker, die kreunde. Het gezicht van een roodharige vrouw die zich over haar onderlichaam had gebogen. De conclusie dat de gemaskerde man de vrouw van achteren nam terwijl de vrouw haar likte, leek de meest waarschijnlijke, hoe misselijkmakend ook. Joyce haalde diep adem. Om de waarheid boven tafel te krijgen moest ze zich meer herinneren, meer beelden zien, maar ze wilde er eigenlijk niet aan beginnen. Bang dat wat ze te weten zou komen te walgelijk voor woorden zou zijn.

Waarom al die moeite om een hoteldirectrice van achter in de dertig te ontvoeren om op een kamer groepsseks (was dat het wel?) met haar te hebben? Er waren talloze knappere vrouwen die voor een paar honderd euro alle seksuele wensen vervulden. Wat maakte haar dan zo speciaal dat een groep mensen, want dat was zeker, zulke krankzinnige risico's namen om haar hierin te betrekken? Ze was niet rijk, had niets te verbergen, dus chantage was niet aan de orde. Toch hadden ze haar in haar eigen kantoor overvallen en gedrogeerd, anders had ze haar bewustzijn niet verloren, en haar naar de vijfde etage gebracht.

Misschien stond er iets op de beveiligingscamera's! Die moest ze checken, ook al was de kans klein dat ze iets zou vinden. Die lui wisten wat ze deden. Camera's... zouden ze alles zelf gefilmd hebben? Zodat ze er nog wat aan hadden als het voorbij was? Het begon verdomme wel een actie van een veiligheidsdienst te lijken!

De mensen die dit op hun geweten hadden waren dus geen prutsers. Als ze moest gokken hield ze het op schoften uit de seksindustrie die hulp hadden gehad van criminelen. Maar het gekke was dat ze, godzijdank, niet verkracht was. Tenminste zover ze op haar lichaam kon vertrouwen. Ze was stijf, maar had nergens pijn. Of iemand was in haar mond klaargekomen, maar daar zou ze toch wel iets van gemerkt moeten hebben toen ze wakker werd. Joyce voelde hoe haar maag zich omdraaide. Hoe ziek konden mensen zijn? Wat moest ze doen? Aangifte doen bij de politie? Het iemand vertellen die ze vertrouwt? Blijven zitten, haar werk doen en het afdoen als een nare droom die nu eenmaal was uitgekomen en waarmee ze moest leren leven?

Ten slotte was er nog die sluimerende angst. Wat als ze nog niet klaar waren? Wat als dit pas het begin was en ze terug zouden komen? Er werd op haar deur geklopt.
'Binnen,' zei ze automatisch. Op een drukke dag werd ze minstens twintig keer in haar werkzaamheden gestoord. De deur ging open. Bij de eerste blik die Joyce op de man wierp, voelde ze hoe haar hart een slag miste. Haar hand ging direct naar de telefoon op haar bureau.
'Ik doe u niets,' sprak de man. Hij maakte een geruststellend gebaar met zijn handen en liep langzaam in haar richting.
'Ik wil alleen maar met u praten. Ik neem toch aan dat u graag wilt weten wat er vannacht precies is gebeurd?'

19

Joyce aarzelde. De man was alleen. Nu ze hem beter bekeek, oogde hij fragiel. Hij was hooguit een meter zeventig, dik in de vijftig, broodmager, en droeg een overhemd en pak die gewoontjes waren. Een gewone man, *un hombre grise*, zoals de Spanjaarden zeiden. Het meest opmerkelijke aan hem waren zijn ogen, grijsgroene die dwars door je heen keken. Ze bedwong de impuls om via de telefoon de bewaking in te schakelen. De vorige keer was er een grote, sterke vent bij geweest, die haar bedwelmd had. Ze vroeg zich af waarom de man nu alleen was gekomen. Hij trok een stoel naar achteren en ging ongevraagd tegenover haar zitten. Uit zijn binnenzak haalde hij een mobiele telefoon en hij hield deze in zijn hand.

'Ik neem aan dat u uw huiswerk hebt gedaan?' Het accent waarmee hij sprak was onmiskenbaar Russisch of uit een van de voormalige Sovjetrepublieken. Ze had de afgelopen week genoeg klanten van het hotel Engels horen spreken om deze conclusie te kunnen trekken.

Joyce haalde haar schouders op. Haar angst nam iets af. Ondanks de doordringende blik die op haar rustte, had ze het gevoel dat ze de man fysiek wel de baas kon. In elk geval voldoende tegenstand kon bieden om het hem heel lastig te maken. Meteen zag ze zich weer op de hotelkamer liggen. Tussen haar benen een bos rood haar en een tong die zich schuldig maakte aan ongewenste intimiteiten. Misschien hield ze zichzelf voor de gek met wie ze aankon.

'U bedoelt Enrico Sanchez?!' siste ze.

De magere man maakte wederom een verzoenend gebaar.

'Ik begrijp uw woede,' sprak hij op neutrale toon. 'Wat gebeurd is, is gebeurd. Ik ben hier enkel om u een voorstel te doen.'

Joyce realiseerde zich op tijd dat het geen zin had om nu een scène te maken. Als hij inderdaad met een voorstel was gekomen, moest zij dit eerst aanhoren. Daarna was het vroeg genoeg om eventueel stennis te schoppen.
'Ik ben bereid het aan te horen, maar ik wil wel weten met wie ik te maken heb, meneer...?!'
'Igor,' antwoordde hij stoïcijns. 'Gewoon Igor, laat dat meneer maar achterwege.'
'Laat horen, Igor,' ging Joyce verder. Hij knikte haar vriendelijk toe, wat ze misplaatst vond. Het kwam zelfs denigrerend over. Ze hield echter haar mond, eerst het voorstel.
'Zoals u allang weet, bestaat er geen Enrico Sanchez. Degene die de kamer heeft gehuurd, werkt voor mij. Voor mijn organisatie was het verkrijgen van de juiste kamer van cruciaal belang.'
Joyce probeerde niet verbaasd te kijken. De zelfverzekerde manier waarop hij het woord organisatie uitsprak, strookte namelijk niet met zijn burgerlijke voorkomen. Het paste wel weer bij zijn priemende blik. Hij haalde zijn mobiele telefoon tevoorschijn en drukte op een knop. Hij draaide de telefoon een halve slag en hield het schermpje recht voor haar gezicht.
'Ga er maar eens goed voor zitten,' sprak hij droog.
De beelden waren verrassend scherp. Degene die de opnames had gemaakt, liep van de badkamer door de smalle gang naar de kamer zelf waar de twee tegen elkaar geschoven eenpersoonsbedden stonden.
Het was duidelijk, deze opnames waren gisterennacht gemaakt: onder in beeld was een tijd en datum te zien. Een kort shot liet zien dat ze naakt op bed lag. De camera draaide meteen weg, zodat ze niet de bevestiging kreeg of haar ogen gesloten waren. Ze moesten wel gesloten zijn, anders had ze zich wel meer herinnerd.
Aan het voeteneind zat de man met het masker op zijn knieën. Hij maakte stotende bewegingen met zijn heupen tegen de billen van een roodharige vrouw die op haar buik lag. Om hem het stoten te vergemakkelijken, hield de vrouw haar onderrug schuin omhoog.

Joyce knipperde met haar ogen. Ze voelde zich misselijk worden. De walgelijke beelden, de vent die haar dwong dit te bekijken en haar aangerande eigenwaarde maakten dat ze moest kokhalzen. Ze draaide zich een kwartslag om en boog voorover. Resten van haar lichte ontbijt verdwenen in de prullenbak.
'Het spijt me,' zei hij op een toon waarin enige compassie doorklonk. 'Ik begrijp dat het heel moeilijk voor u is. Toch raad ik u aan om nog even te blijven kijken.'
Joyce viste een papieren zakdoekje uit haar handtas en veegde haar lippen af. Ze haalde een paar maal diep adem en knikte kort. Ze moest toch weten wat er precies gebeurd was. Nog even, dan was ze ervan af.
Igor drukte op een knop en het stilstaande beeld kwam weer tot leven. De camera zwenkte weer terug. Een close-up van het onderlichaam van de stotende man. Wat eerst met een beetje goede wil als erotiek gekenmerkt kon worden, werd nu porno. Het beeld gleed over de rug van de vrouw naar haar gezicht. Wat opviel waren haar groene, sprekende ogen, die recht in de camera keken. Toen duidelijk in beeld werd gebracht wat zij met haar tong deed, haakte Joyce af.
'Stop,' zei ze vol walging.
De man tegenover haar schudde beslist met zijn hoofd.
'Blijf kijken, het volgende shot is belangrijk.'
Trillend van woede en schaamte zag Joyce hoe de regisseur haar lichaam in beeld nam. De camera ging langzaam van haar buik naar boven. Haar borsten werden door een hand met roodgelakte nagels gemasseerd. De hand gleed traag omhoog. De vingertoppen speelden met haar gesloten lippen.
Joyce zag zichzelf met gesloten ogen liggen. Haar gezicht vertoonde geen enkele emotie. Ook niet toen de vinger van de vrouw langzaam in haar mond verdween. Hoewel de beelden hierover geen uitsluitsel gaven, was het voor haar heel duidelijk dat ze op dat moment buiten bewustzijn was.
De lens werd abrupt weggedraaid. Weer kwam de man met het masker in beeld. Joyce dacht aan de rand van het schermpje een flits van een

schaduw te zien. De camera zwenkte wederom. Een close-up van haar gezicht volgde. Ze knipperde lodderig met haar oogleden, waarna ze haar ogen opende. Na dit shot ging het beeld op zwart.
Terwijl Igor het mobieltje weer in de zak van zijn colbert stak, bleef zijn blik op haar gericht. Probeerde hij haar gedachten te lezen? Dat was niet zo heel moeilijk. Iedere vrouw in haar positie zou nu vrijwel hetzelfde denken.
'Dit is walgelijk,' spuugde ze uit.
'Dat ben ik met u eens,' antwoordde hij koel. 'Wat u en ik ervan vinden is echter niet zo belangrijk. Het gaat erom hoe we kunnen voorkomen dat deze opnames uitlekken en hoe we kunnen zorgen dat ze in vertrouwde handen blijven. Met vertrouwde handen, bedoel ik mijn binnenzak.'
Hij liet even een stilte vallen.
'En ik ga u nu vertellen hoe we dat gaan realiseren.'

20

'Hoi, mam.' Jason drukte snel een kus op haar wang en liep door naar de bijkeuken. Hij opende zijn tas, gooide zijn spullen in de wasmand en ging aan de keukentafel zitten.
'Spaghetti, lekker. Ik sterf van de honger.'
'Hoe ging je training?' vroeg Joyce terwijl ze in de pan met saus roerde en zich voornam niets aan Jason te laten merken van haar situatie.
'Goed, de trainer zegt volgende week op de laatste training wie er in september bij de voorlopige A-selectie speelt.'
'Wat denk je zelf?'
Hij trok een bedenkelijk gezicht. 'Ik weet het niet. Ze hebben drie spitsen nodig.'
Hij telde op zijn vingers af. 'Ivan en Santiago zijn beter als mij...'
'Dan ik.'
'Dan ik en Pepe en Ruizman zijn ongeveer even goed als mij... eh, ik bedoel dan ik.'
Joyce lachte. 'Even goed als ik,' verbeterde ze. 'Maakt niet uit, joh. Je Nederlands gaat met sprongen vooruit.'
'Ik spreek liever Spaans.'
Ze haalde haar schouders op. 'Dat begrijp ik heus wel. Maar thuis spreken we gewoon Nederlands. Er komt een dag dat je me daarvoor dankbaar bent.'
Ze zette het eten op tafel en schakelde over op een ander onderwerp.
'Heb je vandaag nog cijfers teruggekregen?'
'Morgen,' gromde hij tussen twee happen door. Hij had echt honger.
'Ik ben benieuwd,' zei Joyce. Ze wist dat de komende examenweek voor hem eigenlijk een formaliteit was. De leraren waren tevreden over hem.

Hij gedroeg zich volgens de regels van de school en haalde prima cijfers. Het moest wel heel gek lopen wilde hij niet overgaan. Ze schrok van de vanzelfsprekendheid waarmee ze dit dacht. Het kon namelijk wel van het ene op het andere moment gek lopen. Dat had ze gisteren en vandaag ondervonden. De scheidslijn tussen hemel en hel was een heel dun muurtje gebleken waarvan je zomaar kon afkukelen.
'Is er iets, mam?'
Haar ontkenning klonk gejaagd. 'Nee, hoezo?'
'Nou, je zat zo te staren. Dat doe je altijd als je ergens over nadenkt.'
Ze wuifde het met een geforceerde glimlach weg.
'O, het is nogal druk op mijn werk. Misschien dat ik stiekem toch mijn werk mee naar huis heb genomen.'
Met malende kaken keek Jason om zich heen. Daarna keek hij haar vragend aan.
'Waar is je koffertje dan?'
'Mijn koffertje? Hoezo?
'Daar zit je werk toch in?'
Joyce lachte hardop. 'Dat is een uitdrukking, joh. Ik bedoelde ermee te zeggen dat ik onbewust aan mijn werk dacht.'
Hij grijnsde. 'Ik maakte een grapje.'
'Rotjong,' antwoordde ze quasibeledigd.
Terwijl ze verder aten genoot Joyce van Jasons pret dat hij zijn moeder in de maling had genomen. Dit deed haar goed. Na vandaag had ze behoefte om samen met haar zoon te zijn. Te genieten van iets simpels als zijn aanwezigheid, wat in feite een groot geschenk was. Ze had zichzelf opgelegd om vandaag zijn lievelingskostje te koken. Geen afhaalpizza die voor de televisie werd opgegeten, maar een echte maaltijd. Samen keutelen aan de keukentafel. Samen lachen, om niet te voelen hoe haar keel steeds verder werd dichtgeknepen door de stress van de situatie waarin ze terecht was gekomen...
'Ik ga naar Jurre.' Hij pakte zijn lege bord en zette het op de aanrecht. 'Hij heeft vandaag een nieuwe computer gekocht. Misschien kan ik helpen met installeren.'

‘Blijf je niet te lang weg? Ik neem aan dat je nog huiswerk hebt.’
‘Hooguit een uurtje. Vanavond is er bingo, Jurre is spelleider.’
Hij trok een serieus gezicht en hield zogenaamd een balletje tussen zijn vingers.
‘*Número veinte, number twenty, Nummer Zwanzig*, nummer twintig. Hoor ik daar een bingo? Wie is de gelukkig winnaar van deze prachtige fles rode wijn?’ Hij knipoogde naar zijn moeder.
‘Twee euro twintig bij de supermarkt.’
Joyce pakte haar bord en stond op.
‘Ga nou maar, wijsneus van me. En maak het niet te laat.’
‘Jij bent vanavond toch gewoon thuis?’ vroeg hij vanuit de deuropening.
‘Ja, natuurlijk. Hoezo?’
‘Nergens om. Zomaar.’ Hij stak zijn hand op en liep het park in.

21

Joyce spoelde de borden, de pannen en het bestek af en zette ze in de vaatwasmachine. Ze schonk zichzelf een glas mineraalwater in, liep naar de woonkamer en ging op de bank zitten. Waarom wilde Jason weten of ze vanavond thuis was? Was ze de laatste tijd 's avonds soms zo vaak weg geweest? Nee, dat was niet zo. Op haar vaste woensdagnacht en een sporadisch uitje met Angelo of Nigel na, was ze de afgelopen maanden 's avonds altijd thuis geweest. Maar waarom vroeg hij het dan? Ze dacht zelfs iets van onzekerheid in zijn houding te hebben gezien toen hij erover begon. Was het werkelijk een terloopse opmerking geweest of zat er meer achter? Ze kon hem niet zo goed peilen de laatste tijd. Ze zuchtte diep. Dit kon ze er nu niet bij hebben. Hoeveel ze ook van Jason hield, op dit moment waren er urgentere zaken aan de orde. De onzekerheid van haar zoon, of wat het dan ook mocht zijn, was belangrijk, maar zou dat voor de rest van haar leven zijn. Daar kwam ze wel met hem uit. Nu had ze met een echte bedreiging te maken, die alles overschaduwde. De beslissing die ze vandaag nog moest nemen, hing als een molensteen om haar nek. Toch moest ze de knoop doorhakken, want uitstel betekende geen afstel. Ze namen geen genoegen met een halfslachtige toezegging. Het was ja of nee. Hoe had ze zo naïef kunnen zijn om alleen al te denken dat haar ontvoering geen uitvoerig opgezet plan was geweest met consequenties? Dat het een slechte grap, of goedkope manier om een pornofilm te maken was geweest. Was ze soms gek geworden?! Waar had de standvastige Joyce de afgelopen twaalf uur uitgehangen? De zelfbewuste vrouw die zich had opgewerkt tot directeur zonder daarbij concessies te doen die niet door de beugel konden. Verdomme. Dit was niet de juiste manier om haar probleem te benaderen.

Ze kon zichzelf wel op haar donder geven, maar daarmee schoot ze weinig op. Wat gebeurd was, was gebeurd. Precies zoals die vent had gezegd. Ze moest een oplossing bedenken, niet blijven hangen in schuldgevoel, schaamte of gepieker. Het was een natuurlijke reactie, dat wist ze wel. Vooral bij vrouwen, maar er moest iets gebeuren.
Ze sloot haar ogen en probeerde zich te focussen. Binnen nu en morgenochtend moest ze een beslissing nemen. Oké, de eis was dat Bungalow 1 vanaf aanstaande maandag twaalf uur 's middags tot de beschikking van zijn mensen stond voor de komende drie maanden. Aan al hun wensen moest direct worden voldaan, 24 uur per dag. Na deze periode volgde een evaluatiemoment. Indien hij tevreden was over de inzet van het personeel, zouden zijn mensen vertrekken. Was dit niet het geval, dan werd de overeenkomst stilzwijgend verlengd. Hierna was hij opgestaan met de mededeling dat hij morgenmiddag eventuele details of onduidelijkheden op haar kantoor kwam bespreken. Wat hij met de bungalow van plan was, was niet ter sprake gekomen. Dat zou of morgen gebeuren of hij zou het bewust blijven verzwijgen. Zij had er wel haar ideeën over, zo moeilijk was dat nu ook weer niet. Met een gevoel van totale onmacht, verbijstering en ontzetting was ze achter haar bureau blijven zitten. Zonder verder een woord te zeggen was de schoft vertrokken.
Bungalow 1 was het kroonjuweel van La Palmera. Door het personeel onderling werd het luxe optrekje de suite genoemd. Van de in totaal 21 bungalows die in een rij naast de botanische tuin waren gebouwd, was nummer 1 de meest luxe. De vloeren en trappen waren van glanzend marmer. De benedenverdieping bestond uit een toilet, een open keuken en een grote woonkamer met eethoek die overliep in een afgeschermde tuin. Op de bovenverdieping lagen twee ruime slaapkamers met kingsize bedden, een balkon met ligstoelen en twee badkamers met douche en bad. Daarnaast was de bungalow voorzien van alle gemakken, zoals drie flatscreens, computers met internetaansluiting en telefoons met fax.
Ze had nadat de man vertrokken was, meteen in het boekingssysteem gekeken. De volgende gasten, Russen, zouden aanstaande zondag arriveren. Zij hadden de suite voor twee weken geboekt. Ging ze in op de

eis, dan moest ze die mensen ergens anders onderbrengen. Lastig, maar niet onmogelijk.
Geen paniek. Paniek was een slechte raadgever. Ze zat lekker thuis, probeerde ze. Jason was in de buurt en de wereld draaide gewoon door. Van haar beslissing ging echt niemand dood. Dit was niet meer dan een heel vervelende periode waar ze doorheen moest.
'Onzin,' fluisterde ze. 'Je houdt jezelf voor de gek.'
Ze zat zwaar in de problemen. Dit was het verschrikkelijkste wat haar ooit was overkomen. Haar chanteur had niets gezegd over de gevolgen als ze weigerde. Daarmee was de dreiging misschien nog wel groter dan wanneer hij dat wel gedaan had. Nu konden allerlei horrorscenario's eindeloos door haar hoofd spelen, zonder dat ze wist of ze ooit uitgevoerd zouden worden. Hij stond sterk en zij zwak. De beelden waren absoluut compromitterend, of ze nou bewusteloos was geweest of niet. De directeur van La Palmera was biseksueel of lesbisch en leefde in haar eigen hotel haar seksuele fantasieën uit met een triootje. Heel apart voor een alleenstaande moeder met een tienerzoon, toch? Echt leuk voor hem als deze beelden op het internet verschenen. Die jongen had dan voorlopig geen leven meer. De kans was groot dat ze hem binnenkort met een overdosis in de goot zouden vinden. En de directieleden van de HV-keten zouden zich zeker in de handen wrijven van plezier. Betere reclame voor je hotels kon men zich niet wensen...
Joyce sloeg haar hand voor haar gezicht. De situatie was uitzichtloos. Toegeven aan chantage leek nu het makkelijkste, maar was ongetwijfeld ook het begin van het einde. Ze had geen enkele garantie dat ze haar na drie maanden echt met rust zouden laten. Dat ze die beelden niet alsnog op internet zouden zetten. Ze was niet zo naïef om te denken dat ze ooit van dit tuig af zou komen.
De enige andere mogelijkheid was haar rug rechthouden. Niet zwichten voor chantage, het heft in eigen handen nemen, de man een uitbrander geven en dreigen met de politie. Hard tegen hard. Maar dit was geen echte optie. Ze zouden geen moment aarzelen en de beelden vrijgeven. Toch zette alles in haar zich schrap om voor zichzelf op te komen. Dat

zijzelf voor het oog van de wereld door het slijk werd gehaald was tot daar aan toe. Dat ze Jason mee zou slepen in haar val was onverteerbaar. En dat zou ongetwijfeld gebeuren. Sterker nog, het was onvermijdelijk.

Ze stond op en liep met haar lege glas naar de keuken. Ze had nog een slordige twaalf uur om een briljante zet te bedenken.

22

Net als gisteren klopte hij aan, liep meteen door en ging tegenover haar zitten. Hetzelfde onbewogen gezicht, een soortgelijk pak als gisteren. Hoewel haar hoofd niet stond naar de laatste mode, vond ze het toch vreemd dat een man die een criminele organisatie leidde zich kleedde volgens de middenklasse. Het viel haar ook op dat zijn aftershave goedkoop rook en het metalen horloge om zijn pols zeker niet van een exclusief huis kwam. Meestal lieten mensen graag zien dat ze belangrijk waren, maar misschien wilde hij juist onopvallend blijven.

‘Lopen uw voorbereidingen voorspoedig?’ opende Igor.

‘Dat ligt eraan wat u met voorspoedig bedoelt,’ antwoordde Joyce strijdvaardig. ‘Als u denkt dat die voorbereidingen inhouden dat ik de volgende gasten van Bungalow 1 een andere kamer ga toewijzen, of mijn staf de opdracht geef uw medewerkers vanaf volgende week als slaafjes te bedienen, dan hebt u het mis!’ Ze verbaasde zichzelf over haar felheid. Natuurlijk had ze het zo gepland, ze had zich gisterenavond op zitten vreten van frustratie hoe mensen zomaar je leven konden omgooien. Ze had zich voorgenomen die woede in beheersing en onverzettelijkheid om te zetten. Tussen het voeren van een gesprek in je hoofd en daadwerkelijk tegenover iemand zitten en hem recht in zijn ogen kijken, zat echter een wereld van verschil. Ze was bang geweest dat ze haar houding niet vol zou houden, maar ze had zichzelf net aangenaam verrast. Nu mocht ze geen moment meer verzwakken.

‘Ik ben mij bewust van mijn positie,’ ging ze verder. ‘Een hoteldirectrice die wordt gechanteerd met opnames van een orgie die ze in haar eigen hotel heeft gehouden. Dat het filmpje suggereert dat ik biseksueel ben, maakt het geheel extra pikant.’

Ze haalde snel adem om hem geen kans te geven haar te onderbreken.
'In het kort komt het erop neer dat als ik niet meewerk aan uw plannen, deze opnames op het internet verschijnen, en dan kan ik mijn carrière verder wel vergeten. Stem ik toe, dan vertrekken uw mensen over drie maanden en doen we allemaal of dit nooit heeft plaatsgevonden.'
Ze keek hem uitdagend aan.
'Is dit een juiste samenvatting?'
Hij haalde zijn schouders op. 'Wat wilt u dat ik zeg?'
'Eigenlijk niets. Het is namelijk nu aan u om te luisteren.'
Ze zag een flikkering in zijn ogen. Was hij geschrokken, op zijn hoede of geïrriteerd?
'Wat deze opnames ook mogen beweren, ik ben niet biseksueel en heb nooit vrijwillig aan deze orgie deelgenomen. Ik ben gedrogeerd, ontvoerd en misbruikt in mijn eigen hotel. Dát is de waarheid! Tegenwoordig zijn er ongekende mogelijkheden op technisch gebied. De politie heeft ongetwijfeld specialisten in dienst die daar wel raad mee weten. Op het moment dat u deze beelden vrijgeeft, zullen zij in actie komen. Dan wordt snel duidelijk dat ik geen dader, maar een slachtoffer ben.'
Ze zwaaide bezwerend met een vinger in zijn richting.
'Ik zwicht niet voor chantage, menéér Igor. Uw opnames zijn in scène gezet en de experts zullen dit bewijzen. Noem het naïef, maar het recht zal zegevieren, daar geloof ik heilig in. Daarbij komt dat ik volgens deze opnames, die gemanipuleerd zijn, seks heb gehad met volwassen personen. Het gaat hier niet om kinderporno, ik heb niemand vermoord of mishandeld en ook in een dronken bui geen bejaard echtpaar doodgereden. We leven in 2010. Ook al zouden deze beelden op het internet verschijnen, dan vraag ik me nog af wat de impact is. Vergeleken bij de duizenden filmpjes die dagelijks op het internet worden gepost, vallen deze opnames in het niet.'
Ze maakte aanstalten op te staan. De man die zich Igor noemde, verroerde echter geen vin.
'Het lijkt me het meest verstandige als u nu vertrekt en nooit meer terugkeert,' beet Joyce hem toe. 'Heel misschien doe ik dan geen aangifte

bij de politie en wacht ik, laten we zeggen drie maanden, om te zien hoe mij dat bevalt. Heb ik uw gezicht in die periode nooit meer gezien en blijven de opnames in uw vertrouwde binnenzak, dan bestaat de kans dat u celstraf ontloopt.'

Igor knikte langzaam en glimlachte zelfingenomen.

Haar tirade leek geen indruk op hem te maken. Was ze te overmoedig geweest en had ze haar hand overspeeld?

'Dit was het beste wat u in de afgelopen vierentwintig uur hebt kunnen bedenken?'

Joyce bleef hem strak aankijken, terwijl ze bedacht waar hij met die opmerking heen wilde. Hij oogde zo zelfverzekerd, als een pokeraar die weet dat zijn tegenspeler bluft.

Igor pakte zijn mobiele telefoon uit de binnenzak van zijn colbert en terwijl hij het beeldscherm voor haar gezicht hield, drukte hij op play.

'Ik heb u gisteren niet alles laten zien,' sprak hij kalm.

Joyce was even van haar stuk gebracht door deze onverwachte wending van het gesprek. Krampachtig probeerde ze haar zelfverzekerde houding te bewaren. Toen ze de beelden zag, zonk de moed haar direct in de schoenen. In een fractie van een seconde wist ze dat ze niet de slag, maar de oorlog had verloren. Ze had gehoopt dat hij gisteren gebluft had, dat ze door haar rug recht te houden weer wat controle over de zaak zou krijgen. Ze had niet met zichzelf kunnen leven als ze niet eerst weerstand zou bieden. Natuurlijk had ze bedacht dat er een adder onder het gras kon zitten, maar dat betekende niet dat ze zich als een muis moest gedragen. Nu speelde hij inderdaad zijn troef uit.

Ze zag zichzelf van achteren rechtop op een stoel zitten. De man met het masker zat op zijn hurken naast haar, de vingers van zijn rechterhand rusten op haar achterhoofd of waren eromheen geklemd, dat was niet meteen te zien. Zijn linkerhand moest ter hoogte van haar onderlichaam zijn. De gordijnen waren opeens geopend en ze keken allebei naar het balkon.

Een andere, onbekende man kwam in beeld. Hij droeg een spijkerbroek, een lichtblauw overhemd, en ook een masker. Hij hield de roodharige vrouw in een stevige omklemming. Ze verzette zich hevig. Ze was in-

middels in haar kleren geschoten, de groene blouse boven haar lichte rok was nog geopend, zodat haar zwarte bh zichtbaar was.
Zonder haar los te laten, draaide hij zich een kwartslag om en haalde even zijn hand van haar mond. Snel zoomde de camera in en nam de wanhopige blik van de vrouw in close-up. Ze had een knap, enigszins ovaal gezicht, felgroene ogen en hoge jukbeenderen, die zo kenmerkend voor Oost-Europeanen waren. Het rode haar paste hier totaal niet bij, het moest een pruik zijn.
Voordat de vrouw de kans kreeg te schreeuwen, snoerde de man haar ruw de mond en draaide zich samen met zijn gevangene om. Hij trok haar mee naar het balkon.
De cameraman deed enkele stappen vooruit en hield de camera naar beneden gericht. Joyce zag nu een gedeelte van haar eigen kruin en haar naakte onderlichaam. Vanaf deze positie werd het duidelijk waar de linkerhand van de naakte man zich bevond en wat zijn vingers deden.
Joyce hield haar adem in. Dit was schokkend, vooral de close-up waarin de man haar ongegeneerd betastte. Seks, nu tussen haar en de naakte man. Wat de onbekende man en de zogenaamd roodharige vrouw deden was nu nog niet duidelijk. Wel had ze een angstig voorgevoel over wat er ging komen. Het had er dreigend genoeg uitgezien.
Een groot gedeelte van de kamer kwam weer in beeld. Een leeg bed. Toen kwam Joyce weer in beeld, de rechterhand van de man rustte nog steeds op haar achterhoofd. De cameraman had weer dezelfde positie ingenomen als in het begin.
De tweede man stapte vanaf het balkon weer naar binnen. Van de vrouw was geen spoor te bekennen. Hij veegde demonstratief zijn handen af en maakte de cameraman duidelijk hem te volgen naar het balkon. Eenmaal op deze plek, wees de man met het masker triomfantelijk naar beneden. De camera volgde zijn beweging, waardoor het beeld even wazig werd. Toen de lens een rustpunt vond, werd het beeld weer scherp.
Op het asfalt lag de vrouw met het rode haar. De cameraman zoomde in op haar roerloze lichaam. Ze was dood.

Het beeldscherm trilde. In het volgende fragment bevond de cameraman zich op de parkeerplaats. Via een rij geparkeerde auto's kwam hij uit bij het lichaam van de vrouw op het asfalt. Mocht er twijfel zijn over haar toestand, dan was die nu verdwenen. Joyce zag haar liggen met uitdrukkingsloze ogen die in het niets keken, een blik waaruit het leven was weggerukt. Uit haar halfgeopende mond liep een straaltje bloed en onder het rode haar verspreidde zich ook een donkere vlek.
Igor drukte op een knop, en het scherm werd zwart. Hij stak het telefoontje weer in de binnenzak van zijn colbert.
'U zei daarnet dat u geen moord had gepleegd,' sprak hij emotieloos. 'Na het zien van deze beelden zou ik medeplichtigheid aan moord met voorbedachten rade zeker niet uitsluiten.'
Joyce keek de man aan zonder hem daadwerkelijk te zien. Ze voelde zich alsof ze door een stoomwals was overreden en platgedrukt. Denken was onmogelijk, evenals praten, huilen of schreeuwen. Haar hoofd was leeg, dit lichaam was niet het hare. Ze was vakkundig geknakt en daarna ruw gebroken. De regie van haar leven was definitief door iemand anders overgenomen.
'Ik beleef hier geen plezier aan,' stelde Igor. 'Dit is puur zakelijk.'
Niet in staat te reageren, bleef Joyce hem recht aankijken. Langzaam maar zeker keerden haar lichaamsfuncties terug.
'Als u zich zo wat beter voelt, kunnen we de details van onze overeenkomst bespreken,' ging Igor verder.
Joyce knikte traag.

23

Kevin nam plaats en keek haar vragend aan. Het was zijn vrije weekend, ook dat van haar trouwens. Het verschil was dat hij om de week een weekenddienst draaide en Joyce bij hoge uitzondering zaterdag of zondag op het werk verscheen, omdat ze ook tijd aan Jason wilde besteden. Dit moest dus echt ergens over gaan. Haar telefoontje had gisteren de hele avond door zijn hoofd gespeeld. Hij wist van zichzelf dat hij de afgelopen maanden als operation manager niet bepaald een voorbeeldfunctie had vervuld. Naar het personeel toe was hij chagrijnig geweest en had hij zich meerdere malen arrogant opgesteld. Het was zijn frustratie geweest, daar was hij tijdens zijn moment van zelfreflectie wel achter gekomen.
Naarmate de nacht verstreek, was hij onrustiger geworden. Hij bleef maar woelen. Om zijn vriendin niet wakker te maken, was hij in de woonkamer gaan zitten en had zelfs een glas whisky voor zichzelf ingeschonken om zijn zenuwen in bedwang te krijgen. Toen de alcohol zijn werk deed, werd hij eindelijk rustiger. Het werd vast een functioneringsgesprek, maar waarom dit op zaterdag moest gebeuren was hem een raadsel. Misschien omdat Joyce het door de week gewoon te druk had? In dat geval zag het er nog somberder voor hem uit, want als ze voor dit gesprek een deel van haar vrije zaterdag opofferde kon het weinig goeds voor hem betekenen...
Tegen de ochtend was hij zijn bed weer ingestapt en had nog een paar uurtjes geslapen. Met branderige ogen was hij opgestaan, had zich geschoren en een douche genomen. Toen het eenmaal tijd was om naar de afspraak te gaan, leek hij tien kilo bagage op zijn rug te dragen. Ontslag was het laatste wat hij zich nu kon veroorloven. Daarvoor waren de belangen te groot.

‘Het spijt me dat ik je op je vrije dag heb laten komen, Kevin,’ zei Joyce. Kevin liet met een handgebaar blijken dat hij het geen probleem vond. De vriendelijke toon van Joyce was onverwacht hoopgevend. Misschien heb ik het toch te somber ingezien, schoot het door hem heen.
‘Zoals je weet, zitten we deze zomer zo goed als vol, afgezien van de kamers die ik altijd in reserve hou waardoor we in het geval van overboekingen een aantal klanten niet in een andere accommodatie hoeven onder te brengen.’
‘Wat deze zomer een lastige klus gaat worden, want het hele eiland zit vol.’ Kevin kon zichzelf wel voor zijn hoofd slaan. In zijn enthousiasme had hij weer veel te snel gereageerd. Hou je kop toch dicht, bijdehand.
‘Inderdaad,’ zei Joyce. ‘Deze zomer is een lege hotelkamer op Tenerife een bezienswaardigheid.’
Kevin glimlachte beleefd, maar hield zijn kaken op elkaar.
‘Onder de geboekte kamers vallen ook onze bungalows. Zelfs de duurste, nummer 1, is tot eind september bezet.’
Kevin knikte. ‘De Russen laten het geld rollen. Voor hen is de prijs blijkbaar geen probleem.’
‘Ik wil het specifiek met je over Bungalow 1 hebben,’ ging Joyce verder. ‘Daar heb ik namelijk een probleem mee. Noem het een vervelend akkefietje dat ik absoluut tussen jou en mij wil houden.’
Kevin voelde de spanning van zich afglijden. Dit ging niet over een berisping of een aanstaand ontslag. Ze nam hem zelfs in vertrouwen, hij was juist belangrijk voor haar. Hij ritste zogenaamd zijn mond dicht. Alles wat ze zei, bleef tussen hen.
‘Ik heb de komende weken je hulp nodig, Kevin. Ik ga je niet vragen iets tegen de regels te doen, maar een zekere opoffering is het wel.’
‘Als ik kan helpen, Joyce...’ Hij maakte bewust de zin niet af. Dat leek hem beter, het klonk alsof hij helemaal openstond voor haar voorstel, wat natuurlijk niet zo was. Zijn eerste zorg was van de baan, nu werd het een kwestie van wat er van hem gevraagd werd.
‘Je kunt me helpen door in elk geval in de maand juni jouw dagdiensten om te ruilen voor nachtdiensten. Zes nachten in de week, woensdag vrij.

Financieel ga je er dik op vooruit. Ik zorg dat jij in die periode bijna het dubbele verdient van wat je nu krijgt.'
Dit was een interessant voorstel, dacht Kevin. Hij kon het geld meer dan goed gebruiken. Maar wat had hij in hemelsnaam in de nachtdienst te zoeken? 'Ik begrijp het niet,' antwoordde hij naar waarheid. ''s Nachts heb ik nauwelijks personeel om aan te sturen.'
'Klopt. Zoals ik al eerder aangaf heeft deze wisseling van dienst niets met jouw functioneren te maken. Er zijn altijd en overal wel problemen en iedereen heeft iets te klagen over zijn of haar chef. Wat ik aan jou vraag staat daar helemaal buiten. Dit is een verzoek van mij aan jou.'
Kevin was intelligent genoeg om de verkapte waarschuwing te horen. Natuurlijk wist Joyce dat hij de laatste tijd niet geweldig bij het personeel lag. Zonder dit expliciet te noemen, gaf ze aan precies te weten wat er in haar hotel speelde. Hij woog razendsnel de voor- en nadelen van de langdurige nachtdienst af en concludeerde dat het voor zijn toekomst verstandiger was om het gewoon te doen. Daarna hoorde hij wel welke problemen er waren met Bungalow 1. Zo erg kon dat tenslotte niet zijn. Mocht dat toch tegenvallen, dan kon hij altijd nog met Joyce gaan praten.
'Ik ben je man, Joyce.'
'Daar ben ik blij om.'

24

Esmeralda hield ervan om de dag kalm te beginnen. Sinds haar man Pedro werkloos was geworden, maakte ze 's morgens een licht ontbijt voor zichzelf en at dit in alle rust op. Geen televisie, geen radio. Dit halfuurtje was voor haar alleen.
Ze dacht dan na over de situatie van haar gezin en wat de toekomst zou brengen. Vooral financieel. Daarover maakte ze zich steeds meer zorgen, al probeerde ze zich ook steeds weer moed in te praten. Aan de ene kant vond ze het vreselijk om elke morgen weer dezelfde zorgen op te dissen, terwijl ze er aan de andere kant, vreemd genoeg, ook weer van genoot. Nou ja, genoot. Ze voelde zich trots dat zij nu de kostwinner was, maar daarover voelde ze zich dan weer schuldig. Het was niet zo gebruikelijk hier om als vrouw kostwinner te zijn. Dat er iets moest veranderen was wel duidelijk. Pedro begon zich langzaamaan neer te leggen bij zijn opgedrongen status van werkeloze. Stond hij de eerste weken na zijn ontslag nog gelijk met haar op, tegenwoordig bleef hij langer liggen. Hij had toch niet veel om voor op te staan. Van zijn goede voornemens om overdag het huishouden te runnen, zoals Esmeralda altijd had gedaan, was niets meer overgebleven. Terwijl zij aan het werk was, ging hij vissen of kaarten met zijn vrienden in het café. De rollen volledig omdraaien, werkte niet.
Rondkomen van één bescheiden inkomen en een uitkering die weinig voorstelde, was moeilijk. Vooral als je regelmatig werd geconfronteerd met kritische opmerkingen van twee tienerdochters wier klasgenootjes dagelijks hun merkkleding showden. Esmeralda keek op de keukenklok en zag dat het even over halfacht was. Ze ruimde de ontbijtspullen op en liep door naar de badkamer. Om acht uur wilde ze op haar werk zijn om

haar mensen aan te sturen. Het mocht de gasten van La Palmera aan niets ontbreken. Een stevige klus die haar met de dag meer moeite kostte.

Vanmiddag zou ze het huis aan kant proberen te krijgen. Vanavond zou een avond worden zoals alle anderen. Naast Pedro op de bank, televisiekijkend over algemene dingen zonder enige diepgang praten, ter afleiding. Om een uur of elf, als de televisie uitging en de kinderen naar bed waren, zouden ze het weer over hun situatie hebben. Over geld. Of liever gezegd, het gebrek eraan. Vandaag was ze vrij, maar toch had Joyce haar om een gesprek gevraagd. Hopelijk voor iets goeds, maar ze had geen goed voorgevoel. Joyce kwam gestrest over de laatste tijd en dat terwijl het zo goed ging met het hotel. Of misschien juist daardoor. Als ze maar niet opeens problemen met het personeel had. Esmeralda had haar baan hard nodig.

Stipt om tien uur klopte ze bij Joyce op de deur.

'Hallo, Joyce.'

'Dag, Esmeralda. Neem plaats.'

Esmeralda ging tegenover Joyce zitten.

'Sorry voor dit gesprek op je vrije dag, Esmeralda. Als het anders had gekund, had ik dat heus gedaan.'

Esmeralda Torres haalde haar schouders op. 'Dat weet ik toch, Joyce. Trouwens, ik had toch niets te doen. Sinds Pedro werkloos is, blijven we in de weekenden altijd thuis.'

Ze bracht het nonchalant, maar toch kwam het hard bij Joyce aan. Dat nonchalante was maar schijn. Het bedienend personeel had Esmeralda de laatste maanden meerdere malen met tranen in haar ogen rond zien lopen. Zonder enige uitzondering leefde men met haar mee. In tegenstelling tot Kevin Ortega was Esmeralda zeer geliefd onder de mensen aan wie ze leiding gaf.

'De economie trekt langzaam aan,' probeerde Joyce. 'En in het najaar moet er geschilderd worden. Ik zal mijn uiterste best doen om een plekje voor Pedro te creëren.'

Esmeralda's ogen lichtten op en begonnen te knipperen. 'Dat zou fijn zijn.' Ze haalde snel haar neus op, maakte een wegwerpgebaar en toverde een brede glimlach op haar gezicht.
'Jezus, wat stel ik me aan. Ik lijk wel een klein kind.'
Joyce gaf haar een knipoog.
'Jij bent altijd jezelf, Esmeralda. Daar kunnen heel veel mensen een voorbeeld aan nemen.'
Haar food-and-beverage-manager leek zich ongemakkelijk te voelen bij deze opmerking. Ze schoof onrustig heen en weer op haar stoel. Blijkbaar was het compliment haar ontgaan, dacht Joyce.
'Ik heb je gevraagd om vandaag te komen, omdat ik met een probleem zit en gedwongen ben onmiddellijk maatregelen te nemen.' Ze zag hoe de schrik in Esmeralda's ogen oplaaide en reageerde meteen.
'Het heeft niets met jou persoonlijk of jouw functioneren in het hotel te maken. Het gaat niet om jouw baan of die van een van je mensen. Dit is een puur zakelijk conflict dat ik met derden heb en dat wil ik nu aanpakken voordat het echt uit de hand loopt.'
'Dus er wordt niemand ontslagen?'
'Nee, dat is gelukkig niet aan de orde.'
Esmeralda slaakte een zucht van verlichting.
'Sorry dat ik me zo laat gaan, maar onze situatie thuis...'
Joyce knikte begrijpend.
'Ik weet precies wat je bedoelt. Het was stom van me om dit niet meteen in het begin van ons gesprek duidelijk te maken. Nogmaals, er wordt niemand ontslagen. Ik heb je hier laten komen omdat ik je om een gunst wil vragen.'
'Wat wil je dat ik voor je doe? Het personeel aansporen nog harder te werken? Tijdens de lunch het Russische volkslied zingen? De wodka aanlengen met water zodat ze minder snel bezopen zijn? Jij mag het zeggen, Joyce. Je hebt er niet een, maar minstens twee van mij tegoed.'
Joyce lachte even om haar spontaniteit.
Serieuzer ging ze verder: 'Ik ben bang dat het wat gecompliceerder ligt, Esmeralda.'

25

Het was even over halfnegen in de avond. De zon nam langzamerhand aan kracht af en verdween traag achter de horizon. Joyce zat op haar terras na te genieten van een eenvoudige, maar heerlijke maaltijd. Voor het eerst op deze zondag voelde ze zich voldaan. Voor Jason lag dat anders zag ze vanuit haar ooghoeken. Hij had hooguit een kwartier de tijd genomen om zijn eten te laten zakken en stond alweer in de startblokken om de opgedane energie te verbruiken.

'Ik ga nog even zwemmen, mam.' Ze knikte loom, terwijl hij al naar zijn kamer liep om een zwembroek aan te trekken. Joyce vond het prima. Ze hadden de dag voor een groot gedeelte samen doorgebracht met kaartspelletjes en wat rondhangen bij het zwembad. Het was logisch dat hij nu een uurtje voor zichzelf wilde. Vanmiddag had hij meerdere malen oogcontact gehad met een knap meisje. Telkens als Jason naar haar keek, gleden haar vingers door haar lange, bruine haren.

Joyce moest er nu nog om glimlachen. Zo jong en dan toch al zo rijp. Het waren die typische gebaartjes of een oogopslag waaruit ze meteen kon opmaken dat bij die meisjes de pure onschuld al begon om te slaan in zelfbewustzijn. Meisjes waren op die leeftijd vaak al verder dan jongens, dat is altijd zo geweest, en toch leek nu het verschil zoveel groter dan met vroeger. Als je toch zag hoe die meiden er 's avonds bijliepen. Het leken net...

'Later,' zei Jason. Op zijn slippers en met een handdoek nonchalant om zijn schouders liep hij in de richting van het zwembad. Joyce keek hem na. Daar ging haar jochie... op meidenjacht. Kleine kinderen worden groot. En er komt een dag dat je ze moet loslaten. Vanmorgen had ze zich voorgenomen om deze dag met een brede glimlach door te komen, hoe moeilijk dat ook zou zijn. Jason had recht op een zorgeloze zondag die niet werd verpest door een afwezige of gestreste moeder.

Het was haar aardig gelukt haar grote zorgen voor hem te verbergen. Tijdens het ontbijt had ze wel duidelijk aangegeven dat ze een belangrijk telefoontje verwachtte waardoor hun dag even onderbroken zou worden. Ze zou dan meteen naar het hotel moeten om een zaak te regelen. Jason maakte er geen punt van, hij vermaakte zich wel. Toen het telefoontje daadwerkelijk kwam, zwaaide hij naar haar en richtte zich op de nieuwe vrienden die hij in de loop van de dag had gemaakt.

Het Russische gezin dat de suite had geboekt, was gearriveerd. Het lastigste moment was net nadat ze hadden vernomen dat de door hun geboekte bungalow niet vrij was. Ze had hen moeten kalmeren, stroop om de mond gesmeerd en was met een goed alternatief gekomen. En zoals ze het van tevoren had bedacht, was het ook gelopen. Na wat tegenstribbelen waren ze akkoord gegaan met een dubbele kamer op de vierde verdieping. Het verschil in prijs werd uiteraard door het hotel vergoed. Als extraatje kon men gedurende hun hele verblijf kosteloos gebruikmaken van de roomservice, wat normaal niet bij het all-inclusiveconcept was inbegrepen. Ook kregen ze een vaste tafel tijdens ontbijt, lunch en diner. Maak mensen belangrijk, streel hun ego en ze eten uit je hand zonder het te beseffen.

Dat laatste had ze ook bij Kevin gezien. Nadat hij had toegezegd te willen helpen, had ze hem verzekerd dat Jennifer, de chef van de receptie, in die periode zijn functie waar zou nemen, maar ook meteen weer haar huidige positie zou oppakken als hij weer zou terugkeren naar zijn dagdiensten. Jennifer zou met deze switch geen enkele moeite hebben. Ze was een vrolijke, Engelse meid, die het leven nam zoals het kwam, wel van aanpakken wist en geen uitgesproken grote ambities had. Dat kwam Joyce nu erg goed van pas. Ze hoefde zich geen zorgen om haar te maken. Toen Kevin ervan overtuigd was dat zijn positie niet in gevaar kwam en ze haar plan had uitgelegd, was hij gerustgesteld. Ze had hem verteld dat ze zo haar twijfels had over de groep mensen die gebruik wilde gaan maken van de suite. Daarom wilde ze 's nachts een betrouw-

baar iemand de boel in de gaten laten houden. En wie was daar meer geschikt voor dan hij?
Ze wist de meest voor de hand liggende vragen van Kevin met leugentjes te omzeilen of zei gewoon dat ze er geen antwoord op kon geven. Omdat ze de waarheid niet kon en wilde vertellen, stuurde ze hem uiteindelijk met een kluitje in het riet. Het was niet anders. Hij moest vanaf maandagnacht het gebeuren rondom Bungalow 1 in de gaten houden. Bestelden deze mensen midden in de nacht iets bij de roomservice, dan wilde ze dat hij het bracht en eventueel poolshoogte nam. Ze verwachtte geen problemen benadrukte ze op het moment dat het gesprek op zijn eind liep. Mocht het toch uit de hand lopen, dan moest hij haar direct bellen. Raúl was ook op de hoogte. In geval van acute dreiging kon hij hem inschakelen, al kon ze zich niet voorstellen dat het zover zou komen. Kevin had aarzelend geknikt. Was hij bang of vertrouwde hij haar toch niet? Ze kon slechts hopen dat hij deed wat ze van hem vroeg, al was het maar voor de eerste paar dagen. Want volgens haar waren die cruciaal, daarin werd namelijk de toon gezet en daarna kon ze beter inschatten hoe de komende drie maanden zouden verlopen.
Het gesprek met Esmeralda was een eitje geweest. Die maakte er geen enkel punt van om tijdens haar dienst eventuele bestellingen persoonlijk naar Bungalow 1 te brengen. Ook zegde ze toe om een oogje in het zeil te houden. Per slot van rekening lag haar werkterrein niet ver bij die bungalow vandaan en kon ze regelmatig checken of er op het eerste gezicht geen vreemde dingen gebeurden. In tegenstelling tot Kevin stelde zij verder geen vragen en nam afscheid toen Joyce liet merken dat ze niets meer had te melden.
Kevin, Esmeralda en Raúl, die ze gisteravond had gesproken, Jennifer met wie ze morgen een kort onderhoud zou hebben en haar financiële steun en toeverlaat César, die ze eveneens morgen zou spreken; allemaal zaten ze in haar complot, om te voorkomen dat ze in nog grotere moeilijkheden kwam. Tegen de rest van het personeel zou ze zeggen dat gezien de verwachte drukte, iedereen op scherp moest staan en eventuele problemen met gasten zo snel mogelijk aan haar of de andere stafle-

den moest melden. Zoveel mensen moesten zich schikken naar haar wensen, alleen omdat zij diep in de nesten zat. Het was niet eerlijk, maar eerlijkheid en realiteit liepen op dit moment niet bepaald hand in hand. Het was overleven totdat ze een oplossing had gevonden. Het lag het meest voor de hand dat ze te maken had met de Russische maffia. Met het oog op de massale komst van Russische toeristen, leek het haar logisch dat ze werd gechanteerd door een criminele organisatie uit Rusland. Die Igor en zijn organisatie hadden hun zinnen op iets gezet en lieten zich nergens door weerhouden om dit te bemachtigen. Maar goed, wat wist zij nou van de Russische maffia? Ze hadden de suite voor iets nodig. Prostitutie, drugs, wapenhandel of een andere illegale activiteit waarvan zij het bestaan niet kende? Het moest in elk geval iets lucratiefs en crimineels zijn, anders hadden ze er niet zoveel moeite voor gedaan. Op dit moment had ze werkelijk geen idee hoe ze terug moest slaan. Ze kon zich tot nu toe alleen maar bezighouden met het beperken van de schade.
Het einde van het filmpje dat Igor pas afgelopen vrijdag had laten zien, had enorm veel impact op haar gehad. Natuurlijk was ze onschuldig, maar de heisa die tijdens een politieonderzoek zou ontstaan, zou haar privéleven en haar carrière veel schade toebrengen. Om maar te zwijgen over de gevolgen voor haar familie en vrienden.
Met dat doembeeld voor ogen was ze door de knieën gegaan. Het in de openbaarheid brengen van deze beelden zou haar ruïneren. Ook als later bleek dat ze was misbruikt, bleef haar naam besmet. Ze zou altijd in verband worden gebracht met deze beelden. Joyce Nieuwpoort, de gescheiden hoteldirectrice uit Tenerife die seks had in haar eigen hotel en gedwee toekeek hoe een van de deelnemers uit het raam werd gegooid. Geen hotel op de wereld zou haar nog als directrice in dienst nemen. Waarschijnlijk niet eens als serveerster.
Ze had gegokt en verloren. De sekstapes waren walgelijk en belastend, maar toen ze na veel wikken en wegen had besloten zich niet te laten chanteren, omdat het maar om seks ging, hadden ze er een schepje bovenop gedaan en was er iets bij haar geknapt. Het ging niet meer om

alleen seks. Er was ook moord bijgekomen. Ze was geknakt en had ingestemd met zijn plan.
Joyce balde haar vuisten. Ze was nog steeds onder de indruk van de beelden die regelmatig aan haar netvlies voorbijtrokken. In tegenstelling tot vrijdag had ze weer iets van haar oude strijdlust teruggevonden. Hoe ze Igor en zijn misselijke vriendjes terug zou betalen, was nu nog onduidelijk. Wel wist ze zeker dat ze terug ging vechten. Ze stond op om binnen iets te drinken te pakken. Vanuit het keukenraam zag ze hoe Jason over het smalle pad in haar richting liep. Hij was erg opgetogen en draaide zijn hoofd opzij om iets tegen iemand die net buiten haar gezichtsveld liep te kunnen zeggen. Toen ze dichterbij kwamen zag Joyce dat haar zoon vergezeld werd door haar ex.

26

'Pap heeft straks een interview met een Engelse rockband,' zei Jason enthousiast.
'Wat leuk,' antwoordde Joyce. Door de onverwachte komst van het tweetal moest ze razendsnel een knop in haar hoofd omzetten. De wanhopige hoteldirectrice werd een zorgzame moeder die op goede voet stond met haar voormalige echtgenoot. Ze glimlachte vriendelijk toen Bencomo haar vriendschappelijk kuste.
'Ik was in de buurt en dacht...' hij grijnsde ietwat onbeholpen.
'Natuurlijk, je bent altijd welkom,' reageerde ze direct. *Ho, niet te enthousiast doen.* Tussen hen bestond geen wrevel meer, maar een te vriendelijke ontvangst kon ook vreemd overkomen. Ze was hun op het terras tegemoetgekomen en knikte naar een lege stoel.
'Ga zitten. Wil je wat drinken?'
'Water, alsjeblieft.'
Jason trok een stoel bij en schoof hem vlak naast die van zijn vader. Hij probeerde samenzweerderig te kijken.
'Mama, vind jij het goed als pap en ik volgend weekend naar La Palma gaan?'
Joyce liep naar buiten met een glas water en zette dit neer op de terrastafel.
Bencomo keek haar schuldig aan. 'Volgens de etiquette had ik dat moeten vragen.' Daarna maakte hij een hulpeloos gebaar met zijn handen. 'Sorry, hij was me voor.'
Joyce wuifde het weg. 'Maakt niet uit. Vertel eens, wat zijn de plannen?'
Jason wilde in zijn geestdrift reageren, maar zijn vader was hem voor.
'Via kennissen heb ik een huisje kunnen regelen. Het staat vlak bij de

kust, dus we kunnen zwemmen, snorkelen, vissen en 's avonds barbecueën met zeezicht en ongenode meeuwen die een vorkje mee willen prikken.'

Jason lachte overdreven hard.

'En we kunnen naar de openingswedstrijd van het WK kijken. Dat lijkt me super, mam!'

Joyce knikte. Als hoteldirectrice werd je met evenementen in deze orde van grootte geconfronteerd, of je het wilde of niet. Van 11 juni tot 11 juli hing er een groot scherm in de ontvangstruimte waar de touroperators dagelijks hun praatje voor de nieuwkomers hielden. 's Avonds werd dit het onderkomen voor voetbalfans die hun land wilden aanmoedigen.

Ze gunde Jason het weekend met zijn vader. Daarbij leek het alsof hij met de week meer naar Bencomo trok en omgekeerd. Jasons houding en taalgebruik werd altijd veel uitbundiger als hij in de buurt was, en ze zag Bencomo net zo stralen als hij naar zijn zoon keek. Meer nog dan vroeger, want hij was natuurlijk altijd al gek op Jason geweest. Jason draaide wat ongemakkelijk op zijn stoel. Ze keek hem vragend aan.

'Jij ziet ook alles, hè?'

'Ik doe mijn best.'

Hij keek eerst zijn vader aan voordat hij zich tot Joyce richtte.

'Nou, ik hoorde net van papa dat er vier slaapkamers in dat huis zijn. Vier! En we zijn maar met zijn tweetjes. Ik dacht net dat het misschien wel heel leuk zou zijn...' Hij maakte zijn zin niet af. Bencomo zag zijn vertwijfeling en keek Joyce aan.

'Wacht even. Voordat jij daar een antwoord op geeft, wil ik duidelijk stellen dat dit idee spontaan door Jason is bedacht. Voordat we hierheen kwamen, heb ik hem bij het zwembad gesproken en verteld over het huis op La Palma. Om eerst even te peilen of hij het wel leuk vond. Op de weg hiernaartoe heeft hij dit plannetje bedacht.'

Joyce wist even niet hoe ze hierop moest reageren. Vanwege de toestanden in het hotel kon ze absoluut geen weekendje weg. Aan de andere kant wilde ze Jason, en in mindere mate Bencomo, niet voor het hoofd stoten. Maar was dit niet veel te snel?

'Ik moet trouwens zeggen dat ik het best een leuk idee...'
'Goedenavond, allemaal,' de vrolijke stem van Angelo overvleugelde het restant van Bencomo's zin.
'Wat leuk om jullie te zien.' Hij stapte het terras op en schudde Bencomo hartelijk de hand. Daarna ging hij tegenover Jason staan en maakte een paar schijnbewegingen zoals een bokser doet vlak voor een gevecht. Toen Jason daarop lauw reageerde, draaide hij bij hem weg, boog voorover en gaf Joyce een kus op haar mond.
'Hallo, schoonheid,' zei hij in het Nederlands. 'Je ziet eruit om op te eten. Misschien dat ik vanavond een poging waag.' Hij trok een stoel bij en ging over in het Spaans.
'Hoe is het ermee, Bencomo? Was je in de buurt?'
Bencomo knikte. 'Ik heb straks een interview voor de krant met een rockband.' Hij keek opzichtig op zijn horloge en stond op.
'Ik moet nu gaan, het concert begint over een halfuur.'
Ook Jason stond op. 'Mag ik mee, pap?'
Bencomo schudde van nee. 'Het wordt nogal laat. Dat interview is pas na het optreden. Als je moeder het goedvindt, kom ik je vrijdagmiddag ophalen.'
'Plannen voor het weekend?' wilde Angelo weten.
'We gaan naar La Palma,' antwoordde Bencomo. 'Tenminste, als Joyce geen bezwaar heeft.'
'Ik vind het prima.' Ze trok haar arm terug waar Angelo's hand op rustte, zogenaamd omdat ze jeuk had aan haar hals. 'Fijne avond, verder,' zei Bencomo. Ter afscheid stak hij koeltjes zijn hand op. Met Jason in zijn kielzog liep hij het pad af. Toen ze vijf meter van het terras waren, draaide Jason zich om.
'Ik loop met pap mee.' Joyce dacht een verwijt in zijn stem te horen. Maar het was goed mogelijk dat ze bepaalde zaken te zwaarmoedig zag of dingen dacht op te merken die er helemaal niet waren, zeker nu ze onder zoveel druk stond.
'Het is toch wat met die ex van je,' sprak Angelo op meewarige toon. Jason en Bencomo waren inmiddels uit het zicht verdwenen.

‘Hoe bedoel je dat?’
Hij trok een spottend gezicht, stond op en liep naar de keuken.
‘Hij is nog steeds gek op je,’ zei hij en hij slofte nonchalant naar de koelkast. Toen hij de deur opende, dacht Joyce dat ze hem hoorde zeggen: ‘Die sukkel.’ Maar ze kon het ook verkeerd hebben verstaan. Tenslotte was ze er met haar hoofd niet helemaal bij.
Morgen kwamen de Russen.

27

Joyce keek op haar horloge. Het was tien over één en sinds een halfuur was het rustig in het hotel. Na een uitbundige voetbalavond waarin het gejoel en geschreeuw van haar gasten zelfs tot in haar bunker waren doorgedrongen, was er eindelijk stilte. Ze sloot haar computer af, pakte haar handtas en verliet het kantoor. De onderhuidse spanning waarvan ze de hele avond al last had, werd steeds sterker. Haar hart ging sneller kloppen en ze begon oppervlakkiger adem te halen. Het was zover, voor het eerst in haar leven ging ze voor detective spelen.

Zo onopvallend mogelijk liep ze langs het grote terras, dat recht voor de botanische tuin lag. Ze zag licht branden achter de gesloten gordijnen van Bungalow 1, dus er waren mensen. De bar rechts van haar was gesloten. Ze had Esmeralda vanmorgen de opdracht gegeven om exact halfeen de obers te laten afruimen, zodat om één uur alles donker was. Vannacht wilde ze voorkomen dat het uitliep en de gasten nog tot laat aan een drankje zouden zitten. Dit gebeurde regelmatig en met zo'n fantastische bezettingsgraad maakte ze daar ook geen punt van. Behalve vannacht, want pottenkijkers kon ze nu niet gebruiken.

De route naar de botanische tuin stond vol met grote palmbomen, die haar een beetje bescherming gaven. Bewust koos ze voor het pad waarnaast de meeste bomen stonden. De dikke stammen hielden haar voor een groot gedeelte uit het zicht van eventuele nieuwsgierige gasten die met een drankje op het balkon van hun kamer zaten. Omdat ze goed op de hoogte was van de ligging van de kamers ten opzichte van haar schuilplaats, wist ze dat het mogelijk was dat sommige gasten haar vanaf hun balkon konden zien. Maar dan moesten ze wel heel goed kijken. Mocht ze toch worden gezien en er kwamen vragen over dan was er nog

weinig aan de hand. Ze had Erica bij de receptie verteld dat ze nog even een rondje door de tuin ging maken. Die had gereageerd alsof het de normaalste zaak van de wereld was.
Joyce verliet even het pad om de bovenste stoel van een stapel te pakken die enkele meters naast de rand van het zwembad stond. Ze zette de stoel even verderop tussen twee palmbomen en nam plaats. De dikke takken en bladeren boden haar voldoende bescherming tegen blikken vanaf de balkonnetjes, want ze zou hiermee mensen op een idee kunnen brengen. Bungalow 1 lag schuin voor haar. Ze draaide wat met de stoel, zodat ze er goed uitzicht op had. Uit haar handtas haalde ze een kleine nachtkijker, die ze gisteren had gekocht. Na wat gepriegel met de afstelling werd het wazige beeld scherper en kreeg ze een perfect zicht op het balkon van Bungalow 1.
Niks schokkends te zien. Ze zag de bovenkant van twee ligbedden met daarover een handdoek. De gordijnen waren gesloten, maar de schuifdeur stond open. Af en toe zorgde een lichte windvlaag voor wat beweging. Helaas waren de windstootjes niet krachtig genoeg om haar een betere inkijk in de slaapkamer te geven. Ze wist dat er prostitutie plaatsvond. Kevin had haar ingelicht over afgelopen maandag- en dinsdagnacht. Elke nacht was tweemaal de roomservice gebeld. In totaal waren vier flessen van de beste champagne besteld en Kevin had elke fles persoonlijk gebracht. Hij werd bij de deuropening steevast opgewacht door een schaars geklede dame die de fles in ontvangst nam zonder zelfs maar naar de rekening te vragen of hem een fooi te geven. Elke keer dat hij een fles bracht, had een andere dame hem in ontvangst genomen. Verschillende vrouwen, soortgelijke reactie en lingerie.
Ze had zijn rapporten gelezen en hieruit een voorlopige conclusie getrokken. De suite werd gebruikt als luxebordeel. Tot nu toe gebeurde dit alleen van 's avonds laat tot in de vroege morgen. Op de bestellingen van de champagne na, was er verder niets voorgevallen. Tenminste, voor zover Kevin had kunnen constateren.
Vanavond had ze even haar kantoor verlaten om Raúl te spreken en te instrueren. Zijn verhaal was kort maar krachtig. Maandag- en dinsdag-

nacht waren rond een uur of elf twee stelletjes kort na elkaar Bungalow 1 binnengegaan. Tegen vijven was het eerste koppel vertrokken. Het tweede volgde een halfuur later.

Joyce legde de verrekijker op haar schoot en knipperde met haar ogen. Ze had zich voorgenomen om vannacht een uur, hooguit anderhalf, de suite te begluren. Gewoon om een indruk te krijgen. Misschien dat er iets zou voorvallen wat haar op een idee bracht. Natuurlijk lag prostitutie het meest voor de hand. Hoeren die ergens kerels oppikten en die in een luxeomgeving aan hun trekken lieten komen. Tot nu toe twee stelletjes per nacht, er was ruimte genoeg.

Als deze verkenningstocht haar niets opleverde, en daar ging ze van uit, dan wilde ze het volgende week op een vroeger of later tijdstip nog eens proberen. Met een beetje geluk zou ze de gezichten zien van de levende koopwaar en de kerels die hiervoor grof betaalden. Want daarom draaide het allemaal. Voor zo'n nachtje met een gezelschapsdame moesten die viespeuken ongetwijfeld diep in de buidel tasten. Ze had eigenlijk geen idee, maar als ze moest schatten, dacht ze aan duizend euro. Dat was in totaal tweeduizend euro per nacht. Kassa, dus. Als het klopte.

Een halfuur verstreek. Het turen en de lange werkdagen deze week begonnen hun tol te eisen. Ze had maandag met César gesproken over Bungalow 1. Zijn gezicht was getekend door diepe rimpels en de blik in zijn ogen was dof. Hij zegde zonder al te veel interesse, zo leek het, zijn medewerking toe. Ze kon zien dat hij andere dingen aan zijn hoofd had. Hij zou de suite waarin de Russische familie in allerijl was ondergebracht, moeten 'vergeten' in rekening te brengen. Dat kon, omdat de bungalow waarin de ongenode gasten zaten allang door diezelfde familie was betaald. Op het hoofdkantoor kon niemand weten dat de kamer die altijd vrij werd gehouden nu bezet was, aangezien het intern was geregeld.

Na drie kwartier doezelde ze een beetje weg. In dat moment tussen waken en slapen kwamen bepaalde zaken van de afgelopen dagen bovendrijven. Ze dacht aan zondagavond waarin zowel Angelo als Bencomo opeens langs waren gekomen. Haar vriend en ex-man. Seksuele aantrekkingskracht tegenover genegenheid. Was dat laatste wel een juiste benaming? Dat hoorde ze toch ook voor Angelo te voelen? De seksuele aantrekkingskracht tussen hen verminderde en daarvoor kwam niets in de plaats. Hij kwam minder vaak langs en als hij er was mondde het bijna altijd uit in een stevige wip waarbij je niet echt van liefde kon spreken. Dit begon haar tegen te staan. Seks alleen was leuk en goed, maar geen basis, het was een tijdelijke vlucht uit haar dagelijks bestaan. Joyce schrok wakker. In een flits zag ze de vriendelijke glimlach van Bencomo, zijn verlegen, wat teruggetrokken houding. Ze keek opnieuw weer naar de man van wie ze ooit zoveel had gehouden. Ze herkende nu de man weer in hem op wie ze verliefd was geworden, maar ze had de afgelopen jaren niet doorgehad dat hij zo veranderd was. Of eigenlijk terugveranderd.

Ze schudde haar hoofd. Deze omstandigheden en de sluimertoestand waarin ze verkeerde, maakte dat ze dingen anders zag. Mensen veranderden niet, zeker niet waar het mannen betrof. Je bent zoals je bent en Bencomo's ware karakter had zich na enkele jaren huwelijk pas geopenbaard. Het leek bijna onmogelijk dat hij op zijn manier het licht had gezien.

Ook al leek hij weer de bescheiden, intelligente en, misschien, hartstochtelijke Bencomo die lang geleden haar hart had gestolen. Was ze toen blind geweest, of is ze het later geworden? Blind door haar eigen ambities? In elk geval had het niet gewerkt. Dit was toch bewijs genoeg?

Ze dacht terug aan zondagavond. Voor haar had een ongelukkig kind gestaan. Haar eigen zoon. Hadden ze wel echt alles geprobeerd om hun gezin te redden van een scheiding?

Joyce schrok van haar eigen reactie. Waar kwamen die gedachten opeens vandaan? Begon ze zich nu over alles onzeker te voelen? Ze legde de verrekijker weg en wreef met haar vingers over haar oogleden.

'Uitkijken, meid,' fluisterde ze even later. 'Je bent aan het hallucineren.' Het klonk weinig overtuigend.

28

Net toen ze op wilde staan, stonden ze opeens op het balkon. Een man en een vrouw, in de witte badjassen van Bungalow 1. Joyce keek gretig door de lens. De man was een dikke vent van in de vijftig met een kaal hoofd en een onaangename uitstraling. De vrouw was erg knap, met lang, donker haar dat tot over haar schouders viel. Joyce schatte haar eind twintig.

Zijn handen gleden over haar lichaam. De vrouw deed alsof ze uit zijn omarming wilde glippen, maar acteerde op zo'n kinderachtige wijze dat het bijna lachwekkend was. Dit gedrag wond haar klant alleen maar meer op, want zijn pogingen haar te betasten werden steeds ongeremder. Van het ene op het andere moment wist ze zich uit zijn lompe omhelzing te bevrijden. Met drie stappen was ze bij de gordijnen, waarna ze in de slaapkamer verdween. De man aarzelde even, ontblootte zijn tanden als een roofdier en ging achter haar aan.

Joyce voelde dat ze onbewust sneller was gaan ademen. Het hele tafereel had haar overvallen. Ze was hier gaan zitten met in haar achterhoofd Kevins rapportage, die eigenlijk heel saai was. Vier flessen champagne. Toch had ze het met haar eigen ogen willen zien. Saai of niet. Het was een begin van haar observatie van haar vijand. En nu dit. Nou ja, zo spannend was het ook weer niet, maar dat er nog iets gebeurde, net toen ze wilde vertrekken, had haar even doen schrikken.

Joyce kreeg kramp in haar armen. Ze stopte de verrekijker terug in haar tas en tuurde naar het lege balkon. Haar horloge gaf aan dat het bijna kwart voor drie was. De hoogste tijd om naar huis te gaan, dacht ze. In de bungalow zouden ze ongetwijfeld hun rollenspel voortzetten. Die kwamen echt niet meer naar buiten. En al zouden ze het wel doen, wat

dan nog? Ze had vanavond genoeg gezien om haar vermoeden dat er in de suite in elk geval gehoereerd werd te bevestigen. Wat er nog meer gebeurde wist ze nu nog niet. Daar kon ze enkel naar gissen.
Ze stond op en pakte de stoel. Toen ze in een flits twee mensen op het pad aan de overkant zag, dook ze meteen achter een palmboom. Hun witte badjassen staken fel af tegen de donkere achtergrond. Met haar lijf zo dicht mogelijk tegen de stam, leunde Joyce met haar bovenlichaam iets naar voren. Het was een ongemakkelijke houding, maar hierdoor kon ze wel zien wat zich afspeelde.
Het tweetal liep op het pad dat langs de rij bungalows door de botanische tuin kronkelde. Ze liepen hand in hand, waarbij de vrouw lichtjes met haar hoofd tegen de bovenarm van de man leunde. Het verschil in lengte was aanzienlijk. Hij was een boomlange kerel en zij een onderdeurtje. De witte badjas, waarvan het koord strak om haar middel was gebonden, benadrukte haar vrouwelijke vormen.
Toen ze dichterbij waren gekomen, wist Joyce absoluut zeker dat ze dit koppel nog nooit had gezien. Het was waarschijnlijk het andere stelletje van Bungalow 1. Wat deden ze buiten als alles toch in een slaapkamer moest gebeuren? De vrouw deed haar badjas uit en liet deze achteloos op de grond vallen. Het maanlicht bescheen haar grote, ronde borsten, die op een onnatuurlijke wijze recht vooruit stonden. Met kleine stapjes liep ze naar de rand van het zwembad. De man had zijn badjas eveneens op de grond gegooid. Het enige wat hij nog droeg was een dikke gouden ketting met een groot kruis. Met een erectie liep hij haar achterna. Langzaam liet de vrouw zich van de rand in het water glijden. In plaats van te zwemmen, bleef ze staan. Het water reikte tot haar hals. De man volgde haar voorbeeld. Eenmaal tot aan zijn middel in het water, boog hij zich voorover en kuste haar wild. Zijn tong gleed ongecontroleerd over haar gezicht.
Oh my god, dacht Joyce. Wat moet ik doen? Afwachten of ingrijpen? Moet ik wel ingrijpen, haal ik mezelf daarmee geen extra ellende op mijn nek? Wat als dit gewoon een stelletje uit een van de andere bungalows was? Hoe weet ik zeker dat dit de mensen van Bungalow 1 zijn? In

totaal waren er 21 bungalows in de tuin van La Palmera, dus er bestond wel degelijk een kans dat...

Hou toch op. Natuurlijk is dit het tweede koppel van Bungalow 1. Heb je die siliconentieten en dat uitdagende loopje soms niet gezien? En die vent is minstens twintig jaar ouder dan zij en vreselijk geil. Blijkbaar voelt dit volk zich zo superieur dat ze maling hebben aan alle regels. Ze gaan in het holst van de nacht poedelnaakt het zwembad in en doen gewoon waar ze zin in hebben. Je moet dit stoppen! Wat als gasten dit vanaf hun balkon zien? Dan regent het klachten. Is het morgen hét onderwerp tijdens het ontbijt. Voor hetzelfde geld nemen geschokte klanten contact op met het hoofdkantoor...

Joyce nam een beslissing. Ze stapte achter de palmboom vandaan en liep over het gras naar het tweetal toe. De laatste meters waren over de tegels die rondom het zwembad lagen. Door het geklik van haar hakken werd het kussende koppel opgeschrikt.

'Goedenavond,' sprak ze in het Engels. De vrouw keek haar meteen aan. Ze was begin twintig en had een brutale oogopslag.

'*Qué*? Wat moet je?'

'Het is verboden om op dit tijdstip te zwemmen,' zei Joyce in het Spaans. 'Wilt u zo vriendelijk zijn het zwembad te verlaten?' Ze bleef vriendelijk glimlachen, maar haar ondertoon was streng.

De man gromde wat onverstaanbare woorden die Joyce Slavisch in de oren klonken. De vrouw siste een kort antwoord terug. De man knikte en hees zichzelf op de badrand.

'*We go*,' sprak hij met een zwaar accent.

'*Thank you*,' reageerde Joyce direct. Ze wilde geen scène. Als het koppel in alle rust vertrok, was het alsof er niets gebeurd was. De vrouw bleef haar uitdagend aankijken. Ze maakte geen aanstalten het zwembad te verlaten.

'Wie ben jij eigenlijk om ons zomaar weg te sturen?'

Nu hoorde Joyce het accent door de Spaanse woorden heen. Deze vrouw sprak goed Spaans, maar kwam hier niet vandaan. Waarschijnlijk was ze een Oost-Europese.

'Ik werk hier,' antwoordde ze. Haar werkelijke functie wilde ze niet prijsgeven.
'Ga dan je werk doen en laat ons met rust, kut.'
Joyce wist zich te beheersen. Terwijl ze sprak, keek ze de vrouw strak aan.
'Ik wil dat jij nu met je opgeblazen borsten en veel te lange nepnagels dit zwembad verlaat. Blijf je toch het bijdehante snolletje uithangen, dan ben ik genoodzaakt de politie in te schakelen.'
Hoewel de man geen woord van het antwoord begreep, maakte haar toon en houding hem wel duidelijk dat er problemen op de loer lagen. Hij snauwde een paar woorden tegen de vrouw, die nog steeds in het water stond, en hij pakte haar hand. Met enige tegenzin liet ze zich uit het water trekken en sloeg de badjas om die hij haar aanreikte. In het voorbijgaan siste ze '*Puta*' tegen Joyce.
'Wat je zegt ben je zelf,' antwoordde de directrice van hotel La Palmera quasinonchalant. 'In dit geval is dat wel heel toepasselijk.'
De vrouw wilde reageren, maar kreeg daarvoor niet de kans. De lange man sloeg een arm om haar heen en leidde haar het pad af. Joyce keek hen na. Toen ze het hotel hadden bereikt en de gang kozen die naar de bungalows liep, voelde Joyce dat ze stond te trillen op haar benen.

29

Restaurant Blanco y Negro lag pal aan de boulevard, zo'n vijfhonderd meter van hotel La Palmera. Sinds drie jaar was dit hun favoriete lunchtent: het eten was er prima en betaalbaar, de bediening vriendelijk en de sfeer gemoedelijk. Ondanks de drukte bleef het personeel glimlachen en deed de kok geen concessies waar het de kwaliteit van het voedsel betrof. Dat ze af en toe wat langer op hun bestelling moesten wachten, was voor Joyce en Nigel geen probleem. Tijdens hun wekelijkse uitje hadden ze genoeg te bespreken. Sterker nog, meestal kwamen ze tijd tekort.

'Ik hoorde gisteren op het nieuws dat ze een calima verwachten,' zei Nigel.

Enkel bij de gedachte aan deze hete, windloze periode waarin de lucht bruin werd gekleurd door fijn zand vanuit de Sahara, zuchtte Joyce diep. 'Ik hoop echt dat ze ernaast zitten. Die verzengende hitte, de airco's op volle toeren waardoor iedereen een week later loopt te snotteren...'

'Mijn auto onder het zand,' vulde Nigel aan. 'Overuren voor de ambulances die af en aan rijden met hartpatiënten en oudjes die door de hitte zijn bevangen. Ja, ik verheug me er ook op. Dan laat ik Freedom buiten beschouwing, want als ik daar aan denk krijg ik spontaan een dubbele beroerte. Tijdens een calima is een broeierige discotheek zo'n beetje de laatste plek waar het uitgaanspubliek naartoe trekt. Dat gaat allemaal naar de terrasjes en blijft daar tot diep in de nacht zitten. Degenen die verder willen stappen kiezen voor een strandfeest of zo. Niemand denkt op zulke dagen aan oom Nigel uit Birmingham, die in een wilde bui zo nodig een discotheek op Tenerife moest beginnen.'

Joyce lachte. Nigels sterkste kant was ongetwijfeld zijn humor. Ook in de mindere tijden die ze de afgelopen jaren op Tenerife hadden gekend, had zijn grappige wijze van relativeren, gecombineerd met de nodige zelfspot, hem nooit in de steek gelaten. Joyce vond hem nog steeds een leuke en bijzondere man, zonder hierbij andere dan vriendschappelijke gevoelens voor hem te koesteren. Ze was er vrijwel van overtuigd dat het laatste ook voor hem gold.

'Je hebt toch airco? Daar moet je reclame voor maken, dan zitten ze liever bij jou binnen dan op die terrasjes.'

'Ha, jij bent ook altijd een zakenvrouw, of je nou pauze hebt of niet. O, kijk, dat is nou hun lunch.' Hij knikte kort naar twee jongens van een jaar of achttien die langsliepen. Toen de zeewind de penetrante hasjgeur in haar neusgaten blies, begreep ze waarop hij doelde.

'Vroeger dacht je er toch niet aan om overdag op de boulevard met een joint rond te lopen? Dat deed je stiekem, ergens op een plek waar mensen zelfs hun hond niet uit durfden te laten, en bij voorkeur 's avonds laat. Tenminste, mijn vrienden deden dat. Ik dronk in die tijd liever een biertje in de pub.'

Hij schudde mismoedig zijn hoofd toen twee surveillerende agenten vlak langs de jongeren liepen zonder hun conversatie te onderbreken.

'Dat had je twintig jaar geleden eens moeten proberen,' ging Nigel verder. 'Dan had de *policía local* je opgepakt, was je ondervraagd door de *policía nacional*, waarna de *guardia civil* er eens flink met de lat overheen was gegaan.'

'Vertel over hoe sterk het Engelse pond vroeger was en je ouwelullenverhaal is helemaal af,' antwoordde Joyce droog.

'Ik ben vreselijk, ik weet het,' beaamde Nigel. Daarna keek hij vergenoegd naar de garnalensalades die de ober voor hen neerzette. 'Lekker, dat maakt mijn dag weer helemaal goed.'

De stilte duurde vier happen.

'Ik kan maar niet begrijpen wat die gasten zo lekker vinden aan blowen. Ik heb het één keer gedaan. Na een paar trekjes begon ik te giechelen als een meid.'

Hij nam een slok water.

'Ze moeten die rotzooi verbieden. Slecht voor de gezondheid en beroerd voor mijn handel. Vooral dat laatste doet me pijn, zo eerlijk ben ik ook wel weer. Gasten die blowen liggen de godganse avond op hun balkonnetje stoned te zijn. Die hebben geen enkele behoefte om in Freedom eens lekker uit hun dak te gaan.'

Joyce wilde hierop inhaken, maar zag dat zijn vinger achter de glazen van zijn zonnebril verdween. Hij trok even een pijnlijke grimas en at weer verder alsof hij die beweging nooit had gemaakt.

'Weer die lenzen?' vroeg Joyce. Hij was een jaar geleden overgestapt op contactlenzen. Eerst harde, daarna zachte om te eindigen bij lenzen die hij elke maand moest vervangen. Op de een of andere manier wilden zijn ogen er niet aan, waardoor hij uiteindelijk toch weer terug moest vallen op zijn bril, maar daar was hij tot nu toe te ijdel of te trots voor geweest.

'Ik word er gek van,' zuchtte hij. 'En dat allemaal omdat ik me door een ex-vriendin die opticien is, heb laten ompraten. Vanaf de eerste dag heb ik een hekel aan die plastic krengen. Ik kijk het deze maand nog aan en als het zo blijft dan spoel ik ze door het toilet. Maar genoeg over mij. Hoe loopt het bij jou?' wilde Nigel weten. 'Heeft dat Oostblokvolk een beetje manieren?'

'Daarover heb ik niets te klagen.'

'Waarover dan wel?'

'Hoe bedoel je?'

'Nou, als iemand zegt, daarover heb ik niets te klagen, heeft ze wel over iets anders wat te klagen. Begrijp je?'

Joyce grinnikte. Het was zo'n typische Nigel-opmerking. Eigenlijk was hij geen steek veranderd sinds ze hem in hotel La Palmera had ontmoet. Ze werkte toen nog als operation manager en was vaak in de receptie te vinden. Toen Nigel informatie vroeg voor een paar kennissen die uit Engeland overkwamen, stond zij toevallig achter de balie. Twee weken later had ze hem zien zitten op de boulevard en waren ze aan de praat geraakt. Sindsdien waren ze vrienden. Het was een vriendschap waar hun kennissenkring de eerste jaren weinig van begreep. Nigel stond te boek als een womanizer en zij was een gescheiden moeder. Dan kon een vriendschap nooit goed gaan. Vroeg of laat moest er iets gebeuren tussen die twee. Toch was er nooit iets gebeurd en was het voor iedereen inmiddels duidelijk dat ze echt heel goede vrienden waren en niet meer dan dat.

'Soms klaag ik tegen vrienden over jouw slappe geklets,' sprak Joyce met een knipoog.

Nigel speelde direct de vermoorde onschuld. 'Ik?! Het moet niet veel gekker worden, girl!'

'Nu even zonder dollen,' ging Joyce verder. 'Hoe loopt Freedom? Is het drukker dan vorig jaar om deze tijd?'

Nigel tuitte zijn lippen en wiegde een paar keer met zijn hoofd. 'Gaat wel,' sprak hij zuinig. 'Ik heb iets meer volk binnen, maar het houdt niet over. Normaal gesproken moet het veel drukker zijn dan de afgelopen jaren het geval was, want het eiland is afgeladen met toeristen. Waar ze uithangen is mij een raadsel. In elk geval niet in mijn hut.'

Hij nam een hap van zijn salade en knikte opzichtig in haar richting.

'Bedankt voor dat all-inclusiveconcept van jullie. Vooral het verlengen van de animatie tot soms wel middernacht helpt enorm. Het met drank volgestouwde toeristenvolk popelt dan om in Freedom helemaal door het lint te gaan... not.'

'Als jij de prijzen in Freedom terugbrengt tot een aanvaardbaar niveau, bestaat er een kans dat het weer ouderwets goed gaat lopen. Zoals in het begin van deze eeuw, weet je nog wel, oude man?'

Hij keek haar quasibeledigd aan.

'Bitch.'

'Huhuh.'

Nigel prikte uiterst zorgvuldig de laatste garnalen uit zijn salade. Een pietluttige handeling die niet bij hem paste. Meestal was hij uitbundig, tegen het flamboyante aan. Iemand die de restjes van zijn salade gewoon liet staan. Als de salade hem was bevallen en hij had nog trek, dan bestelde Nigel gewoon een nieuwe. Valse bescheidenheid kwam niet in zijn woordenboek voor, hij genoot met volle teugen van het leven en accepteerde de tekortkomingen van anderen in een oogwenk. Hij was makkelijk in de omgang, slordig als het om huishoudelijke taken ging – zijn appartement was een nachtmerrie voor iedere huisvrouw – en aangenaam gezelschap. Door, of ondanks, deze levensstijl was hij qua uiterlijk de afgelopen jaren geen spat veranderd. Hij was nog even slank als de eerste dag van hun ontmoeting, tussen zijn blonde haren was geen grijze te vinden en gedurende de dag droeg hij altijd een overhemd met korte mouwen, een driekwartbroek en teenslippers. Volgens de verhalen liep hij vanaf de eerste dag zo rond op Tenerife en had in de daaropvolgende twintig jaar hieraan nooit enige concessies gedaan. Hij had de uitstraling en het uiterlijk van een midden dertiger, maar werd over een kleine vijf jaar toch echt vijftig.

'Het maalt daarboven,' zei Joyce. 'Waarschijnlijk ben je wanhopig op zoek naar een scherpe opmerking waarmee je punten wilt scoren.'

Hij legde zijn vork meteen neer en lachte fijntjes. 'We moeten elkaar minder zien. Van dit soort teksten krijg ik de kriebels.' Een theatrale kuch volgde. 'We kunnen ook gaan trouwen, ik moet er toch een keer aan geloven. Dan maar met iemand die me beter kent dan wie dan ook.'

Joyce schudde uitdrukkelijk van nee. 'Een onbegonnen zaak. Vanaf de eerste dag zou jij je een gevangene voelen. Hoeveel vriendinnetjes heb je dit jaar al versleten, vier, vijf?'

'Zoiets, het begint met een tintelend gevoel en eindigt steevast met een kater. En ik kan ze toch gewoon naar huis meenemen?'

'Probeer dat maar ergens anders en probeer eens een meisje vanáf vijfentwintig, in plaats van tot.'

'Je valt in herhaling.'

'Luister dan voor de verandering een keer naar me.'

Nigel haalde zijn schouders op. 'Nu klink je meer als mijn moeder. Het wordt er niet beter op.' Hij wist dat ze gelijk had. Waar hij zakelijk gezien redelijk succesvol was, maakte hij van zijn liefdesleven een puinhoop. Hij was gewoon te veel verknocht aan zijn vrijbuitersleven.

Joyce nam nog een hap van haar salade. Ze wilde nog een poging wagen iets te weten te komen hoe het er op dit moment in het nachtleven aan toe ging. Met een beetje geluk maakte hij een opmerking waarmee ze verder kon. Het was uitgesloten dat ze Nigel op de hoogte zou brengen van haar situatie. Niet dat ze hem wantrouwde, maar ze wilde hem gewoonweg niet met haar problemen lastigvallen. Ze wilde de luchtigheid van hun vriendschap niet kwijt en ze wilde niet dat er nog meer mensen bij betrokken zouden raken.

'Bij ons is de bezettingsgraad extreem hoog. Dat moet toch doordruppelen naar de horeca?'

Nigel reageerde twijfelend. 'Op het eerste gezicht lijkt dat logisch. Op de een of andere manier komt het er echter niet uit. Eerlijk gezegd begrijp ik het ook niet. Het eiland is vol, maar mijn inkomsten stijgen nauwelijks.'

'Het is natuurlijk nog wat vroeg om nu al conclusies te trekken...'

'Wat goed is komt snel,' wierp hij tegen. 'Tot nu toe heb ik alleen een handvol verdwaalde Russische huisvaders in Freedom gezien die in veel te ruime hawaïshirts zichzelf op de dansvloer belachelijk stonden te maken.'

'Dus geen big spenders?'

Nigel schudde ontkennend zijn hoofd. 'Volgens mij zijn het plattelandsmensen die door het opheffen van de visumplicht de wereld voor zich hebben zien opengaan. Het gros ging elk jaar naar Turkije. Dan is Tenerife toch een heel ander verhaal: een eiland, open minded, relaxte sfeer, bla, bla, bla.'

Ze waren nu op een punt beland dat Joyce haar visje kon uitgooien. 'Hoe zit het dan met de Russische maffia?' zei ze zo nonchalant mogelijk. 'Er komen hele volksstammen uit de voormalige Sovjet-Unie deze kant op, mensen die hun taal spreken, daar willen zij toch van profiteren?'

Nigel klakte met zijn tong. 'De Russische maffia zit al jarenlang langs de Spaanse costa's. Nadat bekend werd gemaakt dat de visumplicht voor de Canarische Eilanden werd opgeheven, hebben ze ongetwijfeld wat mensen vooruitgestuurd. Als die er al niet zaten, want die gasten trekken zich natuurlijk niets aan van de wet. Die hebben binnen een oogwenk valse papieren.'

‘Maar dat zijn wel de echte big spenders…’
‘Die met een slok op in Freedom voor duizenden euro’s aan champagne bestellen,’ vulde Nigel aan. ‘Ik begrijp wat je bedoelt. Maar willen dat soort lui niet liever iets exclusiefs? God, dat zou er nog moeten bijkomen, dat ze mijn tent gaan afhuren. Maar dat denk ik niet. Wat heeft de Russische maffia nou op zo’n ordinaire vakantiebestemming als Tenerife te zoeken. Volgens mij kijk je te veel tv. Anyway, de zomer is nog jong. Ik zou wel willen dat er van dat soort goudhaantjes in mijn tent kwamen.’
Joyce grijnsde met hem mee. Niet van harte. *Hij moest eens weten wat het betekent als ze echt in je tent komen.* Ze was met dit gesprek maar weinig opgeschoten. Ze zette de knop in haar hoofd om en knikte naar een jong stelletje waarvan de vrouw topless over de boulevard flaneerde.
‘Het is toch wat,’ reageerde Nigel voorspelbaar. ‘Dat had je vroeger eens moeten proberen.’
Joyce leunde wat achterover. Ze wist min of meer wat hij nu ging vertellen. En dat was goed, want hiervoor was ze tenslotte gekomen. Lekker eten met prettig gezelschap zodat ze voor even haar zorgen kon vergeten.

30

De wesp zoemde rond haar hoofd. Ze draaide zich in haar slaap om zonder dat dit resultaat opleverde. Het doordringende geluid bleef aanhouden. Ze draaide weer naar haar andere zij. Het gezoem werd luider, scherper, helderder. Slaapdronken opende Joyce haar ogen. Toen het tot haar doordrong dat het geluid de beltoon van haar mobiele telefoon was, schoot ze overeind.

Terwijl ze naar het mobieltje greep, zag ze dat het zes minuten voor halfvier was. Voordat ze opnam, keek ze op het schermpje. Problemen.

'Hallo, Kevin.'

'Sorry dat ik midden in de nacht bel,' hoorde ze Kevin Ortega zeggen. 'Maar ik ben bang dat het hier uit de hand gaat lopen.'

'Ik kom eraan,' antwoordde Joyce en ze hing meteen op. Ze deed het licht aan, stapte uit bed, schoot snel in een rok en trok een bijpassende blouse aan. Met grote stappen liep ze naar de badkamer om een kleine minuut later de deur weer dicht te trekken. Zo zachtjes mogelijk ging ze Jasons kamer binnen en zag dat hij diep lag te slapen.

Met een groeiend gevoel van onrust liep ze op een drafje naar de ingang van het park. Voor zover ze het kon beoordelen, was ze op deze vroege dinsdagochtend de enige die wakker was. Nergens zag ze geopende ramen of lichtstraaltjes achter gesloten luiken.

In de lobby passeerde ze Manuel, de oude receptionist van Parque Montabal. Hij keek haar verbaasd aan.

'Een probleempje in het hotel,' verklaarde ze terwijl ze doorliep. Manuel antwoordde met 'sterkte', maar dat drong nauwelijks tot haar door. In gedachten was ze al bij Bungalow 1, want ze kon zich niet voorstellen dat er op dit tijdstip ergens anders in het hotel problemen waren. Kevin

was voor een deel op de hoogte van de situatie, er zou wel heibel zijn met de mensen in de suite.
Terwijl ze de straat overstak naar het terrein van het hotel, probeerde ze zich voor te bereiden op het ergste. Haar nachtelijke aanvaring bij het zwembad zat nog vers in haar geheugen. Die woensdagnacht had ze het nog betrekkelijk eenvoudig op kunnen lossen, maar nu had ze een slecht voorgevoel. Kevin en Raúl stonden haar voor de receptiebalie op te wachten. De uitdrukkingen op hun gezichten zeiden genoeg, het was helemaal mis. Pas toen ze recht voor het tweetal stond, zag ze dat de huid rond Kevins linkeroog geschaafd was. 'Vertel,' sprak ze gejaagd.
'We kregen het afgelopen uur vier meldingen van gasten binnen. Allemaal over geluidsoverlast vanuit Bungalow 1. Volgens de bellers werd er geschreeuwd en lawaai gemaakt. Twee van hen dachten dat er met meubels werd gegooid.'
'Hebben jullie poolshoogte genomen?'
'Ik heb aangebeld,' antwoordde Raúl. 'Een nogal schaars geklede vrouw deed open, keek me lodderig aan en smeet de deur dicht.'
'Even later zijn we samen gegaan,' ging Kevin verder. 'Toen er werd opengedaan, ben ik direct naar binnen gestapt. Die vrouw begon meteen te schreeuwen. Ik probeerde haar uit te leggen dat ik alleen wilde praten, maar ze was niet te bedaren. Opeens kwamen er twee mannen van boven. De kleinste was agressief en gaf me een mep op mijn oog. Gelukkig greep die andere man direct in en hield hem vast. Hij snauwde wat en toen zijn we maar gegaan, voordat het echt uit de hand kon lopen.'
Joyce haalde diep adem. Waar ze vooraf al zo voor had gevreesd was uitgekomen. Al haar inspanningen ten spijt was de boel toch geëscaleerd en ze moest nu ingrijpen. Haar klanten klaagden en Kevin was geslagen. Haar mensen waren verdomme van hun eigen terrein gejaagd!
'Oké, laten we eerst even kort evalueren.'
Kevin en Raúl knikten. Ze kon zien dat ze erg met deze hele toestand in hun maag zaten en opgelucht waren dat zij niet de beslissingen hoefden te nemen.

‘De vrouw die opendeed, was zij dronken?’
‘Behoorlijk aangeschoten,’ antwoordde Kevin. Raúl beaamde dit met een korte hoofdknik.
‘Wat is er vannacht door hen besteld?’
‘Twee flessen champagne, maar dat was al om halftwaalf. In een flits heb ik op de vloer drankflessen zien liggen. Geen champagne, als ik moet gokken, wodka.’
‘Jij hebt ze zien binnenkomen?’ vroeg ze aan Raúl.
‘Even voor elven. Twee stelletjes, een van de mannen droeg een plastic tas.’
‘Dus ze hebben zelf drank meegenomen,’ concludeerde Joyce. Kevin schudde vol ongeloof met zijn hoofd. ‘Terwijl ze het zó konden bestellen, we hebben praktisch alle dranksoorten in huis.’
‘Mensen doen nu eenmaal onlogische dingen,’ kapte Joyce af. Ze wilde door.
‘In totaal dus vier personen, waarvan minstens twee behoorlijk onder invloed zijn.’ Nu keek ze Kevin aan.
‘Valt er nog met hen te praten?’
‘Ik denk het wel. Vooral die grote kerel leek me goed aanspreekbaar. Of hij ons begrijpt is een tweede, volgens mij was hij Russisch.’
Uiteraard, dacht Joyce. De onzekerheid die haar werknemers uitstraalden, maakte haar sterker. Zij had de leiding in dit hotel en niemand anders. Het voelde goed om nu een reden te hebben om die lui aan te pakken.
‘De mensen klaagden over geluidsoverlast. Hoe is de situatie binnen? Hebben ze daadwerkelijk dingen gesloopt?’
Even was er twijfel bij de twee. Toen Joyce hen bleef aankijken verbrak Kevin uiteindelijk de stilte.
‘Dat is moeilijk te zeggen. Ik heb die drankfles zien liggen en volgens mij was het bankstel verschoven en lag er een lamp op de vloer. Het ging allemaal zo snel. Wat er op de eerste verdieping is gebeurd weet ik niet. Afgaande op de meldingen moet het lawaai daarvandaan zijn gekomen, want het balkon op de eerste verdieping ligt recht tegenover het meren-

deel van de hotelkamers en zeker met de deuren open, kun je goed horen wat er gebeurt.'
Joyce knikte langzaam. Ze dacht aan de puinhoop die ze aan zou kunnen treffen.
'Kom op, we gaan op huisbezoek.'

31

Toen ze vlak bij de suite waren, hoorden ze lawaai. Een vrouw lachte uitgelaten, het waren de lange, overdreven uithalen die haar dronkenschap verraadde. Dit geluid werd vergezeld door een doordringend gebonk. Joyce nam het initiatief. Ze klopte op de deur. Op haar verzoek hadden Kevin en Raúl zich achter haar geposteerd. Toen er niet werd gereageerd, klopte ze harder. Het duurde even voordat de deur werd geopend. Uiteindelijk verscheen het gezicht van een vrouw in de deuropening.

'Wat is er?' vroeg ze bits, in onvervalst Engels.

'Mijn naam is Joyce Nieuwpoort, ik ben de directrice van dit hotel. Wij hebben verschillende klachten over geluidsoverlast ontvangen en willen hierover met u spreken.'

De vrouw keek haar geringschattend aan. 'Dus jij bent de baas van dit hotel?'

Joyce knikte bevestigend. 'Inderdaad.'

Er werd haar een smalend lachje toegeworpen. 'Dit is Tenerife, schat. De eerste vrouwelijke directeur moet hier nog geboren worden.' Terwijl ze de deur dichtsmeet, snauwde ze: *'Piss off.'*

Joyce draaide zich om naar Kevin en Raúl, die haar allebei verbouwereerd aankeken.

'Valse start,' sprak ze op een luchtige toon en ze klopte vastberaden nogmaals op de deur. Nadat er weer een lachsalvo had geklonken, opende dezelfde vrouw de deur. Ditmaal keek ze getergd.

'Luister, trut. Ik heb je toch gezegd dat...'

Joyce duwde met twee handen hard tegen de deur en stapte naar binnen. De vrouw wankelde en stond verbouwereerd tegen de muur. 'Jij...'

'Moet vooral je mond houden,' reageerde Joyce razendsnel. Ze knikte naar de trap.
'Is iedereen boven?'
Op dat moment hoorde ze dalende voetstappen. Joyce ging onder aan de marmeren trap staan en keek naar boven. Een beer van een man kwam naar beneden. Hij droeg een badjas van het hotel, die hem zeker twee maten te klein was. Hij had een schouderpartij waarop een beroepsworstelaar jaloers zou zijn. Misschien was hij dat ook wel.
Hij bleef op de derde trede van onderen staan, boog voorover en keek haar aan.
'Wat wilt u?' vroeg hij in het Engels met een Russisch accent. Dit was ongetwijfeld de grote man over wie Kevin het had gehad. Ondanks zijn woeste uiterlijk, had Joyce het gevoel dat hij goed aanspreekbaar was, zeker niet dronken. Omdat ze weinig andere keuzes had, de Britse kon nauwelijks meer op haar benen staan, besloot ze een redelijke, vooral niet al te dwingende toon aan te slaan. Ze realiseerde zich dat dit gevecht met woorden moest worden uitgevochten. Ondanks zijn postuur, kwam de man helemaal niet agressief over.
'Mijn naam is Joyce Nieuwpoort, ik ben de directrice van hotel La Palmera waar deze bungalow deel van uitmaakt. Wij hebben verschillende klachten ontvangen over geluidsoverlast vanuit deze bungalow. Aangezien ik de eindverantwoording draag over dit complex, wil ik weten wat er aan de hand is.'
Ze deed haar best om zuinig te glimlachen.
'Kunt u een stapje opzij doen? Ik wil de eerste etage inspecteren.'
Hij aarzelde een moment, draaide zich om en liep naar boven. Met Kevin en Raúl in haar kielzog volgde ze hem. Vanuit haar ooghoek zag Joyce hoe de Britse met onzekere tred naar de woonkamer liep. Mooi zo, daar had ze dan geen last van. Eenmaal boven, sloeg de man rechts af. In het midden van de slaapkamer stopte hij en zei iets tegen een man met een beduidend kleiner postuur. Joyce was vlak achter hem blijven lopen en stond nu in een slaapkamer. Aan een korte blik had ze voldoende om in te schatten wat hier was voorgevallen. Verontwaardigd

sloeg ze haar hand voor haar mond. Er lagen enkele flessen drank op de grond. Uit minstens twee flessen druppelde de alcohol over de vloer. Van twee stoelen waren de poten afgebroken. Iemand had aan de gordijnen gehangen, want de rails waren zwaar verbogen. Ook de stevigheid van het beddengoed was getest: een gescheurde sprei en een aan flarden getrokken laken lagen net als een hoop kledingstukken verspreid door de kamer. In de spiegel aan de muur tegenover het bed zat een langgerekte barst. Op het kastje dat eronder stond lagen de scherven van een glas. De deur naar het balkon stond inderdaad wagenwijd open. Geen wonder dat iedereen mee had kunnen genieten. Wat hadden ze hier in hemelsnaam uitgespookt? Tarzan en Jane uitgehangen? King Kong gespeeld? Ze keek nu pas goed naar de man en de vrouw op het bed. Ze waren allebei naakt. Hij was klein, behaard, zat onder de tatoeages en had een rond hoofd met kleine varkensoogjes die agressief de wereld inkeken. Ze schatte hem in de veertig. Zij was slank, had lang, geblondeerd haar en een opvallend gekleurde tatoeage op haar dijbeen. Joyce draaide zich resoluut om en liep langs de badkamer waarvan de vloer bezaaid lag met doorweekte, vuile handdoeken. Met vier stappen stond ze op de drempel van de andere slaapkamer. Tot haar opluchting was hier niets vernield. Wat rondslingerende gebruikte condooms en een gekantelde fles whisky. Ze liep naar het nachtkastje waarop het pasje lag waarmee de buitendeur werd geopend. In totaal waren er drie voor elke bungalow.

Toen ze terugkeerde in de slaapkamer met balkon waren Tarzan en Jane hun kleding bij elkaar aan het rapen. De man leek de situatie vernederend te vinden, want hij keek haar beschuldigend aan. Hij hield zich duidelijk in onder het toeziend oog van de brede vent. Het enorme spanningsveld gaf Joyce een extra reden om snel een beslissing te nemen. 'Jullie krijgen tien minuten om te vertrekken. Wij wachten beneden.'

Ze liep naar de vrouw, die emotieloos haar kleren aantrok. Toen Joyce recht tegenover haar stond, keek de vrouw haar aan alsof het haar allemaal niet kon schelen, alsof ze hiervoor immuun was, alsof ze vergelijk-

bare toestanden zo vaak had meegemaakt, alsof ze het moeiteloos van zich af liet glijden.
'Het kaartje voor de deur, alsjeblieft.' Ze strekte haar arm en opende haar hand. Zonder een woord te zeggen opende de vrouw haar handtas en gaf het kaartje.
'Dankjewel,' zei Joyce en ze draaide zich om. Samen met Kevin en Raúl liep ze naar beneden. Het derde kaartje zat in het kastje aan de muur waarmee de stroomvoorziening werd geregeld. De gasten werd altijd verzocht het kaartje eruit te halen om het stroomverbruik zo laag mogelijk te houden. De Britse bevond zich nog steeds op de benedenverdieping. Ze zat op de bank en leek in haar eigen wereld verzonken. Voorbereid liep Joyce naar haar toe. Nadat ze in korte bewoordingen had verteld dat ze dit gedrag niet kon accepteren en het hele gezelschap binnen tien minuten diende te vertrekken, keek de vrouw haar met een lege blik aan. Ze kwam met moeite overeind en strompelde de trap op. De woede-uitbarsting waarop Joyce had gerekend, bleef uit.
Na ongeveer tien minuten stapte het viertal gezamenlijk naar buiten en verdween in de nacht. Joyce sprak nog een kwartiertje na met Kevin en Raúl over de ravage die was achtergelaten. Nadat er duidelijke afspraken waren gemaakt over de schoonmaak en de reparaties, gingen Kevin en Raúl verder met hun eigen werkzaamheden. Toen Joyce thuiskwam, liep ze rechtstreeks door naar de keuken. Ze pakte een glas, schonk het vol met witte wijn en dronk het in drie teugen leeg. Met de fles in haar ene, en het glas in haar andere hand ging ze op de bank zitten. Van slapen kwam vannacht toch niets meer terecht.

32

Voor de eerste keer na het gesprek waarin de gebroeders Nikolajev hem een ultimatum hadden gesteld, liep hij langs de speeltafel, waar het een drukte van belang was. Hij hoorde het getik van fiches die op elkaar werden gestapeld, het verwachtingsvolle geroezemoes van de spelers en het gezoem van het balletje dat rondjes draaide in de bak. Geluiden die hij ooit als heel plezierig had ervaren, maar omdat ze hem in die verrotte wereld hadden getrokken, deden ze hem niets meer. En dat was goed. Hij had zijn levenswijze weer in de hand. Of hij zijn leven ook echt weer op orde had, was een ander verhaal. Anders zou hij hier niet zijn. Onder zijn masker van zelfvertrouwen lag de onzekerheid verscholen. De afgelopen weken had hij regelmatig met Jevgenij en Boris gesproken over de stand van zaken. Altijd in de namiddag en op een terras waar het wemelde van de toeristen. Nu liep hij om vijf uur 's morgens door het casino, op weg naar het kantoor van de twee gokbazen. Een kwartier geleden was hij gebeld door Boris met de mededeling dat hij direct moest komen opdraven. Er moest iets mis zijn. Hij maakte zich dus grote zorgen. Zijn hart klopte zenuwachtig in zijn keel.

'We hebben een groot probleem,' was het eerste wat Jevgenij zei toen hij het kantoor betrad.

'Een verdomd groot probleem,' vulde Boris aan. Omdat men direct ter zake kwam, besloot hij te blijven staan.

'Wat is er aan de hand?'

Jevgenij wees met zijn vinger omhoog. 'Boven in de club zitten twee meiden die ik daar helemaal niet wil zien. Die geweldige directrice van jou heeft onze meiden en hun klanten een uur geleden uit de suite gesodemieterd.'

Zijn broer gromde vervaarlijk.
'Ze moesten ook hun pasjes inleveren.'
Het duizelde in zijn hoofd. Hij richtte zijn blik op een punt op de muur, omdat hij niet wist waar hij moest kijken. Wat een puinhoop. Waarom moest ze zich ook zonodig met alles bemoeien?
'Politie?' vroeg hij aarzelend.
Jevgenij schudde zijn hoofd.
'En de klanten?'
'Een paar patsers die in het hotel de boel op stelten hebben gezet,' antwoordde Boris. 'Dat is wat die meiden ons vertelden, of het waar is...'
De stilte die viel was veelzeggend.
'Hoe, wie en waarom maakt eigenlijk geen donder uit,' reageerde Jevgenij. 'We kunnen de suite niet meer in, dat is waar het nu om draait. Terwijl we de komende weken volgeboekt zitten!'
Een vloek galmde door het kantoortje.
'Dat wijf heeft duidelijk lak aan onze boodschap,' zei Boris. 'Als wij...'
Jevgenij sprong op, waardoor zijn bureaustoel op wieltjes naar achteren schoot en tegen de muur knalde.
'... onze zin hadden doorgezet,' brulde hij, 'dan had ze dit nooit gedurfd. We hadden nooit naar jou moeten luisteren, met je softe aanpak. Geweld boezemt angst in. Ook seksueel geweld.'
Zijn hand zwaaide bezwerend heen en weer. 'In plaats van harde porno heb jij er een erotisch niemendalletje van gemaakt. Dat maakt geen indruk, precies zoals we al hadden voorspeld. En we hadden dus gelijk, want dat wijf heeft gewoon maling aan ons. Bij het eerste akkefietje stuurt ze onze klanten meteen weg.'
Tegen alle logica in maakte de grimmige sfeer weinig indruk op hem. Toen het tweetal was uitgeraasd, knikte hij traag en keek hen onbevreesd aan. Hij wist niet waar deze moed vandaan kwam, maar het voelde geweldig aan.
'Ik los dit op,' sprak hij zelfverzekerd. 'Zoals elke strateeg, heb ik ook een plan B.'
Hij draaide zich om en liep naar de deur.

'Jullie horen snel van me.'
Zonder hun reactie af te wachten verliet hij de benauwde ruimte.
Toen hij tussen de tafels door naar buiten liep, bedacht hij weer hoe zinloos dat gokken was. Het was parasiteren op geluk, op toeval. Het had niets te maken met intelligentie of behendigheid. Degene met de meeste mazzel won. Punt.
Dat iemand met zijn intelligentie en organisatietalent aan zoiets stompzinnigs verslaafd was geweest. Het was gewoonweg onvoorstelbaar. Dat hij zo ongelofelijk stom had kunnen zijn.
En dan nu dit akkefietje. Gelukkig had hij vooraf rekening gehouden met dit scenario en was hij voorbereid. Hij had niet gelogen over zijn plan B. Terwijl hij zijn maatregelen doornam begon hij op een andere manier tegen Joyce aan te kijken dan voorheen het geval was geweest. In plaats van de slachtofferrol waarin hij haar altijd had geplaatst, zat ze nu in de oppositie. Hij zag haar als een tegenstander. Zijn warme gevoelens voor haar verdwenen. Deze klus ging hij klaren en wie hem tegenwerkte zou het bezuren.

33

Tegen haar gewoonte in sloot Joyce haar kantoor vroeg af. De donderdag was pas een halfuur oud en er was nog volop leven in het hotel. Normaal gesproken zat ze om deze tijd achter haar bureau, geconcentreerd en zo goed als afgesloten van de drukte om haar heen. Sinds maandagnacht bestond 'normaal gesproken' voor haar echter niet meer. Vanaf dat moment had ze er ernstig rekening mee gehouden dat alles wat zo vanzelfsprekend leek opeens kon veranderen. Thuis op de bank met een fles wijn had ze die maandagnacht nagedacht over de consequenties van haar handelswijze. Terwijl de zon langzaam opkwam drong het tot haar door dat ze intuïtief had gereageerd. Ze had het viertal de bungalow uitgesmeten zonder over de gevolgen na te denken. Eenmaal tot rust gekomen in haar vertrouwde omgeving, had ze haar fout ingezien en zag ze zichzelf al ingerekend worden door de politie. Het zou niet lang meer duren voordat de beelden op internet geplaatst werden en misschien zelfs direct naar de politie gestuurd zouden worden.

Met een barstende hoofdpijn en een knoop in haar maag was ze toch haar bed ingekropen en had nog een paar uurtjes onrustig geslapen. Na het gezamenlijke ontbijt had ze Jason stevig vastgepakt, waarna hij haar verbaasd aankeek. 'Ik hou van je', was haar verklaring, die recht uit haar hart kwam. Hij bromde iets soortgelijks terug en ging naar school. Toen ze hem nakeek, was ze er heel even van overtuigd dat het heel lang kon duren voordat ze hem ooit weer terug zou zien. Dinsdagochtend was ze met een zelfverzekerde tred en rechte schouders het hotel binnengestapt. Ze moest blijven doen alsof ze alles onder controle had. Hopelijk bleef haar de vernedering van een arrestatie gespaard. Zodra ze haar computer had opgestart, zocht ze meteen het internet af op haar naam en een paar tags waarvan ze dacht dat die gebruikt zouden zijn. Ze vond niets. Ook een telefoontje of persoonlijk bezoek van de politie bleef uit. Dan moest ze wel snel iets van Igor horen, maar ze hoorde niets. Rond zessen was ze die avond met een dubbel gevoel naar huis gegaan: aan de ene kant was ze opgelucht dat er niemand was verschenen, aan de andere kant kon haar ongerustheid alleen maar groeien zolang ze niets hoorde.

Joyce stak de gang over en liep de botanische tuin in. Tijdens haar wandeling keek ze een paar keer vluchtig naar Bungalow 1. Evenals gisteren brandde er geen licht. Er kon ook niemand zijn, want alleen het personeel had toegang tot de suite, maar toch had ze het gevoel dat ze bekeken werd. Ze was echt paranoïde aan het worden.

Misschien werd het wegsturen van de vier 'gasten' haar wel vergeven. Misschien liet Igor op deze manier zien dat hij zo zeker was dat ze toch wel weer bij zou draaien, dat hij daarom niets van zich liet horen. Iedereen kon fouten maken, al mocht dit in de toekomst nooit meer gebeuren. Dát was waarschijnlijk de onderliggende boodschap van haar chanteur.

Toen ze weer terug was bij de ingang van de hal, was ze ervan overtuigd dat ze de juiste beslissing had genomen. De korte wandeling had haar goed gedaan. Als het tuig daadwerkelijk naar de politie wilde gaan, hadden ze dat allang gedaan. Al vroeg ze zich wel af hoe ze dat zouden doen. Anoniem? Ze zaten zelf te diep in de illegale activiteiten om met die film een politiebureau binnen te stappen. Nee, zo dom waren ze niet. En toch hadden ze er niet op gerekend dat zij bij overlast keihard zou ingrijpen. Niet dat vrouwtje dat op een compromitterende sekstape stond, dacht ze grimmig. Die werkte tot aan de laatste snik mee.

Ook over die sekstape had ze de afgelopen dagen veel nagedacht. Nu ze over de eerste shock van de walgelijke beelden heen was, kreeg ze steeds meer haar twijfels over haar rol in het geheel. Het klopte niet. Ondanks de zwarte vlekken in haar geheugen wist ze zeker dat ze gedurende de opnames, in elk geval het allergrootste gedeelte ervan, buiten bewustzijn was geweest. De opname was duidelijk gemanipuleerd. Dat moest ze

zien te bewijzen. Maar daarvoor moest ze de film zelf in handen zien te krijgen...
Opeens was de angst weer terug. Stel dat ze wachten met een reactie, omdat die goed voorbereid moet worden. Stel dat ze haar op een onbewaakt ogenblik, net als zij zich weer veilig waant, iets aan zullen doen? Ze moesten nog iets achter de hand hebben, moesten juist wel rekening gehouden hebben met nog een protest of domme actie van haar kant. Het hele complot zat te ingewikkeld in elkaar om nu te denken dat het met de dreiging gedaan was. Verdomme, ze was weer terug bij af.
Joyce wenste het personeel achter de receptie goedenavond en verliet het hotel via de hoofdingang. Ze stak de straat over via het zebrapad dat recht voor Parque Montabal lag en liep de lobby binnen. Op twee toeristen na die de ingang van het park betraden die net achter de receptiebalie lag, was de hal leeg. Het viel haar op dat Manuel niet op zijn post was. Hij was natuurlijk wel op leeftijd en ze nam aan dat hij wat vaker naar het toilet moest dan een jonger iemand. Via het pad liep ze naar haar bungalow. Wat vreemd, op woensdagavond liet Jason altijd het buitenlicht van het terras aan. Misschien was het kapot. Ze opende de deur, deed het licht in de woonkamer aan en legde haar tas op de bank. Zoals elke woensdagnacht liep ze eerst door naar de slaapkamer van haar zoon. In het schijnsel van het licht uit de woonkamer zag ze dat er iets niet klopte. Snel stapte ze naar zijn bed.
Het was leeg.

34

Haar keel was opeens gortdroog, ze voelde zich misselijk en haar lichaam weigerde elke opdracht die haar hersens verzonden. Ze stond als versteend in de kamer. Terwijl haar hart wild bonsde, kostte het Joyce moeite om diep adem te halen.
Niets aan de hand.
Hij is een puber.
Die doen wat zomaar in hen opkomt.
Nee, Jason niet.
Jawel, ook Jason. Eens moet de eerste keer zijn.
Hij is bij de zwembadbar.
Wacht even, misschien is hij op het toilet in slaap gevallen.
Hij is bij Jurre.
Of bij Isabelle. Volgens mij is hij een beetje verliefd op haar.
Manuel was niet op zijn post. Logisch, die was plassen, toch?
Jason gaat 's nachts niet de straat op.
Tot nu toe niet, nee.
Zoeken. Nu.
Eindelijk kreeg ze weer een beetje grip op zichzelf. Ze controleerde eerst de twee badkamers en haar slaapkamer. Geen Jason. God, wat had ze dan gedacht, dat hij verstoppertje in het donker ging spelen? Zijn mobiel! Ze pakte haar telefoon en belde zijn nummer. De melodie van een popnummer schalde door zijn slaapkamer. Jason droeg zijn mobiele telefoon altijd bij zich, wist ze. Maar nu dus niet. En het was nacht, verdomme!
Het zwembad was haar eerste optie. Hij had een meisje ontmoet en was daar blijven hangen. Natuurlijk! Wat was er nu romantischer voor pu-

bers om zo laat mogelijk bij een verlicht zwembad te zitten. Ongetwijfeld was hij zo opgegaan in de sterke verhalen waarmee hij indruk wilde maken, dat hij de tijd volledig was vergeten. Ergens geloofde ze haar eigen theorie niet, maar ze moest alle plekken waar hij kwam nagaan.

Ze stapte het terras op en liep in de richting van het zwembad. Welke ouder laat een meisje van die leeftijd op dit tijdstip nog buiten lopen? Het liep tegen enen, een tienerdochter van een beetje fatsoenlijke familie lag om deze tijd op bed. En het gros van de gasten van dit park waren fatsoenlijke, gewone mensen. Het was een familiepark waar rond een uur of elf, soms twaalf, de mensen zich terugtrokken in hun bungalow. Het aantal gasten dat om deze tijd nog op hun terrasje zat, was meestal op één hand te tellen.

Ze hield even de pas in en keek om zich heen. Verderop zag ze nog twee lichtjes in een bungalow branden. Verder was het stil. Ze liep door.

Joyce had aan één enkele blik genoeg, maar maakte toch een rondje langs het zwembad. Niemand. De zwembadbar was gesloten. Om zeker te zijn dat Jason zich hier niet met iemand had verstopt, checkte ze de twee deuren, die keurig op slot zaten. Snel liep ze naar het kleine zwembad, dat vijftig meter verderop lag. Ook daar was het uitgestorven.

Ze treuzelde echter geen moment en volgde met een snelle pas het pad om het park te inspecteren. In totaal brandden er in acht bungalows licht. Aan de vier stelletjes die nog op hun terras zaten, had ze in het voorbijgaan gevraagd of ze het afgelopen uur toevallig een jongen van twaalf hadden gezien. Het had niets opgeleverd. Toen ze terugkeerde bij haar eigen bungalow was ze er bijna van overtuigd dat Jason niet in het park was. Ze had hulp nodig bij het zoeken.

Ze klopte op de deur van de bungalow waar het animatieteam verbleef. Misschien was Jason wel hier, was iedereen in slaap gevallen. Zo niet, dan konden ze helpen zoeken.

Omdat niemand reageerde, begon ze te bonzen. Dat de buren hierdoor misschien werden gewekt kon haar niets schelen. Haar zoon was nu het enige wat telde. Na een derde roffel verscheen het slaperige gezicht van

Jurre voor het raam. Toen hij haar zag, deed hij meteen open.
'Joyce? Wat is er aan...'
'Is Jason hier?'
'Jason? Nee, die heb ik vanavond niet gezien.'
Joyce zuchtte wanhopig. Jurre zag meteen de ernst van de situatie in. Hij deed het licht van de woonkamer aan. Dat hij slechts een onderbroek droeg scheen hem niet te deren.
'Vertel,' zei hij tegen Joyce en hij liep door naar zijn aangrenzende slaapkamer. Terwijl Joyce in korte zinnen het afgelopen halfuur beschreef, kleedde hij zich aan. Toen ze uitgesproken was, ging er een andere deur open. Isabelle keek haar duf aan.
'Hallo, Joyce,' sprak ze slaapdronken. Voordat ze verder kon vragen, nam Jurre de regie over.
'Trek snel wat kleren aan. Jason is verdwenen, we moeten gaan zoeken.'
Ook de Brabantse reageerde meteen. Zonder verder vragen te stellen draaide ze zich om. Binnen een minuut stond ze gekleed weer in de woonkamer. Gezamenlijk liepen ze naar de receptie van het park. De oude Manuel was hun laatste kans. Als Jason het park had verlaten was de kans groot dat hij via de hoofdingang naar buiten was gelopen. Er bestond nog een andere route, maar het leek onwaarschijnlijk dat hij die had genomen. Parallel met de hoofdingang liep een pad met aan het eind een stalen hek. Daarin zat een deur die automatisch door de receptionist kon worden geopend. Ook kon het handmatig met een sleutel. Omdat het een krakkemikkig slot was en het hierdoor een heel gedoe werd om zelf de deur te openen, beschouwde het personeel en de vaste bewoners deze deur niet echt als een uitgang.
Manuel was op zijn post. Hij keek verbaasd toen Joyce en de twee leden van het animatieteam zijn kant op kwamen lopen.
'Hallo, Joyce. Ben je soms via het hek binnengekomen?'
'Manuel, wanneer heb jij Jason voor het laatst gezien?'
'Om een uur of elf. Hij was samen met twee jongens die me niet bekend voorkwamen. Hij groette me en liep naar buiten. Omdat ik weet dat jij op woensdagnacht werkt, vond ik het een beetje vreemd. Erg laat ook

voor iemand van zijn leeftijd. Dat doet hij anders nooit, maar ik dacht dat jij er wel van af zou weten.'

'Hij is dus niet teruggekomen?'

'Niet dat ik weet. Ik had me voorgenomen het aan jou te melden. Ik heb zelfs even overwogen om het hotel te bellen, maar heb het uiteindelijk niet gedaan. Ik wilde geen paniek zaaien.'

Had het maar gedaan! dacht Joyce. Ze merkte aan zijn houding dat haar ongerustheid vat op hem kreeg. Dat was logisch, ze zagen elkaar weinig maar hij kende Jason al jarenlang. Ze begreep dat Manuel ook zijn steentje wilde bijdragen, maar ze zag niet in hoe. Daarover wilde ze ook niet nadenken. Jason was ruim twee uur zoek en de klok tikte verder. Elke seconde die hij op dit tijdstip buiten liep, was er eentje te veel.

Ze pakte haar mobiele telefoon en belde Angelo. Zijn hulp kon ze goed gebruiken. Het netwerk waarover hij beschikte was indrukwekkend. Animators, personeelsleden van hotels en appartementen, horecamensen, te veel om op te noemen. Desnoods schakelde hij ze allemaal in. Wat haar betrof moest Jason ten koste van alles zo snel mogelijk worden opgespoord.

Een mechanische vrouwenstem meldde haar dat het nummer dat ze had gebeld buiten bereik was. Hij had zijn telefoon dus uit staan, want op Tenerife had je altijd bereik. De enige uitzondering hierop was de top van Spanjes hoogste berg, El Teide. Joyce vloekte. Waarom had een nachtmens als Angelo nu zijn telefoon uit staan? Hij ging nooit voor tweeën naar bed en een vergadering op dit tijdstip leek hoogst onwaarschijnlijk. Terwijl ze een ander nummer intoetste had ze er enorm de pest in dat hij niet bereikbaar was op een moment dat ze hem juist zo nodig had.

Aan de andere kant van de lijn hoorde ze een vertrouwde stem. Vanwege de harde muziek kon ze hem nauwelijks verstaan.

'Nigel, zoek een plekje waar ik je beter kan verstaan.' Blijkbaar verstond hij haar direct, want langzaam maar zeker verdween de muziek naar de achtergrond. Waarschijnlijk liep hij naar de uitgang van Freedom of naar zijn kleine kantoor naast de discotheekzaal.

'Kun je me nu goed verstaan, Joyce?'
'Prima, luister goed naar me. Het is belangrijk.'
Nadat ze haar verhaal had gedaan hing ze op en richtte zich tot Jurre en Isabelle.
'We gaan Jason zoeken. Jullie kennen het uitgaansleven beter dan ik. Hoe gaan we het aanpakken?'

35

Nadat ze Hotel Tenerife Sol waren gepasseerd, gingen ze ieder hun eigen weg. Jurre en Isabelle namen de rechterkant van de brede weg, terwijl Joyce uiterst links ging lopen. De twee animators kozen voor de dichtstbijzijnde bars en discotheken. Daarna zouden ze via dezelfde weg terugkeren en de uitgaansgelegenheden aan de andere kant van hotel La Palmera uitkammen. Ongeveer vijfhonderd meter voor hen was Nigel aan zijn speurtocht naar Jason begonnen. Hij zou al zijn collega's in de horeca bellen. Ondertussen zou hij zelf langs de bars gaan die in de buurt van Freedom lagen. Omdat het vanaf Montabal een flink stuk lopen was, leek het onwaarschijnlijk dat Jason zich in die omgeving bevond. Ze wilden echter niets aan het toeval overlaten.
Het zoekgebied van Joyce beperkte zich tot het Centro Comercial Veronica's. Dit voormalige winkelcentrum was in de loop der jaren uitgegroeid tot the place to be voor jeugdige toeristen. De tientallen bars waren voor het overgrote deel gericht op de Britse jeugd, die hier al decennialang tot diep in de nacht uitging. In de jaren tachtig stond het slecht bekend. Vechtpartijen tussen vakantievierende hooligans van rivaliserende voetbalclubs waren in die tijd aan de orde van de dag geweest. Net als de ruzies tussen Duitsers en Nederlanders, Ieren en Schotten en de Engelsen, die met iedereen en alles vochten, inclusief hun landgenoten. Nadat de politie in de jaren negentig veelvuldig was opgetreden, werd het rustiger. De uitbaters werkten hieraan mee door getrainde portiers aan te stellen die bij agressief gedrag direct ingrepen. Het ene kwaad verving het andere, dus tegenwoordig was het er weliswaar minder onrustig, maar je kon er nu wel drugs halen en prostituees opzoeken. Nu stond Veronica's te boek als een uitgaanscentrum waar

men flink los kon gaan zonder dat er meteen werd ingegrepen. Als de exploitanten het binnen de perken hielden, kneep de overheid een oogje toe. Tenslotte spendeerde de jeugd er jaarlijks een vermogen. Met deze informatie in haar achterhoofd daalde Joyce bezorgd de stenen trap af die naar Veronica's leidde. Tot nu toe hadden de jongeren die klanten naar binnen moesten praten, haar met rust gelaten. Ze zag er in haar werkkleding ook niet als een toerist uit.

Sound of Cream was de eerste pub op haar route. Het was een hoekpand met een breed terras waarop zeker honderd stoelen stonden. Ongeveer de helft ervan was bezet. Naast de serveersters, die in laag uitgesneden shirtjes af en aan liepen, werkte een paaldanseres als extra attractie. Haar ogen schoten over het terras. Er zaten evenveel mannen als vrouwen, allemaal jong. Achttien tot vierentwintig? Nee, misschien nog wel iets jonger. De tafels waaraan ze zaten stonden vol met grote pullen bier. Happy hour. Tegenwoordig maakte het niet meer uit hoe laat het was. Knapen van een jaar of zestien zopen zich ongestoord een stuk in hun kraag en niemand die er iets van zei. Er liep een rilling over haar rug. Tussen deze jongens zou Jason qua postuur en uiterlijk niet opvallen.

Toen ze er zeker van was dat haar zoon zich niet op dit terras bevond, liep ze langs de tafeltjes naar de bar. Binnen was het drukker dan buiten, ondanks de zomerse temperatuur. Het was niet moeilijk te raden waarom. Jongeren waren hevig aan het tongzoenen, hier en daar verdween een hand onder een blouse of T-shirt. Bijna iedereen zat te vozen met elkaar. Twee meiden aan de bar tapten onverstoorbaar bier. Joyce schraapte haar keel om boven de herrie uit te komen.

'Hallo,' zei ze in het Engels tegen de barkeepster die het dichtst bij haar stond. 'Mag ik je wat vragen?'

'Wat is er?' Ze droeg haar lange, blonde haar in een paardenstaart en had een grote piercing in haar neus. Vanwege het schaarse licht leek het alsof ze een enorme wrat op die plek had zitten. Joyce haalde een recente foto van Jason uit haar tas en hield deze omhoog.

'Heb jij hem vanavond gezien?'

Ze wierp er een korte blik op en schudde ontkennend met haar hoofd. Joyce bedankte haar. Ze draaide zich een kwartslag om en keek met een scherp oog naar de bezoekers. Ze kon zich niet voorstellen dat Jason hier was, maar ze wilde het zeker weten.
'*Hi, teacher*!' Rechts van haar zaten zes jongeren aan een tafeltje, drie jongens en drie meiden, die gewoon zaten te kletsen. Ook hun tafel stond vol met bierpullen. Joyce twijfelde even of ze Jasons foto aan hen moest laten zien. 'De herexamens zijn pas over twee maanden, hoor!' Terwijl zijn vrienden het uitschaterden, liep Joyce met een snelle pas naar het terras.

36

Ze slalomde langs de tafeltjes van alweer de vijfde bar en keek op haar horloge. Ze moest eigenlijk iets anders bedenken, op deze manier zoeken kostte te veel tijd. Bij Jumping Jacks en China's White had ze de uitsmijters aangesproken, maar geen van hen had Jason gezien of een jongen die ook maar een beetje op hem leek. In China's White had weer een of andere dronken knul haar aangesproken. Of eigenlijk beledigd door in haar kont te knijpen en haar een MILF, *Mother I'd like to fuck*, te noemen. Ze had hem bijna een mep verkocht, ze was op van de zenuwen omdat ze Jason niet kon vinden. Uiteindelijk had ze de jongen alleen te kakken gezet voor zijn vrienden en was snel doorgelopen. Ruim een kwartier later had ze Flirtz, O' Neill's en nog een aantal bars waarvan de namen haar waren ontschoten, bezocht. Overal hetzelfde resultaat. Volgens de mensen die het zouden moeten weten, was Jason hier vanavond niet geweest. Moest ze nu zo snel mogelijk het andere, kleinere uitgaanscentrum doorzoeken of iets anders bedenken? Ze besloot toch door te gaan met zoeken, het was het enige wat ze kon doen. Moest doen.

Met een venijnige tred liep ze naar het op de hoek gelegen Yordy's Sports Bar. Weer niks. Na een snelle blik in een döner-kebabzaak en in een kleine supermarkt kwam ze uit bij de ingang van een nachtclub. Toen ze op het punt stond de portier aan te spreken, zag ze de nutteloosheid van deze poging in. Jason was niet in een nachtclub, dat was echt uitgesloten. Dan kon ze in haar radeloosheid net zo goed elk appartement gaan onderzoeken. Ze beet op haar lip. Niet janken, niet nu. Denk na! Maar haar blik werd toch een beetje wazig. Gefrustreerd wreef ze in haar ogen.

Dit had geen zin.

37

‘Ga maar naar huis,’ zei Joyce tegen Jurre en Isabelle. ‘Jullie kunnen niets meer doen, we hebben echt alles geprobeerd.’
‘Dat denken we,’ antwoordde Jurre. ‘Ik kan nog wel honderd plekken bedenken waar hij zit.’
‘En ik wel duizend,’ reageerde Isabelle meteen. ‘Maar dat is niet realistisch. We kunnen onmogelijk elk plekje op het eiland doorzoeken. Joyce heeft gelijk. Meer dan dit kunnen we voorlopig niet doen.’
Eerder die nacht had Isabelle al gevraagd waarom Joyce de politie niet inschakelde. Ze had het resoluut afgekapt. ‘Nee! Die doen toch niets als hij niet al minstens een dag is verdwenen. Ik wil geen tijd verspillen met aan hen uit te leggen hoe het kan dat mijn zoon is verdwenen, hoe hij eruitziet, welke kleding hij aanhad en wat al niet meer, terwijl ik die tijd beter kan besteden!’
Isabelle was geschrokken van haar felle reactie en was er niet op teruggekomen. Maar met ‘voorlopig’ bedoelde ze wel ‘tot je de politie belt’, dacht Joyce. Isabelle had natuurlijk gelijk. Ze had al meerdere keren op het punt gestaan om de politie te bellen, dat gedoe met de suite en de chantage kon haar niets meer schelen, als ze maar iets kon doen om Jason terug te krijgen. Totdat ze had bedacht dat ze misschien wel zelf verantwoordelijk voor zijn verdwijning was geweest. Ze was immers niet thuis geweest. Of nog erger, stel dat Igor erachter zat om alsnog de rekening te vereffenen voor haar optreden vorige week. Was nu dan gebeurd waar ze zo bang voor was geweest? In dat geval kon ze zeker de politie niet bellen. Dan moest ze het hele verhaal vertellen en kreeg ze Jason misschien nooit meer te zien. Maar ze zou het zichzelf ook nooit vergeven als ze niet alles had geprobeerd om hem terug te krij-

gen. Al die vragen en onzekerheden spookten nu al uren door haar hoofd. Terwijl Jurre en Isabelle opstonden, nam ze een besluit. Het was zes uur 's ochtends en de zon kwam langzaam op. Als de schemer definitief was geweken voor het daglicht, zou ze de politie bellen. Ergens hoopte ze nog steeds dat hij toch was gaan stappen en hij bij het aanbreken van de morgen zijn verstand zou terugkrijgen. Ze zou kwaad en opgelucht zijn, hem verbieden het ooit nog te flikken, maar ze zou wel gelukkiger zijn dan ze ooit was geweest. De angst die ze nu voelde, kende ze niet.

Ze schrok op uit haar gedachten toen de deur van haar bungalow werd geopend. Zonder iets te zeggen stapte Jason naar binnen. Achter hem stond Manuel met zijn duim omhoog.

'Hij kwam net binnenlopen. Omdat hij een beetje wankel op zijn benen stond, leek het me verstandig hem te begeleiden.'

Omdat Jurre en Isabelle al stonden, waren ze het eerst bij Jason.

'Waar zat je nou?' vroeg Jurre. 'We hebben de hele nacht naar je gezocht.'

Joyce stond op en liep naar haar zoon. Haar opluchting was een enorme ontlading van alle angst, woede en bezorgdheid die ze de afgelopen uren had gevoeld. Ze barstte in snikken uit terwijl ze haar zoon omhelsde en hem stevig tegen zich aan drukte. Nadat ze weer een beetje op adem was gekomen, kon ze pas wat zeggen.

'Wat is er gebeurd?' fluisterde ze.

'Ik kan me heel weinig herinneren,' antwoordde hij afwezig. 'En ik heb dorst.'

Ze vermande zich, zette hem op de bank en bedankte Manuel voor zijn attente optreden.

'Altijd goed, Joyce,' sprak de portier en hij nam afscheid.

Ze ging naast Jason zitten. Isabelle en Jurre pakten wat te drinken uit de koelkast. Nadat hij wat had gedronken, begon hij uit zichzelf te praten.

'Ik was gisteren nog even bij het zwembad, om een uur of tien, halfelf. Twee jongens begonnen tegen me te kletsen en we hadden heel veel lol.'

Hij kneep zijn ogen een beetje dicht en leek diep na te denken. 'John en... Danny. Ja, volgens mij heetten ze zo. Ze wisten een tent waar ontzettend knappe meiden kwamen. De oom van John was daar portier, dus mochten ze naar binnen.'

Hij sloeg zijn handen voor zijn ogen. 'Jezus, mam. Wat ben ik stom geweest.'

Ze legde haar arm om zijn schouder. 'Geeft niet, lieverd. Probeer je te herinneren wat er verder is gebeurd.'

'Ik ben met ze meegegaan,' vertelde hij aarzelend verder. 'Ik dacht, jij bent toch voorlopig niet thuis, dus als ik een uurtje wegblijf, maakt het niet uit. Ze hadden een auto en onderweg gaven ze me een drankje. Ze zeiden dat het ongevaarlijk was en dat je er vrolijk van werd.' Joyce werd een beetje misselijk. Jason haalde zijn schouders op. 'Het enige wat ik verder weet is dat ze me hier op de hoek hebben afgezet.'

Joyce wilde het uitschreeuwen van woede, ontzetting en machteloosheid, maar wist zich in te houden.

'Heb je ergens pijn, ben je misselijk, heb je hoofdpijn?' wilde ze weten.

Jason schudde zijn hoofd.

'Ik voel me prima, alleen een beetje moe. Toch heb ik het idee dat ik heel lang heb geslapen. Heel vreemd.'

Wat moest ze doen? Naar een dokter gaan om hem te laten onderzoeken? Maar als het echt ernstig was geweest, dan zou hij niet meer op zijn benen kunnen staan, toch? Of over moeten geven. Of dan was hij überhaupt niet meer teruggekomen.

'Ik ben hartstikke moe, mam. Ik wil graag naar bed en lekker slapen. Ik hoop dat je niet al te boos op me bent.' Ze zag zijn kin trillen.

'Wij gaan,' zei Jurre en hij trok Isabelle met zich mee. Joyce knikte. Ze stond op, liep samen met Jason naar zijn slaapkamer en probeerde niet al te streng te klinken.

'Lieverd, ik ben nu nog te emotioneel om te zeggen wat ik vind of voel. Morgen praten we verder. Goed?'

'Oké. Maar ik vind het echt heel erg, mama.'

'Ik weet het.' Ze kuste hem op zijn wang en keerde terug naar de woonkamer. Uit haar handtas pakte ze haar mobiele telefoon en toetste het

nummer van Nigel in. Pas nadat de telefoon vier keer was overgegaan, nam hij op.
'Hallo, Joyce.' Hij klonk vreemd. 'Hebben jullie Jason gevonden?'
'Ja, hij is thuis. Alles is in orde.' Ze wachtte een paar seconden en hoorde haar vriend zwaar ademen.
'Wat is er met jou aan de hand?'
'Het gaat wel, joh.'
Nu wist ze het zeker. Er was iets mis met hem. Hij probeerde in elk geval te verbergen dat hij pijn leed.
'Nigel, wat is er aan de hand? Je klinkt niet goed!'
Er viel even een stilte. Op het moment dat ze het gesprek weer in gang wilde zetten, hoorde ze de Engelsman kreunen.
'Ze hebben me te grazen genomen, Joyce.' Zijn stem klonk nu heel broos. 'Ik ben door twee kerels in elkaar geslagen.'

38

‘Wat is er gebeurd? Wie heeft het gedaan?’

‘Het klinkt lullig, maar ik weet het niet.’

‘Kom op, Nigel. Nu geen onzin.’

‘Ik weet het echt niet. Nadat jij me had gebeld, ben ik direct naar buiten gegaan om wat collega’s te informeren en te kijken of ik Jason kon vinden. Tussendoor pleegde ik wat telefoontjes met eigenaren van tenten verderop. Uren later liep ik gewoon op de promenade toen iemand mij van achteren vastgreep. Opeens stond er een vent voor me die me een klap voor mijn kop verkocht. Ik ging neer en kreeg nog een paar schoppen. Daarna lieten ze me los en renden weg.’

Hij zuchtte. ‘Ik ben niet eens fatsoenlijk beroofd, verdomme. Gewoon neergeslagen door twee hufters die daarvan blijkbaar de lol inzagen.’

Joyce hoorde dat hij acteerde. Dit zinloze geweld had hem meer aangegrepen dan hij wilde doen voorkomen. Het was voor hem moeilijk te verkroppen dat hij, iemand uit het nachtleven die het klappen van de zweep zo goed kende, zich niet had kunnen verweren.

‘Daarna ben ik opgekrabbeld. Een stelletje dat het heeft zien gebeuren, heeft me naar huis ondersteund. Met veel pijn en moeite ben ik thuisgekomen en heb de zaak gebeld dat ik vannacht niet meer terug zou komen.’

‘Adem je moeilijk?’

‘Niet echt, maar het doet wel pijn.’

‘Ga vanavond voor de zekerheid langs de dokter.’

‘Langs, ja. Dat lijkt me een strak plan. Nu genoeg over mijn blessures. Vertel me over Jason. Waar hebben jullie hem gevonden?’

Nadat Joyce aan Nigel had verteld wat er met Jason was gebeurd, spraken ze af dat ze over twee dagen even langs zou komen. Ze was graag meteen bij hem langsgegaan, maar ze kon Jason absoluut niet alleen laten. Niet na wat er gebeurd was. Dat begreep hij toch wel? Nigel begreep het maar al te goed en had zelfs haar aanbod die week langs te komen afgewezen. Maar Joyce liet zich niet vermurwen en wist dat het Nigel erg goed zou doen als ze langskwam. Ze voelde zich een beetje schuldig over wat hem was aangedaan. Als Jason niet verdwenen was, had Nigel niet de straat op hoeven gaan en was hij niet aangevallen. Wat een puinhoop. Ze drukte Nigel nogmaals op het hart om naar een dokter te gaan en hing daarna op. Voordat ze doodmoe haar bed inkroop, controleerde ze alle sloten van ramen en deuren en checkte of het nog goed ging met Jason. Die sliep als een roos. Dat zou haar ondanks de vermoeidheid voorlopig nog niet lukken.

39

Tegen drie uur 's middags riep ze Jason om samen te ontbijten. Tot haar grote opluchting oogde en reageerde hij normaal. Hij zei ook dat hij zich prima voelde. 'Nergens pijn?'

'Nee.'

Hij voelde zich wel ongelofelijk schuldig en dat zou hem nog wel een tijd dwarszitten. Joyce was vannacht vooral als de dood geweest dat ze hem tijdens zijn bewusteloosheid iets hadden aangedaan, maar hij had nergens pijn en ze zag nergens bloed of blauwe plekken. Nog steeds kon hij zich niet meer van de afgelopen nacht herinneren dan de jongens en het drankje. Voor zover ze kon inschatten had hij godzijdank nauwelijks iets overgehouden aan het drankje. Volgens Jason waren de twee Engelse jongens van een jaar of zeventien voor de lol het park binnengestapt. Dat was al vreemd. Op die leeftijd was een vergaarbak van families en spelende kinderen het eerste wat je tijdens je vakantie wilde ontlopen. Toch waren ze binnengekomen en hadden contact met Jason gelegd. Waarom zouden jongens van die leeftijd zoiets doen? En hem daarna vragen mee te gaan naar een tent waar zoveel knappe meiden kwamen. Of was meelokken een beter woord? Dat zou verklaren waarom ze hem dat drankje hadden gegeven. Het leek op opzet, want ze kon moeilijk geloven dat ze hem zo'n slaapmiddel gaven als ze inderdaad met hem wilden gaan stappen. Dat hij verkeerd op het middel had gereageerd waardoor de knapen waren geschrokken, hadden gewacht tot hij weer bij zijn positieven was en hem voor de deur van het park hadden afgezet, ging er bij haar ook niet in. Nee, dit had alle schijn van een ontvoering. Ze waren aan haar kind gekomen, de grootste fout die ze ooit hadden gemaakt!

Ze meldde zich ziek op het werk en bleef de rest van de dag bij hem thuis. Ze had vannacht een harde les geleerd.

Op zaterdag vroeg ze aan Jurre en Isabelle of ze twee uurtjes op Jason konden passen. Het voelde nog niet helemaal goed om hem achter te laten, maar misschien was hij wel veiliger in het huis van de twee animators. Als zij hem meenam naar Nigel zou hij zien dat die in elkaar geslagen was en ze wilde hem niet aan nog meer vervelende indrukken blootstellen. Ze had hun alle drie wel honderd keer op het hart gedrukt nergens heen te gaan in die twee uur en meteen te bellen zodra Jason zich niet lekker voelde. Het feit dat Jason het allemaal maar overdreven vond, was op zich een goed teken, hij herstelde snel. Maar ze was nu nergens meer gerust op. Juist daarom moest ze ook even bij Nigel langs. De hele situatie groeide haar boven het hoofd. Ze moest er iets aan gaan doen. Dit kon zo niet langer. Ze wilde er ook zeker van zijn dat het beter met Nigel ging. Gisteren had ze hem nog eens gebeld om te checken en hij klonk minder aangeslagen, maar had nog wel pijn. Misschien sloeg de paranoia weer toe, maar ergens had ze het gevoel dat Jasons verdwijning, de aanval op Nigel en de situatie waarin ze zat met elkaar te maken hadden. Wie weet wat Nigel haar nog kon vertellen zodat ze een aanknopingspunt zou hebben.

Ze verliet de hal van Parque Montabal, sloeg rechts af en liep weer in dezelfde richting als tijdens de zoektocht naar Jason. Het was vier uur 's middags, de zon stond hoog aan de hemel en brandde. Omdat de hitte als een deken over Tenerife hing, was het rustig op straat. Het overgrote deel van de toeristen lag aan het zwembad of zocht verkoeling op het strand of in ruimtes met airconditioning. Hoewel ze liever niet bezweet bij Nigel aankwam, kon ze het niet laten om door te lopen. Ze wilde binnen twee uur weer thuis zijn.

Links van haar lag de milde variant op Sodom en Gomorra. Ze wierp een snelle blik op de bars in Veronica's en zag dat de terrassen mondjesmaat bezet waren.

Vier jongeren kwamen uit de tegenovergestelde richting. Ze lachten en dolden onderling. Negentien, twintig jaar oud. Engelsen, korte broeken en ontblote bovenlijven. Ondanks het vroege tijdstip waren ze aangeschoten en genoten zichtbaar van het weer en hun vrijheid. De Danny's en Johns van deze wereld...

De deur van Nigels appartement stond op een kier. Ze ging naar binnen en liep door naar de woonkamer waar haar vriend op de bank lag. Toen hij haar aan hoorde komen, kwam hij langzaam overeind. Op zijn gezicht lag een pijnlijke grimas.

'Ik heb de deur maar opengelaten nadat ik de krant heb gehaald vanochtend.' Hij probeerde een vage glimlach te produceren wat jammerlijk mislukte. 'Dan hoefde ik niet twee keer op te staan.'

Joyce ging naast hem zitten en bekeek zijn gezicht. Boven zijn linkerwenkbrauw zat een bult met een lelijke schram. De huid daaromheen was blauw.

'Doe je overhemd uit.'

'Ik heb nu niet zo'n zin, Joyce.'

Ze zuchtte diep en keek hem streng aan.

'Oké,' sprak hij met tegenzin. Een voor een maakte hij de knoopjes los.

'Volgens mij valt het mee,' zei Joyce nadat ze de afdrukken op zijn borst en ribben had bekeken. Het kon zijn dat hij zich aanstelde, maar van zo'n klap op je hoofd kon je natuurlijk nog wel een paar dagen flinke hoofdpijn hebben.

'Ben je naar de dokter geweest?'

'Hm.'

'Is dat een ja of een nee?'

Nigel zuchtte. 'Nee, ik ben niet naar de dokter geweest. Ik had genoeg pijnstillers in huis. Meer had zo'n arts toch niet voor me gedaan. Maar hoe is het nu met Jason?'

Joyce vertelde hem dat Jason goed leek te herstellen, dat het waarschijnlijk wel meeviel, dat hij er zelf ook erg van geschrokken was en dit niet nog een keer zou doen. Ze vertelde hem ook over haar twijfels of dit niet met opzet was gebeurd.

'Waarom doet iemand dit?' vroeg Nigel nadat Joyce was uitgesproken. 'Uit jouw verhalen heb ik altijd begrepen dat Jason een rustig, verantwoordelijk ventje is. Iemand zonder vijanden. En zo'n kereltje wordt gedrogeerd en urenlang vastgehouden? Ontvoering van een puber, jezus nog aan toe, wat is hier in hemelsnaam aan de hand?'
'Ik weet niet meer wat ik moet denken,' zuchtte ze. Ineens werd het haar allemaal te veel. Ze sloeg haar hand voor haar ogen en bleef doodstil zitten. Nigel boog zich moeizaam naar haar toe en legde zijn arm om haar heen.
'Rustig maar. Ik ben er voor je, weet je wel? De oude Nigel staat altijd klaar voor wanhopige vrouwen.' Hij rolde met zijn ogen. 'Ook al ben ik net in elkaar geslagen.'
Joyce glimlachte door haar opkomende tranen heen. Dit was na de nachtmerrie waar maar geen eind aan leek te komen, de eerste keer dat ze in haar privéleven daadwerkelijk door iemand werd gesteund. Ze moest de waarheid kwijt, wilde dit met iemand delen. Ze had een schouder nodig om op uit te huilen, van iemand die ze blindelings kon vertrouwen.
'Het gaat niet alleen om vanavond, Nigel. Er is meer gebeurd wat jij niet weet. Ik pieker me suf.'
Eindelijk kwam het hele verhaal eruit. Ze kon zichzelf niet meer stoppen. Het was een waterval aan woorden. Alles wat ze de afgelopen weken had meegemaakt, gooide ze eruit. Toen ze klaar was, voelde ze een enorme opluchting. Door het dumpen van al die kilo's geestelijke ballast, voelde haar hoofd stukken lichter aan.
Nigel luisterde aandachtig en interrumpeerde haar niet. Toen ze uiteindelijk stilviel en hem hulpeloos aankeek, trok hij haar tegen zich aan.
'Mijn god, wat heb jij een afschuwelijke tijd achter de rug. Waarom heb je me het niet eerder verteld? Misschien had ik je al eerder kunnen helpen.'
'Ik kon je hierin niet betrekken. Ik kan niemand hierin betrekken. Dit moet ik zelf oplossen.'
Nigel stond als een oude man op. 'Ik ben toe aan een borrel.' Joyce

maakte aanstalten om ook op te staan. Met een kort handgebaar sommeerde hij haar te blijven zitten.
'Ik mag dan klappen hebben gehad, invalide ben ik nog niet. Die borrel schenk ik zelf in. Jij ook?'
Ze klikte met haar tong. 'Doe maar,' sprak ze onverschillig. 'Ik kan wel een boost gebruiken.'
Nigel kwam terug met twee glazen whisky. Hij ging weer naast haar zitten, knipperde fel met zijn oogleden, sloot ze, masseerde met zijn wijsvinger het ooglid en gromde: 'Kutlenzen.' Hij nam een slok en ademde stevig uit.
'Oké,' sprak hij met een opvallend krachtige stem. 'Laten we de situatie eens evalueren. Wie weet vinden we een zwakke plek bij dat tuig en kunnen we op de een of andere manier terugslaan.'

40

Na haar emotionele gesprek met Nigel was ze direct naar huis gegaan en had ze Jason opgehaald. Na het weekend zou ze het werk dat was blijven liggen wel inhalen.
Jason zat inmiddels weer enthousiast achter zijn PlayStation. Dat deed haar goed. Hij was het allerbelangrijkste. Samen aten ze een pizza, waarna de vermoeidheid zijn tol eiste. Tegen tienen kon ze haar ogen niet meer openhouden. Jason schatte de situatie goed in en protesteerde niet toen ze zei dat ze doodmoe was. Hij gaf haar een kus en ging naar zijn slaapkamer.

Maandag stond ze om acht uur redelijk fris op. Ze wilde zo snel mogelijk haar achterstand op kantoor wegwerken en de komende week voorbereiden. In haar agenda zag ze een afspraak staan met Borja Delgado, de algemeen directeur van de HV-keten. Komend weekend was hij op La Gomera om de laatste details te bespreken van een nieuw te bouwen hotel. Omdat hij zo dicht in de buurt was, had hij haar uitgenodigd voor een gesprek waarin ze verschillende zaken zouden doornemen.
Hij wilde het voornamelijk hebben over het nieuwe concept, waarin de gasten uit het oosten van Europa een cruciale rol speelden. Van zijn directeuren en de regionaal manager Sergio Gonzalez, die rechtstreeks met haar in contact stond, had hij veel informatie gekregen. In een persoonlijk onderhoud wilde hij deze zaken met haar bespreken.
De afspraak met Delgado was al een tijdje geleden gemaakt. Dit gesprek met de hoogste man in functie van de HV-keten was belangrijk voor haar. Door alle commotie van de afgelopen tijd was deze ontmoeting naar de achtergrond verdrongen. Wel had ze haar zaakjes op het per-

soonlijke vlak geregeld. Zo ging Jason komend weekend naar Bencomo en had ze voor zaterdagavond een kamer in een hotel op La Gomera laten reserveren. Even twijfelde ze of ze nu wel weg moest gaan en het weekend niet beter zelf met Jason kon doorbrengen, maar dan zou ze aan Bencomo moeten uitleggen waarom ze niet ging. En ze was het zo zat om steeds maar weer leugentjes om bestwil te vertellen. Bovendien zou Jason veilig in het huis van zijn vader zijn en kon ze hem, juist nu, niet een weekend met zijn vader afnemen. Oké, ze ging dus, maar dan was er nog een hoop huiswerk te doen.

Zo legde ze een dossier aan met de meest relevante cijfers. Voor eventueel ontbrekende gegevens had ze de rest van de week de tijd. De afspraak met Delgado was om vijf uur.

Om tien uur werden haar gedachten abrupt onderbroken door de telefoon. Hoewel ze er rekening mee gehouden had, viel het telefoontje toch koud op haar dak. Er was immers een halve week voorbijgegaan sinds Jasons verdwijning. Het was Igor. Hij stelde dat ze een grote fout had gemaakt en die zo snel mogelijk ongedaan diende te maken. Als ze zich nog een keer zo verzette, zou ze haar zoon misschien niet meer levend terugzien. Bij de receptie moest zo snel mogelijk een envelop klaarliggen ter attentie van señor Sanchez met daarin de drie pasjes die toegang gaven tot de bungalow. Een van zijn mensen zou de envelop in de loop van de dag ophalen. Daarna had hij het gesprek afgebroken.

Ze kon niet anders dan gehoor geven aan zijn bevel. Ze waren nu zo dicht bij haar gekomen door Jason te ontvoeren, dat mocht ze niet nog een keer laten gebeuren. Dus had ze direct opdracht gegeven de toegangspasjes klaar te laten leggen.

Elenia, een van de dienstdoende receptionistes, had haar om twee uur 's middags op de hoogte gebracht over de man die de envelop had opgehaald waarin de drie toegangspassen zaten voor Bungalow 1. Señor Sanchez bleek ditmaal een jongeman van voor in de twintig die een baseballpetje en een zonnebril droeg en de kraag van zijn dunne leren jack omhoog had gezet. Elenia dacht aan zijn accent te horen dat het een Brit was. Waarschijnlijk een ingehuurde loopjongen, dacht Joyce. Wie

de elektronische sleutels had opgehaald deed er verder ook weinig toe. Ze zaten hoe dan ook weer aan die Igor en zijn organisatie vast.
Het gesprek met Nigel was op zaterdag geweest en gisteren had ze besloten om de eisen van haar chanteurs in te willigen. Voorlopig dan, want op dit moment kon ze niets bedenken waarmee ze hen onder druk konden zetten. Ze hadden allebei proefballonnetjes opgelaten, maar deze waren allemaal ook weer uiteengespat na een tweede kritische blik. Ze stonden niet sterk, had Nigel gezegd. Maar de waarheid was dat zij, niemand anders, zwak stond. Nigels fantastische steun kon daar niets aan veranderen.
In eerste instantie had hij open spel geopperd. De politie inschakelen en ervan uitgaan dat de recherche bekwame mensen op deze zaak zou zetten. Binnen niet al te lange tijd zouden ze toch met een voor haar gunstige oplossing moeten komen. Voor deze professionals moest het toch niet al te lastig zijn om te bewijzen dat hier sprake van grove manipulatie was? Maar ze legde hem uit dat hoewel ze aan de ene kant niets liever wilde, ze het risico niet kon lopen dat haar nog iets veel ergers te wachten stond. Hij was het met haar eens. Op dit moment naar de politie stappen was onverstandig. Gedreven door angst en onmacht namen ze in een opwelling een beslissing waarvan ze zomaar spijt konden krijgen. Ze waren er inmiddels van overtuigd dat de twee gebeurtenissen van woensdagnacht niet op zichzelf stonden. Jason was ontvoerd en Nigel in elkaar geslagen. Als jij niet doet wat wij zeggen, pakken we je familie en vrienden. De boodschap was duidelijk. Als ze de elektronische sleutels weer teruggaf, werd de situatie hersteld. De chanteurs konden dan verder en Joyce wist waartoe ze in staat waren als ze hun zin niet kregen. Misschien moest ze het zo zien, stelde Nigel voor: juist als ze zich aan de eisen van de Russen hield, kreeg ze de ruimte om op zoek te gaan naar een zwakke plek en meer informatie te vergaren, omdat ze dan niet meer in haar nek zaten te hijgen. Op die tocht zou hij naast haar staan en alles in het werk stellen om dat schorem te verslaan.
Ze zouden bijvoorbeeld meer informatie over het manipuleren van beelden kunnen opzoeken. Een handige jongen met digitale bewerkingspro-

gramma's kon een leeuwenkop veranderen in de staart van een garnaal, toch? Maar hoe ging dit in zijn werk? Volgens Nigel hadden hij en Joyce er weinig verstand van, dus konden ze maar beter gaan praten met de mensen die er wel wat van wisten.
Hoewel Nigel steeds in de wij-vorm sprak, had zij constant in enkelvoud gedacht. Ze begreep zijn redenering, maar vond het een beetje naïef. Toch had ze ervoor gekozen zijn advies op te volgen. Het kon geen kwaad om nog even de kat uit de boom te kijken. Tenslotte was ze met haar eigen werkwijze ook weinig opgeschoten. Mocht een oplossing naar haar zin te lang uitblijven, dan kon ze alsnog naar de politie stappen. Na alle ellende van de afgelopen weken, had ze het prettige gevoel er niet meer helemaal alleen voor te staan. En dat was ook wat waard. Ook al wilde ze nog steeds niet dat Nigel erin meegesleurd werd.

Joyce pakte haar handtas. Het was pas vier uur, maar ze had het idee dat het al veel later was. Blijkbaar tikte de tijd langzamer als je onder stress stond, dacht ze. Om even de routine van het werk en de spanningen te ontvluchten, wilde ze een korte wandeling maken. Langs de boulevard, misschien een paar honderd meter slenteren over het strand. De frisse zeelucht zou haar goed doen.
Voor de vierde keer vandaag toetste ze Angelo's nummer in. Weer werd er niet opgenomen. Ze kon maar niet begrijpen waarom hij al zo'n lange tijd niet bereikbaar was. Weer iets om zich zorgen over te maken? Het hield maar niet op... Zolang ze hem kende deed hij zijn telefoon pas uit als hij naar bed ging, wat altijd heel erg laat was, om hem de volgende ochtend weer aan te zetten. Hij kon het zich niet veroorloven om zo'n lange tijd onbereikbaar te zijn.
O god. Familie, vrienden... minnaar. Stel dat hem ook iets was overkomen?
Ze snelde via de achteringang het hotel uit.

41

Angelo woonde aan de andere kant van de snelweg, net buiten Playa de las Américas. Zijn huis stond aan de voet van de berg en lag vijftig meter van de weg die door het dichtstbijzijnde dorpje Arona kronkelde. Naast de vierbaansautoweg die het noorden met het zuiden verbond, was dit een van de meest bereden wegen van het eiland. Vanaf de zuidkant kon men een schitterende tocht maken. Via een route met vergezichten, onder andere op het eiland La Gomera en het bergmassief met de vulkaan Teide, bereikte men de andere kant van het eiland waar het toerisme nog nauwelijks voet aan de grond had gekregen.
Joyce reed achter een blauwe huurauto en vervloekte de bestuurder. De man nam zijn tijd en bleef keurig net onder de snelheidslimiet. Met een slakkengangetje reed hij de berg op. Het was te gevaarlijk om in te halen. Joyce overwoog het wel, maar toen ze net na een bocht gas wilde geven en er precies op dat moment een tegenligger verscheen, zag ze er toch maar van af. Tenslotte was ze zelfs met dit trage tempo binnen enkele minuten bij Angelo's huis. Op die paar seconden die ze met een inhaalmanoeuvre kon winnen, zou het niet aankomen. Tenminste, dat hoopte ze...
Ze kon zichzelf wel voor haar kop slaan. Hoe had ze toch zo kortzichtig kunnen zijn? Omdat ze zo met zichzelf en haar directe omgeving bezig was geweest, had ze dit gevaar totaal over het hoofd gezien. Dat Angelo ook net zo goed een slachtoffer kon zijn, was niet eens in haar opgekomen. Ze belde handsfree vanuit de auto. Naast Angelo was er nog iemand die tot de slachtoffers kon horen.
Bencomo nam gelukkig op en klonk heel relaxed: 'Hallo, Joyce. Hoe is het ermee?' Meteen viel er een last van haar schouders. 'Prima,' loog ze.

'Ik wilde eigenlijk alleen maar weten of je nog aan je weekendje met Jason hebt gedacht. Zaterdag heb ik een belangrijke bespreking op La Gomera.'

Het was een belachelijke vraag, wist ze. Bencomo was nog nooit een afspraak vergeten als het om zijn zoon ging. Ze had in de gauwigheid niets anders kunnen bedenken.

'Ik haal hem vrijdagavond rond negen uur op, Joyce,' antwoordde hij. 'Precies zoals we hebben afgesproken. Als ik klaar ben met werken, rij ik naar het zuiden.'

'Oké, fijn dat het allemaal geregeld is. En dat het goed met je gaat.' *Hou je mond! Je maakt jezelf belachelijk.*

Ze kon hem horen denken. Wat is er aan de hand? Waarom zou ze hem in hemelsnaam opbellen om te vragen of hij Jason vrijdagavond wel kwam halen? En daaraan toevoegen dat ze blij was dat het goed met hem ging. 'Ik kreeg ineens een raar gevoel,' probeerde ze, om zich er een beetje uit te redden. 'Een typisch vrouwending, weet je wel. Van het ene op het andere moment maak ik me bezorgd om mensen uit mijn directe omgeving. Vandaag was jij het. Misschien heeft het wel te maken met de overgang.' *De overgang?! Waar haal je dat nou weer vandaan. Hup, afkappen en ophangen. Wat zal hij wel niet denken.* Tot haar opluchting hoorde ze Bencomo lachen.

'Ik weet weinig van vrouwen af die in de overgang zijn, Joyce. Maar volgens mij ben jij daar nog niet aan toe.' Ze lachte met hem mee en hoopte dat het niet te geforceerd klonk.

'Sorry dat ik je heb gestoord.'

'Ben je gek. Jij kunt me altijd bellen, dat weet je toch? Het maakt niet uit waarover. Trouwens... ik vind het wel lief dat jij zo bezorgd om mij bent.'

Ze zat te krap in haar tijd om zijn woorden tot haar door te laten dringen. Het huis van Angelo kwam in zicht.

'Ik spreek je snel,' antwoordde ze en ze verbrak de verbinding. Ze remde af en parkeerde haar auto langs de kant van de weg.

Met behoedzame tred liep ze het grindpad op. Het was onmogelijk te voorkomen dat er steentjes onder haar zolen bewogen, maar ze wist het geluid te beperken tot een zacht knisperen. Bij de haag die rondom het huis liep, hield ze stil.

De luiken waren gesloten en Angelo's auto stond op de oprit. Dit zei nog niets, hield ze zich voor. De gesloten luiken waren niet bepaald bemoedigend. Het was middag, waarom zou Angelo zijn luiken nog niet hebben geopend? Een latertje vannacht, of waren ze bewust gesloten om geen inkijk te hebben?

De twee waarschuwingen van woensdagnacht hoefden natuurlijk geen maatstaf voor een derde te zijn. Misschien wilden ze hun gruwelijkste visitekaartje wel voor het laatst bewaren, omdat dat het meeste indruk zou maken. Er liep een rilling over haar rug toen ze langs de haag de tuin in sloop. Ze kon het risico niet nemen om plompverloren aan te bellen. Wie weet was er nog iemand binnen? Ze zag het al voor zich: Angelo vastgebonden op een stoel. Zijn bebloede gezicht... Hou op. Hij heeft een vrije dag en zit gewoon in zijn tuin. Met Bencomo was er toch ook niets aan de hand? Nou dan! Pas als er werkelijk gevaar dreigt of is, kun je iets doen. Vanuit de bosjes de politie bellen, bijvoorbeeld. Of het op een schreeuwen zetten. Tegen volwassen kerels was ze fysiek kansloos, zo realistisch moest ze zijn. Alleen als het niet anders kon zou ze zich letterlijk in de strijd werpen. Kansloos of niet, als het moest zou ze het doen.

Aan de achterkant van het huis lag een kleine tuin met een terras. De haag liep om het huis en als ze ongezien bij de achterkant kon komen, was het mogelijk om vanaf die plek de tuin en het terras, dat aan de woonkamer grensde, te zien. De haag was ongeveer een meter dik en in de zomer was het een verzamelplaats van dorre takjes. Ze stapte er voorzichtig doorheen en ging op haar hurken zitten. Half steunend op haar handen, kroop ze voetje voor voetje in de richting van de achterkant van het huis. De tuin was nu schuin voor haar en het terras lag aan haar linkerzijde. Ze kon een gedeelte van de tafel zien. Er stonden spullen op. Haar hart maakte een sprongetje toen ze een stuk van Angelo's lichaam zag. Hij droeg alleen een zwembroek en liep op teenslippers. Hij pakte

een kopje van de tafel en nam een slok. Zijn houding, voor zover ze hem kon zien, was ontspannen, uit niets kon ze afleiden dat hij in de problemen zat. Met het kopje in zijn hand liep hij over het terras. Zijn tred was sloom, voldaan. Alsof hij zojuist uit bed was gekomen en op zijn gemak aan de nieuwe dag wilde beginnen. Hij zette het kopje weer neer en rekte zich uit.
Joyce glimlachte. De ontlading was groot. Ze was voor niets zo bezorgd geweest. Blijkbaar waren twee waarschuwingen toch genoeg geweest. Na deze geruststelling drong het tot haar door hoe merkwaardig haar huidige positie was. Mocht Angelo haar nu in de gaten krijgen, dan zag hij hoe zijn geliefde hem van achter een dorre haag bespioneerde. Een schaamtegevoel bekroop haar. Traag schuifelde ze voorzichtig achteruit. Aanbellen en een doodnormale entree door de voordeur leek haar nu het best.
Opeens zag ze nog iemand de tuin in komen. Een vrouw. Jong, lang blond haar en ze droeg alleen een slipje. Ze legde haar armen om Angelo's nek en kuste hem vurig. Hij beantwoordde haar kus even heftig, zijn handen gleden langs haar rug omlaag.
Joyce reageerde impulsief. Ze kwam omhoog, liep dwars door de heg heen en keek Angelo recht aan. 'Jezus, Joyce. Ik schrik me kapot,' sprak hij verward. 'Waar...'
'Waar ik vandaan kom? Van mijn werk, schoft. Ik heb talloze keren gebeld, maar je nam niet op. Ik snap nu waarom!'
Hij liet de jonge vrouw los en maakte een bezwerend gebaar.
'Doe nou eens rustig. Dit...'
'Is niet wat ik denk? Waag het niet om dat soort B-filmteksten tegen me te gebruiken. Of weet je wat, dan heb ik er ook eentje voor jou: het is over, ik hoef je nooit meer te zien.'
Ze draaide zich abrupt om. Aan een discussie had ze geen enkele behoefte. Hij had haar besodemieterd en ze voelde zich verraden en vernederd. Ze zou haar zelfrespect behouden en weggaan.
Op dat moment hoorde ze de jonge vrouw in het Engels zeggen: 'Is dat soms je tante?' De toon was te luid, de ondertoon bijtend en beledigend.

Ze balde haar vuisten, bleef staan en draaide zich heel traag om. Om het gezicht van het kreng goed te kunnen zien, deed ze drie stappen naar voren.

'Nee, ik ben niet zijn tante. Ik ben wat zijn soort een mother I'd like to fuck noemt. Dat is namelijk precies wat wij de afgelopen maanden hebben gedaan. Maar ik begon al op hem uitgekeken te raken. Hij presteerde niet echt veel meer. Dus neem jij mijn afdankertje maar over. Ik hoef hem niet meer!'

Zonder een reactie af te wachten liep ze over de oprit in de richting van haar auto. Ze stapte in en reed heel rustig weg. Driehonderd meter verderop nam ze de eerste afslag, parkeerde de auto op een stil plekje en zette de motor uit. Toen ze er zeker van was dat zich niemand in haar buurt bevond, liet ze zich gaan en jankte haar longen uit haar lijf.

42

Jurre staarde naar het plafond. Hij lag op zijn rug in bed en was al een halfuur wakker. De digitale cijfers van zijn wekkerradio gaven aan dat het over twee minuten negen uur was. Wat een luxe om op een doordeweekse ochtend de tijd op deze wijze te zien verspringen, dacht hij. Normaal gesproken was hij op dit tijdstip al volop bezig met de voorbereidingen van het animatiegebeuren in Parque Montabal. Gisteren had hij het zo kunnen regelen dat drie collega's de activiteiten zouden starten. Pas om een uur of tien werden zij verwacht.
Met zijn vingers streek hij voorzichtig over de haren van Isabelle. Ze lag met haar hoofd op zijn borst en werd langzaam wakker. Ze spinde als een kat.
'Bijna negen uur,' fluisterde hij. 'Tijd om op te staan.'
Ze antwoordde met een diepe zucht en maakte geen aanstalten om overeind te komen.
'Nog vijf minuten, dan.' Hij lag ook heerlijk en vond het nu al spijtig dat ze om tien uur aan de bak moesten. Als hij het wat slimmer had aangepakt, hadden ze misschien pas rond het middaguur hoeven te beginnen. Ach, hij had niets te klagen, zeker de laatste weken niet.
Isabelles haren voelden als satijn, hij streek er nogmaals met zijn vingers doorheen en voelde zich een gelukkig mens. Hij was verliefd, had plezier in zijn werk en financieel ging het hem voor de wind. Op de lol in zijn werk na was dat vroeger wel anders geweest. Toen had hij alleen maar oog gehad voor feesten en vrouwen versieren.
Hij was veranderd, dacht hij. Ondanks zijn leeftijd kon hij er niet omheen. Op dit moment was hij stapelgek op Isabelle en wilde met haar verder. Wat hij voor haar voelde, had hij nog nooit bij andere vrouwen

ervaren. Het zat dieper, dit was geen onenightstand die hij zo vaak had gehad. Voor het eerst in zijn leven wilde hij een serieuze relatie en datzelfde gold voor Isabelle.

Vanaf het eerste moment hadden ze ervoor gekozen het geheim te houden. Het was algemeen bekend dat hun werkgever geen voorstander was van relaties tussen personeelsleden. Op de werkvloer was het onhandig als je iets met elkaar had en als je collega's hiervan wisten. Het ging op den duur toch wrevel veroorzaken. Voor de buitenwereld bleven ze dus de Nederlandse animators die dezelfde bungalow deelden en het goed met elkaar konden vinden. Niets meer en niets minder.

Soms zorgde dit voor gekke situaties. Die nacht dat Joyce voor hun deur had gestaan. Zoals elke nacht had Isabelle gewoon naast hem gelegen. Toen ze wakker werden van het gebonk was zij direct naar haar eigen kamer gerend, terwijl hij was gaan kijken wie er zo stond te bonzen. Isabelle had vanuit haar eigen kamer meegeluisterd en was even later zogenaamd slaapdronken de woonkamer in komen lopen. Het was een aardig toneelstukje geweest.

Isabelle draaide zich om en rekte zich uit.

'O,' kreunde ze slaperig. 'Ik ben nog zo moe. Kunnen we niet nog een uurtje langer blijven liggen?'

Jurres hand gleed speels over haar buik.

'Als je vannacht wat eerder was gaan slapen...'

Ze duwde zijn hand weg en keek hem quasiverongelijkt aan.

'Volgens mij...'

Jurre gaf haar geen kans haar zin af te maken. Hij kuste haar lippen, rolde naar de zijkant van het bed en zette zijn voeten op de grond.

'Je hebt helemaal gelijk. Het is zelfs een wonder dat ik geslapen heb met zo'n lekker meisje naast me. Mijn gevoel zegt me dat ik vannacht geen oog dichtdoe.' Hij lachte schaapachtig om zijn eigen grap en rekte zich uit. 'Het is niet anders,' mokte hij tijdens zijn gang naar de badkamer. 'De plicht roept.'

Terwijl hij zich stond te scheren, speelde de droom die zij samen koesterden door zijn hoofd. Isabelle was meer dan een mooie en lieve vrouw.

Ze hadden vaak gesproken over hun ideeën voor de toekomst. Alsof het zo moest zijn, hadden ze op dat vlak min of meer dezelfde plannen. Naast hun verliefdheid, was dit een van de drijfveren geweest om een paar maanden geleden in een project te stappen waarmee ze veel geld konden verdienen. In eerste instantie hadden ze beiden hun twijfels gekend, maar uiteindelijk hadden ze toch in deze kans geïnvesteerd.
Het was een gok die goed leek uit te pakken. Sinds een week of drie stroomde het geld binnen. Volgens vooraf gemaakte afspraken konden ze er nog niet aankomen. Maar dit zou binnenkort veranderen en als ze het bedrag eenmaal op hun rekening hadden, lag de wereld voor hen open.
In zijn enthousiasme wilde Jurre gaan fluiten. Een blik in de spiegel weerhield hem daar net op tijd van. In het badkamerlicht flikkerde het scherpe blad van het scheermesje vervaarlijk.
'Blijven concentreren,' fluisterde hij tegen zichzelf. 'Vooral geen domme fouten maken.'

43

Om exact negen uur 's morgens zette de kapitein van de *Benchijigua Express* zijn schip in beweging. Het gevaarte behoorde toe aan de imposante vloot van Fred Olsen, marktleider van ultramoderne veerdiensten tussen de Canarische Eilanden. Het schip oogde als een futuristische uitvoering van een grote catamaran. Hij kon bijna dertienhonderd passagiers vervoeren en er was plaats voor zo'n honderdtwintig auto's en een veelvoud aan fietsen.

Driemaal per dag was er een verbinding tussen Tenerife en La Gomera. Omdat ze de volle dag wilde benutten, had Joyce de vroegste afvaart van de zaterdag genomen. Over ongeveer een uur zou ze de wal van de hoofdstad San Sebastián de La Gomera op rijden. In tegenstelling tot Santa Cruz de Tenerife en het Las Palmas van Gran Canaria, die gezamenlijk meer dan een half miljoen inwoners telden, woonden er in *la capital* van het ronde eiland iets meer dan vijfduizend mensen. Ze keek ernaar uit om een beetje rust te hebben.

Nadat ze haar auto in het ruim had geparkeerd, was Joyce doorgelopen naar de voorste zaal van het passagiersdek. Ze had plaatsgenomen op de eerste rij en had een prachtig panoramisch uitzicht op de Atlantische Oceaan en in de verte La Gomera. Nu ze rustig zat en van het uitzicht genoot, voelde Joyce pas hoe moe ze was. Tot een uur of drie kon ze gelukkig rustig aan doen. Een beetje relaxen en nadenken, daarna moest ze zich concentreren op haar afspraak met Delgado. De afgelopen week was geestelijk en lichamelijk een ware uitputtingsslag geweest.

Angelo's vreemdgaan had haar veel pijn gedaan. Na een halfuur gehuild te hebben, was ze snotterend naar huis gereden. Daar had ze zich in de badkamer opgesloten om er drie kwartier later pas weer uit te komen. Ze was in bad geweest, had haar make-up bijgewerkt en zag er weer presentabel uit. Tenslotte was ze wel de directrice van een viersterrenhotel en diende ze ook in slechte tijden haar verantwoordelijkheid te nemen. Angelo was het niet waard om zoveel tranen om te laten, maar zijn bedrog was de druppel geweest. Alle spanningen die zich hadden opgebouwd waren met de tranen uit haar gevloeid. Ondanks de ellendige aanleiding had het haar goed gedaan, opgelucht.

Ze had Nigel verteld over de clash met Angelo, maar tegen Bencomo had ze niets gezegd. Ze dacht te weten hoe Bencomo tegenover haar stond en wilde zijn gevoelens niet versterken. In elk geval niet nu, daarvoor lag alles te gecompliceerd.

Volgens Nigel was het een prima idee om in het weekend even wat rust te pakken. Zelf had hij zaterdagavond een afspraak met een kennis die veel van digitale fotografie af wist. Wat hij te weten kwam, zou hij haar maandag wel laten weten. Hij had bezorgd geklonken en liet duidelijk merken dat haar rust voor hem een prioriteit was. Ze was blij dat iemand zich zo om haar bekommerde. Ze zou dit weekend gebruiken om op te laden, weer even op werk te focussen, zodat ze weer wat grip kreeg. En wie weet bedacht ze nog iets om van die Russen af te komen...

Even voor tienen reed Joyce de kade van San Sebastián de La Gomera op. Bij Plaza de Las Américas sloeg ze links af. Deze weg liep langs de korte promenade die de kade met de stadsring verbond. Bij de eerste kruising ging ze naar rechts, vervolgens nam ze de volgende links. Nu zat ze op een weg die eerst steil omhoogliep en langs de zuidkant van het eiland kronkelde.

Na elf kilometer zette ze de auto langs de kant op een kleine parkeerplaats. Lang geleden had ze met Bencomo enkele malen La Gomera bezocht en bij dit punt hun tocht onderbroken. De plek heette Las Sabinas el Polvorín en het uitzicht was hier ongelofelijk. Onder haar lag een diep dal waarin laurierstruiken stonden. Doordat de wind vrij spel had op de takken en de bladeren, leek het alsof er een groene zee door deze *barranco* stroomde.

Rechts van haar lag het uitgestrekte vulkanische massief. Op deze glooiende hellingen liepen de herders en landbouwers die volgens het Silbo fluitend communiceerden. Ze luisterde geconcentreerd en dacht heel even het schrille geluid op te vangen, dat hier in de bergen kilometers ver reikte.
Ze draaide zich naar de Atlantische Oceaan, die vanaf dit punt nog imposanter leek dan hij al was. Een en al uitgestrektheid.
Nadat ze de schoonheid en de rust op zich in had laten werken en de fijne herinneringen aan voorgaande uitjes had opgehaald, liep ze terug naar haar auto. Ze reed verder naar Playa de Santiago via een hobbelweggetje met veel haarspeldbochten, steile afdalingen en verraderlijke kuilen. In het authentieke dorpje aangekomen, parkeerde ze haar auto op een knobbelig terrein, pakte een opvouwbare ligstoel, een strandtas en een parasol uit de kofferbak en liep naar het strand.

44

Het strand van Playa de Santiago was niet veel bijzonders. Het was een met kiezelstenen bezaaide kuststrook van tweehonderd meter lang en vijftig meter breed. De eerste keer dat ze hier met Bencomo was geweest, stond nog in haar geheugen gegrift. Evenals de afdrukken die de kiezelstenen op haar lichaam hadden achtergelaten...
Omdat het gros van de toeristen de verderop gelegen stranden bezochten of een excursie maakten naar het landinwaarts gelegen Parque Nacional de Garajonay, was deze plek min of meer onopgemerkt gebleven door het massatoerisme. Er was één attractie in de buurt: een plezierbootje pikte toeristen op in Playa de Santiago en voer drie keer per dag langs deze kust. Langs de haven stonden wat stalletjes met vis en fruit waar vakantiegangers en dorpelingen hun verse waren kochten. De kooplui waren niet opdringerig en de toeristen toonden respect voor de omgeving en de plaatselijke gewoontes. Joyce sloot haar ogen en probeerde haar hoofd leeg te maken. Voor even wilde ze al die negatieve bagage van zich afgooien en zich zo licht als een veertje voelen. Tot halfeen hield ze het zonnen en plonzen in het glasheldere water vol. Toen dommelde ze in de schaduw van haar parasol in. Ondanks de ontspanning kwamen alle gebeurtenissen van de laatste tijd in onwillekeurige volgorde, en niet allemaal even waarheidsgetrouw, weer voorbij. Steeds dieper zakte ze weg. In een heftige achtervolgingsscène kwam ze op de rand van een afgrond te staan. Of ze geduwd werd of van de rand viel, ze wist het niet precies, maar opeens had ze geen houvast meer onder haar voeten. Ze viel en viel, steeds harder. Met een ruk kwam ze overeind. Ze was in slaap gevallen. Om zich aan de nare droom te onttrekken en omdat ze haar afspraak niet wilde missen als ze weer in slaap zou

vallen, pakte ze haar spullen, liep naar de auto en legde alles weer in de kofferbak. Met alleen haar handtas wandelde ze over de boulevard van het voormalige vissersplaatsje. In het midden van de baai was een moderne steiger gebouwd die honderd meter de zee in liep. Vanaf het uiterste puntje had ze een geweldig uitzicht op de gebouwen die langs de boulevard stonden. Het was een merkwaardig ratjetoe van vissershuisjes, appartementen, winkels, bars en restaurants, dat haar erg aansprak. Ze koos voor een restaurant dat links van haar lag, niet ver van het kleine haventje vandaan. La cuevita, de grot, bleek eerder een eenvoudige herberg dan een restaurant te zijn, maar de tapas die er geserveerd werden, waren uitstekend. Ze genoot van de kleine gegrilde inktvis en gefrituurde sardientjes, die ze wegspoelde met een goed glas witte wijn. Omdat ze straks een belangrijke afspraak had, hield ze het bij dit ene glaasje en vermeed de knoflook waar ze zo gek op was.
Iets over tweeën verliet ze het restaurant en wandelde op haar gemak door het haventje. Met haar waren er een stuk of dertig toeristen die de authentieke vissersbootjes en de uitgestalde netten bekeken. Op dit tijdstip scheen de zon fel en de enigen die hier geen last van leken te hebben, waren enkele kinderen die vrolijk heen en weer renden.
Dit was ander volk dan de gemiddelde gast in La Palmera. Uit hun manier van kleden, bewegen en praten bleek dat deze toeristen minder om luxe gaven. Zij genoten van andere zaken dan wat in het zuiden van Tenerife voorhanden was. Ook de kinderen gedroegen zich anders. Nergens zag ze ontevreden gezichten of hoorde ze een kind jengelen, terwijl dit niet bepaald een doorsnee-uitje voor de jeugd was. Ecotoerisme? Misschien sloot die gedachte wel aan bij het gesprek dat ze vanmiddag zou hebben. Nu ze weer aan haar werk dacht, herinnerde ze zich ook weer dat ze zich voor had genomen om na te denken over het probleem rond de suite. De rustgevende omgeving had haar niet geholpen om iets briljants te bedenken. Misschien was het daar nog te vroeg voor, en moest ze wat langer afstand van haar situatie nemen. Maar dat was onmogelijk. Haar werk, haar leven op Tenerife, alles draaide door. Ze kon alleen maar hopen dat de drie maanden snel voorbij zouden zijn

en dat die klootzakken dan zouden oprotten, maar ze had er een slecht gevoel over. Wat er nog bijkwam; ze wilde voorbereid zijn. Ze haalde nog eens diep adem, keerde de relaxte sfeer van het dorpje de rug toe en liep naar haar auto.

Toen ze haar auto achter het hotel parkeerde, ging de knop om. Van een plan om de Russen aan te pakken was niets terechtgekomen. Misschien had ze morgen meer geluk. Nu moest ze zich concentreren op de bespreking met algemeen directeur Borja Delgado.

45

Het gesprek met Delgado was uitstekend verlopen. Hij was voornamelijk benieuwd naar haar persoonlijke ervaringen met de nieuwe situatie in La Palmera. Hoewel ze op haar hoede bleef, beantwoordde ze zijn vragen met flair. Toen bleek dat hij haar niet zat uit te testen, toverde ze regelmatig een glimlach tevoorschijn en kreeg het gesprek meer een informeel karakter. Tegen zevenen namen ze afscheid. Hij had nog een diner met een grote bouwondernemer op zijn programma staan en zij zou de avond in de hoofdstad San Sebastián doorbrengen. Joyce was naar Plaza de Las Américas gelopen om nog even iets te drinken. Op het eerste terrasje dat ze tegenkwam, nam ze plaats.
Na een minuut of vijf kwam er een ober haar bestelling opnemen. Om de tijd te doden keek ze wat rond. Vakantiegangers met rugzakken en inwoners die een pauze hadden ingelast. Ondanks de betrekkelijke drukte, heerste er op het plein een atmosfeer van prettige kalmte.
Het terras waarop ze zat, hoorde bij bar Cuba Libre en het aangrenzende terras was eigendom van café Zumería ambigu. Daarnaast zat nog een bar, maar daar kon ze de naam op deze afstand niet van lezen. Schuin tegenover haar stond een bescheiden podium van ongeveer zeven meter lang, vijf meter breed en één meter hoog. Waarschijnlijk was er vanavond een optreden van een band of werd er een traditioneel feest gevierd. Systematisch gleed haar blik over het plein, maar ze kon nergens een aankondiging van festiviteiten vinden.
Iets voor achten rekende ze af en liep naar hotel Garajonay op de Calle Ruiz de Padrón. Haar hotel bevond zich in de straat die in het verlengde van de Plaza de Las Américas lag, een stukje van niets. Ze wandelde het plein over in de richting van het hotel. De naam van het hotel kwam uit

de beroemdste legende van La Gomera, had Bencomo haar ooit verteld. Gedurende een bezoek aan dit eiland werd Jonay uit Tenerife verliefd op de beeldschone Guanche-prinses Gara de Agulo. Eenmaal thuis, vertelde hij tegen zijn ouders dat hij met dit meisje wilde trouwen. Ze verboden dit, waarna hij naar La Gomera zwom en zijn geliefde in zijn armen nam. Op de vlucht voor Jonays ouders, klommen ze naar het hoogste punt van het eiland. Toen ze geen uitweg meer zagen, besloten ze samen te sterven en sprongen omarmd van de berg.

Joyce vond het een prachtig, romantisch verhaal. Het trieste eind van het jonge paartje maakte het nog sterker. Een soort Spaanse Romeo en Julia. Liever samen dood dan zonder elkaar leven.

Ach ja, de liefde. Ze stapte haar hotel binnen, groette de receptionist en nam de trap, waarvan de treden vermoeid kraakten onder haar voeten. In haar kamer friste ze zich op en een halfuur later ging ze naar beneden om te gaan eten.

Het diner was eenvoudig, de bediening goed en de prijs redelijk. Nadat ze het merendeel van haar toetje had opgegeten, stond ze op en liep naar de ingang. Het was even voor tienen, prachtig weer, dus ze had meer zin in een wandeling dan zich in haar kamer op te sluiten en televisie te kijken.

Ze liep de straat uit in de richting van de zee. Toen ze de Plaza de las Américas naderde, zag ze dat het er aanzienlijk drukker was dan voor haar diner. Rond het podium stond een haag van mensen te luisteren naar de muziek. De eerste tonen die haar bereikten, herkende ze als een melodie uit de jaren zeventig. Amerikaans. Een nummer van Dean Martin of Frank Sinatra? Het liedje werd gezongen door een vrouw. Haar stem klonk erg zuiver.

Ze liep richting het podium. Net boven de hoofden van de massa uit zag ze vier muzikanten en een zangeres staan. Uit nieuwsgierigheid wandelde ze een stukje door tot ze recht voor het podium stond. De massa voor haar deinde mee op de muziek.

Omdat ze het wat beter wilde kunnen zien, begon ze zich een weg door het publiek te banen. Toen ze redelijk zicht had, kon ze de zangeres beter zien. Joyce kreeg sterk het idee dat ze deze vrouw eerder had ontmoet. Waar en wanneer dat was gebeurd wilde haar niet te binnen schieten. Toch wist ze bijna zeker dat haar gevoel haar niet bedroog. Ze herkende de stem niet. Ook haar houding en bewegingen brachten geen associaties naar boven. Het moest dus iets anders zijn. Haar gezicht? Om de vrouw beter te kunnen zien, wrong ze zich nog meer tussen de mensen door naar voren. Het figuur van de vrouw was niet opvallend of afwijkend: ongeveer een meter zeventig lang, stevige heupen, mooie benen en kleine borsten. Ze had kort, blond haar, een beetje een jongenskapsel. Het had iets stoers. De vorm van haar gezicht was licht ovaal met hoge jukbeenderen. Toen de vrouw haar recht leek aan te kijken, kwam de klik. Joyce stond als versteend. Haar hart leek stil te staan en het allesoverheersende geluid van de band werd opeens gereduceerd tot een fluisterend geruis dat nog nauwelijks tot haar doordrong. Voor de eerste keer in haar leven zag ze een levende dode. Hoe was dit in godsnaam mogelijk?

46

Zonder haar blik van de zangeres af te wenden, liep Joyce langzaam achteruit. Het commentaar dat ze kreeg als ze per ongeluk op een voet ging staan of tegen iemand aanduwde, drong nauwelijks door. Af en toe mompelde ze een excuus. Inmiddels wist ze zo goed als zeker dat ze deze vrouw dood op het trottoir van La Palmera had zien liggen. Een sterke, innerlijke kracht dwong haar om te blijven kijken. Toen ze door de achterste rij heen was, wendde ze haar blik af. Het leek alsof ze nu alleen op het plein stond en de eigenaardige betovering werd verbroken.

Ze nam plaats op een bankje dat even verderop stond. De twee oude mannetjes met wie ze deze zitplaats moest delen, negeerde ze. Ondanks de enorme schok die ze daarnet had gekregen, was ze nuchter genoeg om zich te realiseren dat dit een geschenk uit de hemel was. Het levende bewijs dat er met de beelden geknoeid was stond een meter of vijftig van haar vandaan! Ze mocht haar niet uit het oog verliezen.

Was dit echt de vrouw uit de hotelkamer? Het moest haast wel. Tenzij die vrouw een tweelingzus had of ze droomde en zo wakker werd in haar hotelkamer. Het was zo onwerkelijk. Ze kneep hard in haar arm en hoorde de voormalige roodharige nog steeds zingen. Dit was geen illusie, en ze twijfelde sterk aan het bestaan van een tweelingzus of dubbelgangster. Haar ogen! Ze moest haar ogen zien. De verbijstering van net was verdwenen. Ze had zichzelf onder controle. Dit was haar moment om terug te slaan. Deze kans, die uit het niets was gekomen, zou ze met beide handen aanpakken.

Rustig wandelde ze weer naar de toeschouwers die voor het podium stonden. Voetje voor voetje baande ze zich een weg door de haag van mensen en zorgde ervoor dat ze niemand irriteerde. Toen ze ongeveer

halverwege was, bleef ze staan. Tenslotte kon ze zich nergens beter verstoppen dan midden in het publiek.
Zo op het eerste gezicht waren de muzikanten canarios. Jonge kerels tussen de twintig en dertig, waarschijnlijk conservatoriumstudenten die 's avonds bijklusten. Geen van hen had het grote en brede postuur van de mannen met de maskers in hotelkamer 536. Het podium stond als een eiland op het plein. Erachter waren geen coulissen waar men zich kon omkleden, maar de band was ook niet overdreven gekleed en had ook zo over straat kunnen lopen. Waarschijnlijk zouden ze na het optreden opruimen en weggaan. Misschien nog ergens in de buurt wat drinken voordat ze op huis aan gingen om tussen het publiek te verdwijnen. Ze moest dus in de buurt blijven en met alles rekening houden als ze de zangeres onopvallend te pakken wilde krijgen.
Ze was vastbesloten om antwoorden te krijgen op de vragen die al zo lang door haar hoofd spookten. Goedschiks of kwaadschiks. Er was haar zoveel leed aangedaan dat ze op dit moment bereid was om heel ver te gaan...
Na het laatste nummer volgde een luid applaus, waarna het publiek zich verspreidde over het plein. Joyce bleef in de buurt van een groepje toeristen dat nog na stond te praten. Toen ook zij wegliepen, schuifelde ze achter het zestal aan.
Ze had, verscholen achter het groepje, het podium nauwlettend in de gaten gehouden. Ze was er bijna zeker van dat de vrouw haar gedurende het optreden niet had opgemerkt en wilde dit voorlopig zo houden.
Nadat de muzikanten waren gestopt met spelen, begonnen ze inderdaad op hun dooie gemak hun instrumenten op te ruimen. Uit het publiek waren twee jongemannen gekomen die zich over het drumstel en de technische apparatuur hadden ontfermd. De zangeres was langs al haar collega's gelopen en had met iedereen een kort praatje gemaakt. Op het moment dat de groep waarbij Joyce zich had aangesloten begon te kuieren, had de blondine gezwaaid naar de andere bandleden en was van het podium gestapt.

Joyce zag haar langs de terrastafeltjes lopen. De mensen die haar herkenden groette ze vriendelijk terug terwijl ze doorliep. Opeens sloeg ze links af en liep de ingang van bar Cuba Libre binnen. Joyce liep er meteen achteraan. Ze wandelde naar het terras van het café, ging op de eerste lege stoel zitten die ze kon vinden en hield de ingang van de bar in de gaten.
Voordat de ober haar bestelling had opgenomen, moest ze weer in actie komen. Tot haar opluchting had de blondine zich ergens in de bar snel omgekleed en kwam nu met een tas in haar handen naar buiten. Joyce besloot haar te volgen. Het was hier te druk voor een scène. Met al die mensen in de buurt kon de situatie enorm uit de hand lopen, terwijl ze alleen maar met de vrouw wilde praten.
De blondine sloeg links af de Calle Virgin de Guadelupe in. Na een kleine vijftig meter werd het al rustiger op straat. Ze liepen op een vrij brede weg die alleen voor voetgangers was. Aan beide zijden waren winkelpanden en op sommige bovenverdiepingen brandde licht. Aan het einde van de straat was een soort pleintje waar een groepje mensen stond. Daar zou ze de vrouw aanspreken.
Ze versnelde haar pas en kwam snel dichterbij. Toen ze haar ingehaald had, bleef ze recht voor haar staan. De vrouw keek haar verschrikt aan.
'Hallo,' zei Joyce in het Engels. 'Ken je me nog?'
Zonder een woord te zeggen, haalde de blondine uit met haar tas. Ze raakte Joyce op haar bovenarm, die daardoor even uit balans was. De vrouw schoot langs haar heen en zette het op een lopen.

47

Tijd om na te gaan wat er precies was fout gegaan, had ze niet. Ze moest in een razendsnel tempo achter de vrouw aan die haar een mep had verkocht, maar de vrouw bleek een goede conditie te hebben en de afstand werd niet kleiner. Het leek er zelfs op dat de zangeres langzaam maar zeker op haar uit begon te lopen.

Op het pleintje sloeg de vrouw links af een straat in. In volle vaart rende Joyce op de kruising af en ze zag de vrouw een zebrapad oversteken en enkele meters verderop weer links afslaan. Ze zette aan en rende verder zonder op het verkeer te letten. Toen ze ook links afsloeg, was de vrouw net de straat overgestoken en bleef daar het trottoir volgen.

Ze bevonden zich nu in Calle Ruiz de Padrón, de straat waar haar hotel stond. Daar waren al de oranje neonletters. Joyce voelde hoe haar hart uit haar borstkast leek te kloppen en hoe haar longen begonnen te protesteren. Haar lichaam herinnerde haar er op pijnlijke wijze aan dat ze tegen de veertig liep. Kantoorbaan, weinig sport, onevenredig veel stress. Zo'n levensstijl breekt je altijd op het ongunstigste moment op.

Met haar mond halfopen zette ze nog een tandje bij. Ze wist dat ze het met haar conditie tegen een vrouw die minstens tien jaar jonger was op den duur moest afleggen. Om dit te voorkomen moest ze snel dichterbij geraken en deze achtervolging stoppen. Als dit uitliep op een lange race was ze volslagen kansloos.

Ineens verdween de vrouw uit haar beeld. Joyce zweepte zichzelf nogmaals op en rende naar het punt waar ze haar voor het laatst had gezien. Het bleek een slecht verlichte steeg te zijn die je pas zag als je er recht voor stond. Zonder zich maar een seconde te bedenken, rende ze de lugubere schaduwen in.

De steeg kwam uit bij de rand van een park omgeven door struikgewas. Het licht van een straatlantaarn wees haar de weg naar de ingang. Ze hield haar pas in en las op een bordje PARQUE DE LA TORRE. De vrouw was uit haar zicht verdwenen, maar kon nooit ver weg zijn, daarvoor was de onderlinge afstand te klein geweest. Dat ze zich in de struiken had verstopt, lag het meest voor de hand. Joyce luisterde even aandachtig of ze iets hoorde en stapte het grindpad op dat tussen de struiken en een grasveld lag. Nu haar ogen gewend waren aan de duisternis, kon ze de struiken beter onderscheiden. Het waren eigenlijk keurig naast elkaar geplaatste brede planten, in plaats van dicht struikgewas. Geen plek waar iemand zich zou verstoppen.

Links van haar liep het pad in de richting van de boulevard, waar de lantaarns het pad en het grasveld verlichtten. Nergens was iemand te zien of een knisperend geluid van voetstappen op het grindpad te horen. Het kon niet anders of de vrouw was rechtdoor over het grasveld gegaan.

Op een draf rende ze verder. Schuin links van haar doken opeens de contouren van een toren op. Ze hield in. Zoeken of doorlopen? Ze moest snel beslissen. De stenen toren was ongeveer tien bij tien en een meter of twintig hoog. Blijkbaar was het een toeristische attractie, want er was een poort die dienstdeed als hoofdingang. Ze duwde tegen het hengsel, maar de poort gaf geen centimeter mee.

Hoewel de drang sterk was om rechtdoor te lopen en de achtervolging weer in te zetten, hield Joyce zich in. Ze wist dat de kans op nog een ingang klein was, maar ging toch voor een snelle inspectie. Langs de zijkant van de toren vond ze niets. Aan de achterkant bevond zich echter een stenen trap. Voor de ingang hing een stalen ketting met daaraan een bordje waarop VERBODEN TOEGANG stond. Ze stapte over de ketting heen en liep naar boven. Na tien treden maakte de trap een scherpe bocht naar rechts. Snel ging ze de hoek om.

De zangeres botste hard tegen haar op. Joyce schoot naar achteren en sloeg met haar rug tegen de stenen wand. Ze stuiterde terug, strekte in een reflex haar armen en voelde hoe haar vingers een stuk stof raakten.

Ze kneep zo hard ze kon, negeerde de pijn in haar rug en liet zich op haar zij vallen. Met deze onverwachte beweging verraste ze haar tegenstandster volkomen en trok haar mee op de stenen ondergrond. Ze hoorde de vrouw een kreet van pijn slaken toen ze op de harde vloer viel.

Joyce kwam meteen overeind. De adrenaline en wanhoop gaven haar meer kracht dan ze ooit had kunnen vermoeden. In het maanlicht zag ze het hoofd van de vrouw en met haar vlakke hand haalde ze snel uit en sloeg haar hard in haar gezicht. De vrouw zwaaide door de klap naar links. Joyce greep haar stevig vast en voelde hoe de weerstand verdween.

'We moeten praten,' hijgde Joyce in haar oor. Nu de strijd in haar voordeel was beslist, voelde ze pas hoe haar hart in haar lijf bonsde en haar longen om zuurstof schreeuwden. 'Dit lijkt me wel een goede plek,' voegde ze eraan toe en ze ging met haar rug tegen de stenen muur zitten. 'Lekker rustig.'

48

Ze hadden allebei een paar minuten nodig om weer op adem te komen. Joyce was voor de vrouw gaan zitten zodat ze niet makkelijk weg kon en hield haar scherp in de gaten. Maar de vrouw leek verslagen en niet in staat om nog een vluchtpoging te ondernemen. Of het was berusting, alsof ze opgelucht was. Alsof ze deze dag altijd al had gevreesd en nu die daadwerkelijk was gekomen ze zich erbij neerlegde.
'Dus je bent niet dood,' zei Joyce in het Engels. Het was een belachelijke openingszin, maar paste wel bij deze idiote omstandigheden.
'Nee.' Het antwoord klonk vlak. 'Het was allemaal nep.'
'Niet alles.'
'Je bedoelt de seks? Ach, alleen toen de camera draaide, is er iets gebeurd. Maar dat stelde ook weinig voor.'
Joyce dacht hier even over na. Blijkbaar hield de vrouw er een wat lossere moraal op na dan zijzelf, want de seksopnames die zij had gezien vond ze eigenlijk wel schokkend.
'Hoe heet je eigenlijk?'
'Svetlana Tikhanova.'
'Russisch?'
'Ja, ik kom uit Lysva, een stad ten oosten van Perm, zo'n duizend kilometer ten oosten van Moskou.'
Joyce knikte bedachtzaam.
'Oké, Svetlana Tikhanova, vertel mij het verhaal van deze chantage en laat vooral niets weg.'
De vrouw aarzelde.
'Ik weet het niet... Als ik alles vertel breng ik mezelf in moeilijkheden. En dat is nu precies waarvoor ik ben gevlucht.'

Joyce overdacht haar woorden. Ze wilde wel, maar durfde niet, niet zonder daar zelf iets aan over te houden. Geld, bescherming? Ze moest wat beloven, als ze maar antwoorden kreeg.
'Met zwijgen schiet je niets op, Svetlana. Daarvoor is deze zaak te veel uit de hand gelopen. Alleen als ik de juiste antwoorden krijg op mijn vragen, kan ik wat voor je doen.'
Joyce probeerde haar aan te kijken, maar er was niet genoeg licht om haar blik te vangen. Svetlana twijfelde nog steeds. Er kwam geen antwoord. Ze moest dus zelfverzekerder optreden en bijvoorbeeld mondelinge garanties geven om haar over de streep te trekken.
'Wat kun je dan voor mij doen?' klonk het aarzelend.
'Jij werkte overduidelijk in opdracht. In principe ben ik niet geïnteresseerd in de mensen die voor deze zwendel zijn ingehuurd. Ik wil weten wie hierachter zit. Als jij me die naam of namen geeft, loop ik straks weg en laat jou verder met rust. Niemand zal ooit weten dat ik jou heb gesproken, dat beloof ik je. Maar als je me sprookjes vertelt, dan schakel ik de politie in en is jouw carrière als zangeres voorlopig voorbij.'
Weer stilte. Toen ze de hoop begon op te geven dat de Russische haar aanbod zou accepteren, begon Svetlana te praten.
'Oké, als je belooft me hier volledig buiten te houden, kan ik je wat vertellen.'
Of ze het waar kon maken of niet, Joyce beloofde het. Ze wilde antwoorden, nu.
'Zoals ik je al zei kom ik uit de buurt van Perm. In die stad heb ik Andrey Golubtsov twee jaar geleden ontmoet. Hij trad daar op in een club met zijn jazzensemble. We raakten aan de praat en van het een kwam het ander. Niet op seksueel gebied, want hij kon makkelijk mijn vader zijn, maar op muzikaal vlak. Mijn grootste hobby was en is muziek en nadat ik een paar keer met zijn band wat jazznummers had gerepeteerd, besloot hij mij als vocalist toe te voegen. Een hele stap, want tot die tijd hadden ze namelijk alleen maar instrumentaal werk gespeeld.
Al snel werden we bekend in Perm en omgeving. Aangestoken door dat succes wilden we meer. We besloten Rusland te veroveren. De eerste en

enige stap die we moesten zetten was Moskou platspelen. De rest volgde daarna vanzelf. Overtuigd van onze kwaliteiten vertrokken we naar de hoofdstad.' Ze liet een cynisch lachje horen.

'Het werd één grote mislukking. Waren we in Perm de sterren, in Moskou behoorden we tot de middenklasse in dit repertoire. De stad puilde uit van de uitstekende musici, zodat wij al snel op het tweede, derde, misschien wel vijfde plan belandden. Voor Andrey was de teleurstelling het grootst. Hij was al op leeftijd en had de hoop gekoesterd eindelijk door te breken. Voor hem was de harde realiteit niet te verkroppen. Toen de band door gebrek aan werk uiteen dreigde te vallen, greep hij regelmatig naar de fles en veroorzaakte zijn humeur vaak onderlinge verwijten en schreeuwpartijen.

Drie maanden nadat we in Moskou waren aangekomen met een twaalfkoppige band, bleven we nog maar met z'n vijven over. De overigen hadden hun biezen gepakt en waren naar huis vertrokken. Voor hen was het avontuur in Moskou geëindigd, ze wilden niets meer met de band te maken hebben.

Terwijl we van ons laatste geld leefden, kwam Andrey opeens met een oplossing. Hij had kennissen, over wie hij heel geheimzinnig deed, die voor ons papieren konden regelen waarmee we in West-Europa konden werken. In het begin waren wij heel sceptisch. Tenslotte had hij in de periode dat we in Moskou verbleven al zoveel beloofd en was hij die beloftes niet nagekomen. We wilden eerst zien, dan pas geloven. Toen bleek dat hij inderdaad voor elkaar kreeg wat hij had beloofd, hielden wij op met vragen te stellen. We konden weg uit Moskou en we kregen weer hoop voor de toekomst.'

Joyce legde haar hand op de bovenarm van de Russische om haar even te onderbreken, maar onbedoeld straalde het gebaar iets warms uit. 'Die Andrey Golubtsov was al op leeftijd zei je toch?'

Na Svetlana's bevestiging gaf Joyce een beschrijving van de man die ze als Igor kende.

'Dat is hem,' antwoordde de Russische.

Joyce knikte traag en vroeg haar om verder te gaan met haar verhaal.

'We gingen naar Spanje. Ons eerste optreden was in Marbella. Op eenzelfde soort podium als hier op het plein speelden we tot diep in de nacht voor toeristen. Dat ging goed tot half november, het werd kouder en de vakantiegangers bleven weg. Wie ons betaalde was mij toen niet duidelijk. Intussen heb ik daar zo mijn ideeën over.'

Joyce dacht te weten waarop ze doelde, maar hield haar mond. Svetlana deed wat ze haar had gevraagd: praten. Het gedeelte van haar verhaal waarin zijzelf een voorname rol speelde kwam steeds dichterbij.

'Eind november vertrokken we naar Tenerife. Weer waren de tickets keurig geregeld en werd de week waarin wij niet speelden zelfs doorbetaald. Rijk zouden we nooit worden, maar we konden ervan leven, wat al een hele verbetering was in vergelijking met de periode in Moskou. Terugkeren naar Perm was voor ons geen optie, dat zou een vernedering zijn. In ons achterhoofd hadden we nog steeds het idee om het via een omweg te gaan maken. Als dat lukte, dan zouden we als helden naar onze geboortestreek kunnen terugkeren, niet als verliezers.

In Tenerife speelden we overal, op buitenpodia, in bars en in nachtclubs. Nogmaals, het was geen geweldig bestaan, maar we hadden wel van onze hobby ons beroep gemaakt. Het ging dus best aardig... tot een maand of twee geleden, toen Andrey met een verhaal kwam dat mijn leven drastisch zou veranderen.'

Svetlana sloot haar ogen en schudde met haar hoofd. 'Ik ben zo stom geweest...'

Ze haalde diep adem, zuchtte en vertelde verder. De woorden kwamen nu lastiger over haar lippen. Alsof ze zich schaamde.

'Andrey begon over de mensen die onze papieren hadden geregeld. Hij noemde geen namen, maar liet doorschemeren dat het om een criminele organisatie ging. Die mensen vroegen ons nu dus om een gunst. Het was de eerste en laatste, zo verzekerde hij ons. Als we hen zouden helpen, was de schuld die wij bij hen hadden, meteen vereffend.

Behalve ik, reageerden de overige bandleden geschokt. Ons was nooit wat verteld over een schuld. Volgens Andrey waren onze documenten door zijn vrienden geregeld. Opeens bleek dit toch anders te liggen. Na

veel heftige discussies besloten we te doen wat er van ons werd gevraagd.'
Ze haalde haar schouders op. 'De rest weet je.'
'Nee, die weet ik niet,' zei Joyce streng. 'Op een paar momenten na ben ik gedurende die opnames bewusteloos geweest. Ik heb de beelden gezien, maar weet niet wat zich werkelijk heeft afgespeeld.'
Het duurde even voor Svetlana antwoordde. Ze had het zichtbaar moeilijk met de herinnering aan die nacht.
'De seks stelde echt niet veel voor. Er werden een paar shots gemaakt en verder was het wachten tot jij wakker werd. Later zouden de opnames zo worden gemonteerd dat het leek alsof jij gewoon bij bewustzijn was en constant bij het spel was betrokken.'
'Wie deed het camerawerk?'
'Andrey.'
'Wat heeft hij jullie verteld over het doel van deze opnames?'
'Weinig. Pas toen wij erop stonden dat we wilden weten waarvoor ze werden gebruikt, zei hij dat hij alleen wist dat het voor een interne aangelegenheid was. De vrouw, jij dus, met wie wij zogenaamd seks hadden, was de organisatie veel geld schuldig. Het werd een chantagetape die slechts een paar mensen te zien zouden krijgen. Geen spul voor het internet, waar wij doodsbang voor waren.'
'Toch droeg jij geen masker en die twee andere mannen wel.'
'Dat vond Andrey waarheidsgetrouwer overkomen. Dat werd me trouwens pas op het laatste moment verteld, net toen jij werd binnengedragen. Omdat we al zo ver waren gegaan, had ik geen keuze meer. Ik moest het toneelstukje tot het laatst meespelen.'
'Jouw zogenaamde dood nadat je van het balkon was geduwd.'
'Inderdaad, Andrey wist precies wanneer en hoe de bewaker zijn rondje maakte. We hadden een paar minuten om de opnames te maken en te verdwijnen.'
'Van wie had Andrey die informatie gekregen?'
'Geen idee.'
Joyce dacht na over het verhaal van de Russische. Er schoten talloze

vragen door haar hoofd. Ze wilde zich echter beperken tot de meest relevante. Svetlana was slechts een figurant geweest in een smerig spel dat door anderen was bedacht en opgezet. De volgende stap moest haar bij Andrey brengen, de man die zich aan haar had voorgesteld als Igor. Via hem kon ze op het spoor komen van de degenen achter de schermen. Mocht dit werkelijk de Russische maffia zijn, dan kon ze alsnog besluiten om een stapje terug te doen.

'Wat gebeurde er na die nacht? Ik bedoel, het lag voor de hand dat jullie Tenerife meteen moesten verlaten. La Gomera lijkt me dan niet zo'n handige keuze.'

Svetlana schudde ontkennend met haar hoofd.

'La Gomera kwam helemaal niet ter sprake. Toen we van het hotel terugkwamen, had Andrey nog een verrassing voor ons. De volgende dag moesten we van het eiland af. De tickets naar Spanje waren al geregeld. Zelf bleef hij nog enkele dagen op Tenerife om wat zaken af te handelen en daarna zou hij ons achterna reizen.'

'Maar het liep anders dan hij had gepland,' zei Joyce.

'Inderdaad. Op het moment dat we op het vliegveld aan de beurt waren bij de incheckbalie, pakte ik mijn koffers en zette het op een lopen. De rest was compleet verrast en reageerde niet. Het kan ook zijn dat ze begrip hadden voor mijn vlucht en mij lieten gaan. Ik heb ze daarna nooit meer gesproken, dus dat blijft gissen.

Ik sprong in een taxi, liet me terugrijden naar Los Cristianos en nam de eerste de beste ferry naar La Gomera. Wat ik niemand heb verteld, en daar was ik op dat moment heel blij om, was dat ik in mijn vrije tijd al maanden omging met een jongen uit La Gomera die daar als ober werkte. Ik heb hem op Tenerife ontmoet. Toen ik in San Sebastián arriveerde, belde ik hem op. Hij liet mij in zijn appartement logeren en sindsdien wonen we samen.'

Joyce knikte. 'Jullie bestemming was Spanje. Weet je ook waar?'

'Madrid,' antwoordde Svetlana meteen. 'Toen we op het vliegveld stonden te wachten bij de balie, hoorde ik Cyrill tegen Gavrel zeggen dat ze in "Reina Rubia" gingen spelen. Wellicht was dat de naam van een club,

misschien ook niet. Van alle bandleden stond Cyrill wel het dichtst bij Andrey, dus als iemand van ons hierover iets wist dan was hij dat.'
'Die Cyrill, is dat een grote, brede vent?'
'Ja, onze bassist.'
'En die andere man, die je zogenaamd van het balkon heeft gegooid?'
'Gavrel, de gitarist.'
Joyce kwam overeind. Ze stak Svetlana een hand toe en trok de Russische omhoog.
'Bedankt voor je openhartigheid. Ik zal mijn best doen om jou hier verder buiten te houden. Ga naar huis, blijf optreden en wis dit gesprek uit je geheugen. Misschien zien we elkaar ooit nog eens.'
Zonder een antwoord af te wachten draaide ze zich om en liep de trap af. In gedachten was ze al bij haar volgende stap: het eerste vliegtuig dat morgenavond of maandagochtend vanaf Tenerife naar Madrid vloog. Ze moest een ticket regelen en Bencomo bellen.

49

Kevin deed zijn colbertje uit en hing dit over de rugleuning van een van de vier stoelen die keurig tegen de eettafel stonden aangeschoven. Hierna maakte hij zijn stropdas los en legde die op de eettafel. Straks zou hij beide kledingstukken netjes in de hangkast van zijn slaapkamer ophangen, nu was het de hoogste tijd voor een biertje. Hij pakte een koud flesje uit de koelkast, opende het en nam een flinke slok. Heerlijk. Hij liep naar de woonkamer, waar hij zich op de sofa liet vallen. Tot zijn genoegen lag de afstandsbediening binnen handbereik. Toen hij de tv aanzette, drukte hij meteen op de volumeknop. De stem van de nieuwslezer ging over in een zacht gefluister. Het laatste wat hij wilde was zijn vriendin wakker maken, die had het al zwaar genoeg.
Hoewel zijn blik op de nieuwsuitzending was gericht, kreeg hij weinig tot niets van de laatste ontwikkelingen in de wereld mee. Het was maandagochtend zeven uur en hij had er zojuist weer een nachtdienst opzitten. Bij zijn thuiskomst verviel hij in een routine die zich de afgelopen weken steeds sterker had ontwikkeld. Thuiskomen, colbert uit, strop af, biertje openen, en even relaxen.
Tijdens de eerste uren vannacht was het rustig geweest. Een groepje aangeschoten gasten was zingend de lobby van het hotel binnengekomen. Het WK-voetbal was nog aan de gang. Veel bier en bravoure dus. Welke landen er precies tegen elkaar hadden gespeeld, kon hij zich nu niet meer herinneren. In tegenstelling tot bijna de rest van de mannenwereld hield hij niet van voetbal. Bovendien had hij nu genoeg andere problemen aan zijn hoofd. Gevangen in een net van beslissingen die door hem genomen moesten worden. Hij moest knopen doorhakken, maar durfde de bijl niet te hanteren. Was het lafheid, terughoudendheid

of bestond er nog geen definitie voor zijn situatie en het gevoel wat hij daarbij had?
Nadat de laatste voetbalsupporters waren binnengedruppeld, was het stil in het hotel geworden. Hij had gewacht op dat ene belletje waarvan zijn haren direct overeind gingen staan en zijn handen gingen jeuken. En dat belletje was gekomen. Zoals elke nacht was hij met het lood in zijn schoenen naar Bungalow 1 gelopen. Ditmaal was het gelukkig heel erg meegevallen. Hij had twee flessen champagne gebracht, zo'n beetje het gebruikelijke recept voor de tijdelijke gasten van de suite, en kreeg zomaar een fooi van een donkerharige dame die de flessen in ontvangst had genomen.
Vannacht was het rustig gebleven, dacht Kevin. Maar dat kon morgennacht weer anders zijn. Deze onberekenbaarheid van de situatie zorgde voor een ongekend spanningsveld op de werkvloer. Inmiddels was zo'n beetje het voltallige personeel op de hoogte van wat zich in de fine fleur van hotel La Palmera afspeelde. Doordat er onderling zelden of nooit over werd gesproken, nam de onderhuidse spanning met de dag toe. Met een venijnig gebaar zette hij de televisie uit. Steeds als hij hierover nadacht, borrelde er woede in hem op. Hij was vooral woedend op Joyce, die hem behandelde als de eerste de beste ober. Pas als het werkelijk escaleerde moest hij mevrouw inschakelen zodat ze persoonlijk kon ingrijpen. Nou, dat hebben we gezien, dacht hij smalend.
Hij liep naar de badkamer, keek zichzelf aan in de spiegel en poetste zijn tanden. Er waren nog zoveel andere dingen die hem dwarszaten. Zoals bijna elke nacht het geval was, nam hij zich voor om de directie op het vasteland op de hoogte te stellen van deze wantoestanden. Op het moment dat hij dan de badkamer verliet, realiseerde hij zich dat dit geen optie was. Er speelden te veel belangen, in een machtspelletje moest hij zich vooral niet mengen.
Voorzichtig stapte hij in bed. Het liefst wilde hij zijn arm om zijn slapende vriendin leggen, maar hij was bang dat ze hierdoor wakker werd en ze had nu haar slaap zo nodig.
Hij ging op zijn rug liggen en staarde naar het plafond. Eigenlijk kwa-

men al zijn problemen en frustraties slechts voort uit het gebrek aan één ding: geld. Als hij een eigen zaak had, zou hij bakken met geld verdienen. Zoveel ideeën had hij, maar om een eigen zaak te beginnen had hij geld nodig.

50

‘Ik ben over anderhalf uur weer thuis. Blijf gewoon hier op me wachten, ook als ik wat later ben.’

Jason keek hem vragend aan. ‘Maar je bent toch gewoon op tijd, pa?’

‘Absoluut,’ antwoordde Bencomo krachtig. ‘Ik zeg dit alleen maar voor het geval dat. Ik kan wel onder een auto komen of weet ik veel wat. Als ik er niet mocht zijn, en die kans is echt heel klein, dan wacht je hier en bel je me meteen op.’

‘En als je nou niet opneemt?’

Bencomo zuchtte. ‘Dan bel je mama.’

‘Maar ze is naar Madrid. In het vliegtuig heb je toch geen bereik?’

Bencomo pakte zijn zoon zachtjes bij zijn arm.

‘Luister, vent. Dat interview duurt hooguit een uurtje. De kans is groot dat ik eerder vroeger dan later thuis ben, oké?’

Jason knikte aarzelend.

‘Ga nu maar naar binnen en geniet van de film de we gehuurd hebben. Ik zie je straks.’

Tot zijn opluchting liet Jason zijn enigszins dwarse houding varen en liep het huis binnen. Hij wachtte nog een halve minuut voor de zekerheid en haastte zich naar zijn afspraak. Terwijl hij op een drafje langs andere voetgangers slalomde, dacht hij aan Joyce. Vanmorgen had ze hem opgebeld en gevraagd of hij Jason nog wat langer onder zijn hoede kon nemen. Ze had een spoedklus gekregen en moest direct naar Madrid. Wat dit inhield wist hij niet, want Joyce liet het onderwerp verder rusten. Tijdens hun korte gesprek kreeg hij het idee dat ze de reden van haar plotselinge vertrek bewust onbesproken liet.

Natuurlijk stemde hij toe. Elke dag dat hij zijn zoon zag waren vierentwintig gewonnen uren. Dat hij belangrijke afspraken moest verzetten en minder belangrijke gewoon afzegde, kon hem niet schelen. Jason ging voor alles. Datzelfde gold eigenlijk ook voor Joyce. Dat was hem inmiddels wel duidelijk, meestal pijnlijk duidelijk: zijn liefde voor haar ging diep en werd met de dag weer sterker.

Met veel pijn en moeite had hij de donkere periode waarin hij Joyce respectloos had behandeld achter zich gelaten. Zonder dat iemand het wist, had hij zichzelf jarenlang niet op een normale manier in de spiegel kunnen aankijken. Deed hij dat toch, dan moest hij kotsen van het gezicht dat hem aankeek. Dan staarde hij in de ogen van een man die door zelfoverschatting, hooghartigheid en onwil zijn vrouw en kind had laten vertrekken. Kortom, een klootzak die willens en wetens zijn leven had vergooid.

Die periode behoorde nu echt tot het verleden. Hij had ermee afgerekend en wilde verder met zijn leven, waarin zijn kind en de enige vrouw van wie hij ooit had gehouden het belangrijkste waren. Hij zou hard werken voor de hereniging, pas dan was zijn leven weer compleet. Er was een kans, dacht hij toen hij het restaurant naderde waar hij een interview met een auteur had. Sinds hij met Joyce weer on speaking terms leefde, was deze mogelijkheid nog nooit zo groot geweest. Nu was het aan hem om deze kans te grijpen. Een groot obstakel was uit de weg geruimd. Niet zijn verdienste, maar dat deed er niet toe. Dat zelfingenomen stuk vreten was uit haar leven verdwenen en dit telde wel degelijk. Het maakte alles een stuk makkelijker.

Bencomo stapte het restaurant binnen. Naast zijn onvoorwaardelijke liefde had hij nog iets in te brengen om hun stukgelopen relatie mee te herstellen. Binnenkort kwam er een groot bedrag binnen en de plannen die hij hiermee had zouden een belangrijke bijdrage kunnen leveren aan hun hernieuwde gezinsgeluk.

Hij sloot even zijn ogen en zag het hele plaatje voor zich. Joyce, Jason en hijzelf in de woonkamer. Een warme golf overspoelde hem. Dit was zijn toekomstperspectief, hiervoor zou hij tot het uiterste vechten.

De auteur zat aan een hoektafeltje. Met een brede glimlach op zijn gezicht liep Bencomo naar hem toe.

51

De ingang van nachtclub La Reina Rubia bevond zich onder restaurant El Rey Negro, een etablissement waar op het eerste gezicht weinig klasse van uitstraalde. Niet dat het Joyce iets kon schelen. Haar doel was de nachtclub, die ze na een lange speurtocht had gevonden. Hoe toepasselijk dat de blonde koningin onder de zwarte koning lag, dacht ze terwijl ze naar beide naamborden keek. Gisteren had ze Bencomo gebeld met de mededeling dat ze naar aanleiding van de afspraak die ze zaterdag had gehad voor spoedoverleg naar Madrid moest. Op de vraag of Jason wat langer bij hem kon blijven, had hij positief gereageerd. Iets anders had ze ook niet van hem verwacht. Daarom deed het haar nog meer pijn om tegen hem te moeten liegen. Omdat er geen plek was op de zondagvlucht naar Madrid, was ze vanmorgen in het vliegtuig gestapt.
De bar waar ze nu zat lag aan de overkant van de straat. Ze had een plekje aan het raam kunnen bemachtigen met prima uitzicht op de ingang van de club. Naargelang de tijd verstreek, het was bijna halftwaalf in de avond, werd het drukker op straat. Het district Sol stond bekend als hét uitgaanscentrum van Madrid en inmiddels wist ze dat in de zomer het vertier hier pas laat op gang kwam.
Officieel opende La Reina Rubia om elf uur 's avonds haar deuren en sloot die om zes uur. Het affiche aan de deur vermeldde dat er elke avond, behalve woensdag, vanaf middernacht tot drie uur 's morgens livemuziek was. De entree was gratis. Tot nu toe had Joyce zeven bezoekers geteld, die door de portier vriendelijk waren onthaald. Van bandleden ontbrak elk spoor. Waarschijnlijk was er ergens aan de achterkant van het pand nog een ingang. Ze kon daar altijd nog naar zoeken. Eerst wilde ze zeker weten hoeveel mensen er voor middernacht naar binnen

gingen. Ze moest zich wel een beetje met het publiek kunnen mengen zodat ze niet op zou vallen als ze binnenkwam. Ze had geen idee hoe groot de club was en hoe ze ingedeeld was. Stel dat het podium recht tegenover de ingang lag en de band haar zo binnen kon zien komen? Door nu eerst nog op de bezoekers te letten, kon ze een beetje beter inschatten wat voor club het was. Als er alleen maar mannen naar binnen gingen, zou ze ook wel snel opvallen of misschien voor prostituee aangezien worden.

Tot nu toe was er een stel naar binnen gegaan en daarvoor alleen nog maar mannen.

Om halfeen stond haar teller op 38 klanten, onder wie zes vrouwen. Het tellen en het wachten kwam haar zo langzamerhand de keel uit en ze moest zichzelf meerdere malen oppeppen om het nog even vol te houden. Ze mocht haar aandacht niet laten verslappen, hoe aantrekkelijk dit ook leek. Ze had nog geen idee wie verantwoordelijk was voor het smerige dubbelspel, maar dat ze erachter zou komen, stond voor haar vast. Vanaf dat moment zou ze de rollen omdraaien, dan maakte ze van zijn of haar leven een hel op aarde.

Om kwart over een had Joyce 57 bezoekers geturfd, 45 mannen en 12 vrouwen. Ze stond op, rekende af en verliet de bar. Het was showtime.

52

Ze slenterde over het trottoir en hield met een schuin oog de ingang van de nachtclub in de gaten. Een paar minuten later zag ze een man en een vrouw richting de ingang van de club lopen. Ze stak de straat over, glimlachte vriendelijk tegen de brede uitsmijter en stapte achter het tweetal aan naar binnen.

De entree was een kleine hal. De rode vloerbedekking en het donkerbruine hout aan de wanden oogden warm, maar een tikkeltje ordinair. Een uitsparing die als garderobe diende, was onbemand, maar met dit weer liep iedereen er toch zomers bij. De muziek was hier al duidelijk te horen. Ze volgde de man en vrouw voor haar. Uit hun resolute tred maakte Joyce op dat zij hier al eerder waren geweest.

Aan het einde van de hal was een deur. De man duwde hem achteloos open, waarna de kleine hal direct met luide muziek werd gevuld. Joyce liep vlak achter hen en schatte de situatie in. Haar grootste angst, een podium recht tegenover de ingang, werd meteen weggenomen. De muzikanten stonden schuin rechts van haar en konden de nieuwe bezoekers alleen zien als ze hun hoofd draaiden.

De nachtclub had wat bouw en sfeer betreft veel weg van een grote wijnkelder. Joyce schatte dat de hele ruimte tweehonderd vierkante meter bedroeg, een aardige zaal waarin je een leuk feestje kon geven. Door het gebrek aan goede ventilatie was het er bedompt en hing er een sterke tabakslucht. Tot haar verbazing zag ze dat er werd gerookt en iedereen dit normaal leek te vinden.

In de zaal was er vlak voor het podium een kleine dansvloer, die nog leeg was. Daarachter stonden een tiental eenvoudige tafeltjes met kitscherige, pluchen stoelen. De helft van de tafeltjes was bezet en het

merendeel van die bezoekers zat inderdaad te paffen. De rook steeg omhoog en bedekte het plafond met een grijze smogsluier.
De bar liep in de vorm van een hoefijzer en had een ideale ligging om ver van het podium, uit het zicht van de muzikanten te gaan zitten. Ze bestelde een witte wijn, betaalde en bleef met haar rug naar de zaal zitten. Het duurde even voordat de lege kruk naast haar werd bezet door een vrouw wier metgezel naast haar bleef staan. Het is mijn geluksavond, dacht Joyce. Ze kon nu schuin achter de rug van de vrouw naar het podium gluren.
Omdat ze geen aandacht wilde trekken, nam ze de tijd. In plaats van druk om zich heen te kijken, wachtte ze steeds tot het stel naast haar zich naar elkaar toe bewoog waardoor zij even vrij zicht op de band had.
De band bestond uit vijf leden. Andrey, de man die zij voor haar bezoek aan La Gomera als Igor kende, speelde klarinet. Een grote man plukte aan de contrabas, dus dat moest Cyrill zijn. De drummer en gitarist konden qua postuur doorgaan voor de mannen die zij op de video had gezien. De zangeres deed er voor haar niet toe. Aan haar tongval te horen was ze een Spaanse. Dat ze nog niet zo lang met deze band speelde was zelfs duidelijk voor iemand met weinig verstand van muziek. Regelmatig viel ze verkeerd in als een van de muzikanten een solo beëindigde. Drie kwartier na haar binnenkomst wist Joyce genoeg. Met haar rug zo veel mogelijk naar het podium gedraaid, schuifelde ze naar de uitgang. Eenmaal buiten liep ze naar de overkant van de straat, bekeek de omgeving nauwkeurig en ging op zoek naar de artiesteningang van nachtclub La Reina Rubia.

53

Joyce knipperde een paar keer met haar oogleden om de vermoeidheid en branderigheid in haar ogen te verdrijven. De afgelopen nacht had ze slechts drie uurtjes geslapen. Met terugwerkende kracht kreeg ze de rekening gepresenteerd van het hollen en draven van de laatste dagen en de altijd aanwezige stress.
Het was dinsdagochtend halftwaalf, de zon stond hoog aan de hemel en de temperatuur liep al richting de dertig graden. De hoofdstad was een braadpan waarin de bewoners verkoeling zochten op schaarse schaduwplekjes en in winkels waar zoemende airco's voor aangename temperaturen zorgden. Het was haar volkomen duidelijk waarom veel Madrilenen hun zomervakantie buiten de stad doorbrachten.
Joyce schudde de lamlendigheid van zich af. Ze moest nog een lastige klus klaren; Andrey spreken, al had ze te weinig concrete informatie om hem daadwerkelijk het mes op de keel te zetten. Zijn grootste verrassing was haar aanwezigheid hier. Als zij hier in Madrid ineens voor hem stond, zou hij zich waarschijnlijk kapot schrikken. Van die verwarring moest ze gebruikmaken. De artiesteningang van La Reina Rubia bleek een metalen deur die uitkwam in een doodlopende steeg, wat zo zijn voor- en nadelen had. Ze kon iedereen die de club hier verliet zien, omdat men maar één kant op kon, maar de steeg bleek ook het werkgebied van prostituees en dealers. Ze werd een paar keer aangesproken door mannen die seks met haar wilden en dealers die haar drugs wilden verkopen.
Tegen vieren werd haar doortastendheid beloond. Samen met Cyrill kwam Andrey door de steeg aangelopen. Ze waren heftig in gesprek. Voor hun omgeving hadden ze geen oog, wat haar prima uitkwam. Ze

volgde de mannen tot een appartementengebouw dat vijf straten van de club verwijderd lag. Nadat ze een halfuur had gewacht, hield ze een taxi aan en liet zich naar haar hotel brengen.

Rond een uur of negen 's ochtends was ze in een koffiebar aan de overkant van het appartementengebouw gaan zitten. Hoewel het onwaarschijnlijk was dat de nachtbrakers op dit uur al enige activiteiten ondernamen, wilde ze geen enkel risico nemen.

Klokslag elf wandelde Andrey de hal van het gebouw uit. Op gepaste afstand slenterde ze achter de Rus aan, die niet op- of omkeek. Na een minuut of tien bereikten ze een pleintje waar hij op een terras plaatsnam. Zelf liep ze door en mengde zich aan de rand van een speeltuintje tussen een handvol moeders, die tijdens hun onderlinge conversaties regelmatig een blik op hun kroost wierpen. Hier kon ze hem in de gaten houden en zich opladen voor de confrontatie. Ze wilde nog een keer voor zichzelf doornemen wat ze hem te zeggen en te vragen had.

54

Ze liep vanaf de zijkant op hem af. Hij was zijn dag relaxed begonnen en had geen flauw idee wat hem te wachten stond, dacht ze vergenoegd. Toen ze nog maar een paar meter van hem vandaan was, vertraagde Joyce haar pas om niet meteen de aandacht te trekken. Bij zijn tafeltje aangekomen ging ze voor hem staan en keek hem recht aan. 'Hallo, Igor,' sprak ze krachtig. 'Of moet ik Andrey zeggen?'

Hij keek haar geschrokken aan. 'Hallo, Joyce,' zei hij met een stem die net niet oversloeg. 'De afspraak was...'

'Dat ik als een mak schaap jouw instructies zou opvolgen,' vulde ze aan. Met een venijnige beweging trok ze een stoel bij en ging naast hem zitten. 'Maar het is toch anders gelopen, Andrey. Ditmaal deel ik de orders uit en volg jij ze op.'

Zonder overtuiging antwoordde hij: 'Overspeel je hand niet, dame.'

Joyce glimlachte schamper. 'Een merkwaardig advies van een man wiens hele tactiek was gebaseerd op illusie.'

Golubtsov haalde zijn schouders op. Het zag er een beetje zielig uit. Hij wist duidelijk niet wat hij met de situatie aan moest.

'Met slechts een illusie kom je er niet,' sprak hij met een geforceerde grijns. 'Je moet altijd de waarheid en de feiten kennen om je op te baseren. Pas dan kun je een illusie kweken.'

'Dat komt dan mooi uit. Als jij de waarheid kent, kun je me die ook vertellen,' zei ze koel. Uit haar handtas pakte ze haar mobiele telefoon en ze draaide het beeldscherm naar de Rus toe.

'Dit zijn foto's van club La Reina Rubia waar jouw ensemble optreedt.' Ze drukte op een toets, waarna het volgende plaatje verscheen. 'Hier het appartementengebouw waar jij en de andere bandleden wonen.' Haar vinger gleed weer over de toets, waarna Andrey zelf in beeld verscheen. Hij zat op het terras en was zich totaal niet bewust van het naderende onheil.

'Deze heb ik als laatste genomen zoals je begrijpt. Ik heb de foto's naar drie verschillende computers verstuurd, waaronder die van mezelf.'

Haar gezichtsuitdrukking veranderde van serieus naar gemaakt vriendelijk. 'Hierdoor bewaar ik kostbare herinneringen aan dit korte tripje. Het leukste is dat deze beelden niet gemanipuleerd zijn.'

Andrey zuchtte vermoeid. Ze zag nu dat de man er veel ouder uitzag dan tijdens hun ontmoetingen op haar kantoor het geval was geweest. Door de diepe groeven in zijn gezicht en de ingevallen wangen leek hij nog magerder dan voorheen. Zijn huid was een beetje grauw, als van een zieke. 'Het zijn slechts foto's, Joyce,' sprak hij, krachtiger dan ze had verwacht. 'Wat wil je hiermee bewijzen?'

'Het spel is over, Andrey. Er is nog geen truc uitgevonden die jou wegtovert uit deze benarde positie. Ik hoef maar één telefoontje te plegen en iedereen die een rol in deze zwendel heeft gespeeld wordt opgepakt.'

Dat laatste was een leugen, maar wel eentje die ze met volle overtuiging bracht. Tot haar opluchting hapte hij.

55

'Met dat telefoontje en die beelden schiet je niets op,' zei Andrey. Joyce hoorde aan zijn intonatie dat hij openstond voor onderhandelingen. Maar wat zou hij daar voor terug gaan vragen? Hoe ver zou hij gaan om zijn eigen hachje te redden?

'Degenen op die foto's hebben een onbelangrijke rol gespeeld. Het waren marionetten die een opdracht uitvoerden. Je schiet er niets mee op om hen te laten oppakken.'

'Wat dacht je van voldoening?' reageerde Joyce fel. 'Dat hele ensemble van jou heeft zich wel beziggehouden met ongewenste intimiteiten, en dan zeg ik het nog héél netjes. Om maar te zwijgen over ontvoering en medeplichtigheid hieraan.'

Andrey draaide zijn hoofd een beetje weg, zodat ze hem niet in de ogen kon kijken. Even dacht ze schaamte te zien, maar deze gedachte liet ze ogenblikkelijk varen. Medeleven zou haar zeker niet verder brengen. Onverzettelijk moest ze zijn.

'Technisch heb je misschien gelijk, Joyce. Al vraag ik me af of je het in een rechtszaal hard kunt maken. Aan de hand van hard bewijsmateriaal, bedoel ik.'

Nu was het haar beurt om even nonchalant weg te kijken, zodat hij slechts één kant van haar gezicht kon zien.

'Jouw mobiele telefoon zou wat dat betreft wonderen kunnen doen.'

Andreys vermoeide grijns beviel haar niet. Uit de binnenzak van zijn colbert haalde hij een mobiele telefoon en gaf deze aan haar.

'Alsjeblieft, veel succes ermee.'

Ze zag meteen dat dit niet het mobieltje was waarop ze in haar kantoor de in scène gezette beelden had gezien.

'Heb jij die video naar deze telefoon gestuurd?' Ze wist bij voorbaat al dat het zinloos was, maar ze moest die vraag stellen. Zoals verwacht schudde Andrey ontkennend met zijn hoofd.
'Nadat jij de beelden had gezien en instemde met mijn voorstel, heb ik die telefoon teruggegeven.'
'Aan wie?'
Hij lachte smalend. 'Ik ken zijn naam niet en al zou ik die weten, dan vertelde ik het niet aan jou. Dat zou hetzelfde zijn als mijn handtekening zetten onder mijn eigen executie.'
'Hou eens op met die stoere praat, Andrey. Vroeger zou ik daar inderdaad zijn ingestonken, maar nu ligt dat anders. Inmiddels weet ik een beetje hoe het eraan toegaat. Kleine criminelen voeren grote plannen uit die tot hun verbazing in eerste instantie slagen. Maar als het tegenzit en er fouten worden gemaakt, stort alles in elkaar. Ik heb ernaar staan kijken en nu ben ik het zat.'
Joyce wist dat ze hem nu onder druk moest zetten en niet meer moest loslaten. Alles uit de kast halen, vermoedens, halve waarheden, hele leugens, het maakte niet uit zolang ze maar kreeg waarvoor ze hier was gekomen. Ze boog naar hem toe.
'Jij en je muzikale vrienden zijn helemaal geen echte boeven. Om een openstaande rekening uit Rusland te betalen, werden jullie min of meer gedwongen deze klus aan te nemen. Tenslotte zijn jullie muzikanten, jullie kunnen improviseren en misschien ook wel een beetje acteren, alsof je op een podium staat.'
Andrey bleef doodstil zitten en keek voor zich uit. Ze had bewust de woorden openstaande rekening en Rusland laten vallen. Hij zou zich afvragen waar zij haar informatie vandaan had, terwijl hij het antwoord eigenlijk al wist. Ze zag het kwartje bij hem vallen. 'Jij denkt het te weten, Joyce,' sprak hij onverwacht fel. 'Maar je snapt er dus helemaal niets van.'
'Leg het me dan uit.'
Andrey legde beide handen voor zijn gezicht, masseerde met zijn vingertoppen zijn voorhoofd en oogleden en zuchtte diep.

'Jij hebt met Svetlana gesproken,' zei hij op een berustende toon. 'Als dat zo is, zeg het me dan, want dat scheelt veel tijd.'
Joyce knikte. Dat ze haar woord aan de Russische had gegeven telde even niet meer. Ter verdediging kon ze aanvoeren dat Andrey daar toch wel achter was gekomen. Bovendien zou ze hem Svetlana's schuilplaats nooit vertellen. Daarvoor had hij te veel boter op zijn hoofd.
'De mensen voor wie wij deze klus hebben opgeknapt zijn heel machtig,' begon hij op een toon waarin geen ontzag of vrees doorklonk. 'De mensen in Rusland die onze papieren hebben geregeld, behoren tot een groep waarvan de leden over heel de wereld zijn uitgezworven. Toen ik deze papieren kreeg, wist ik dat men mij ooit een wederdienst zou vragen. Ik kende de consequenties, maar dacht er niet bij na. Vertrekken uit Rusland was het enige wat telde, ik kon de schande niet aan om met hangende pootjes terug te keren naar mijn geboorteplaats. Alles was beter dan dat, zelfs een schuldbekentenis bij de maffia.'
Een cynisch lachje volgde.
'En dan te bedenken dat niet veel later de visumplicht voor reizigers naar de Canarische Eilanden werd afgeschaft. Hoe ironisch.'
Dus toch de maffia. Al had hij nog steeds niets gezegd waar ze iets mee kon. Hij draaide om de hete brij heen. 'Dat van die Russische maffia geloof ik allemaal wel, Andrey. Heel vervelend voor je, maar shit happens, weet je? Trouwens, jij en je vrienden hebben de opdracht uitgevoerd, dus zijn jullie nu van die gasten af.'
Hij wilde reageren, maar met een snelle handbeweging maakte ze duidelijk dat ze nog meer wilde zeggen. 'Nu praat ik, jij hebt je kans gehad en daar is wat mij betreft niets uitgekomen waar ik wat aan heb. Blijkbaar ben ik niet duidelijk genoeg in mijn formuleringen geweest. De enige reden waarom jullie nog niet in de cel zitten is vanwege mijn wil, je mag het ook een obsessie noemen, om erachter te komen wie voor dit alles verantwoordelijk is. Jullie waren slechts pionnen, dat is wel duidelijk. Waar het nu om draait is wie jou de opdracht heeft gegeven. Ik wil namen en rugnummers!'
'Je wilt het maar niet begrijpen, hè?' sprak hij strijdlustig tegen. 'De

mensen voor wie ik deze klus heb uitgevoerd, laten echt niet met zich spotten. Door jouw speurwerk valt er een bron van inkomsten voor hen weg. Geloof me, dat zet behoorlijk wat kwaad bloed. Je hebt geen idee met wie je te maken hebt. Hoe machtig juist de kleine maffiagroepen buiten Rusland zijn. Hoe hun versplintering, hun tussenpersonen en netwerken hun kracht zijn. Je komt nooit uit bij wie je moet zijn. Zo werkt het nou eenmaal. Ze dekken zich altijd in. Als je een verstandige vrouw bent, pak je je werk weer op en dank je God of wie of waar je ook in gelooft dat het snel afgelopen is. Dat je zowel je baan, familie, en je leven nog hebt. Het laatste wat je moet doen is verder spitten. Uiteindelijk stuit je op volk dat veel handiger is met een wapen dan met een videocamera.'

De stilte die viel, bracht Joyce even aan het twijfelen. Was het beter om er hier en nu een streep onder te zetten? Tot hier en niet verder, wat er gebeurd is, is gebeurd, ga verder met je leven? Vergeet wat je is aangedaan en maak er in de toekomst het beste van? Maar hij kon haar helemaal niet garanderen dat het niet erger zou worden. De enige manier om van dit alles af te komen was om degene die deze zwendel had opgezet te laten hangen. Willens en wetens had men haar vernederd, gechanteerd en doodsangsten bezorgd. Ze was het zat! Hoe ze het aan moest pakken zou ze later wel bedenken, als ze maar wist om wie het ging. Hij had maar één ding gezegd dat haar echt interesseerde: tussenpersonen. Ondanks dat hij Russisch was, was Andrey ongetwijfeld niet belangrijk genoeg voor de hoge bazen om zich met hem te bemoeien. Ook hij moest dus een tussenpersoon hebben gesproken, net als dat hijzelf weer de tussenpersoon tussen haar en de opdrachtgever was.

'Levensgevaarlijke Russische maffia,' mompelde ze net hard genoeg dat Andrey het kon horen. Ook haar scepsis kon hij niet missen. 'Het zullen best vreselijk onaangename mensen zijn,' ging ze op vlakke toon, tegen het ongeïnteresseerde aan, verder. 'Maar dat kan ik op sommige dagen ook zijn, en weet je, vandaag is zo'n dag.'

Bewust bleef ze recht voor zich uit kijken. Alsof de omgeving haar meer boeide dan het gesprek en haar gezelschap. 'Dit was een inside job. Te

veel toevalligheden die, als je er langer over nadenkt, helemaal niets met geluk te maken hadden. Het zat te goed in elkaar, Andrey. Geen klus die door Russische criminelen in een vreemd land werd bedacht, voorbereid en tot in detail uitgevoerd. Veel te gecompliceerd. De ligging en luxe van de suite, mijn werktijden, de ruim van tevoren geboekte kamer, de vluchtroute. Alles was tot in de puntjes geregeld.' Traag, maar zelfverzekerd schudde ze haar hoofd. 'Niet voor dit bedrag, meneer. O, nee. Die hoerenfeestjes zullen best het nodige hebben opgebracht, maar staan niet in verhouding tot de moeite en risico's die er genomen zijn om dit te volbrengen. Niet door mensen van het kaliber waaraan jij refereert. Die verdienen met beduidend minder inspanningen een veel groter bedrag. Ik weet weinig van die wereld, maar genoeg om met zekerheid te kunnen stellen dat er iemand van een lagere orde bezig is geweest. Of misschien een tussenpersoon. Met alle respect, maar ik geloof niet dat jij rechtstreeks door je landgenoten bent aangestuurd.'
Ze keek op haar horloge. 'In principe ben ik bereid om te vergeten welke rol jij en jouw bandleden hebben gespeeld. Ook zal ik jouw advies opvolgen en niet verder zoeken omdat het te gevaarlijk voor mijn familie, vrienden en mezelf is.'
Ze zag Andrey moeite doen om zijn gezicht in de plooi te houden, maar de opluchting was toch zichtbaar. 'Als tegenprestatie wil ik de naam van de tussenpersoon, degene die de voorbereiding tot in de puntjes heeft geregeld. Hij of zij gaat er niet mee wegkomen.'
Andrey zuchtte diep. 'Die naam kan ik je niet geven, het spijt me.'
Joyce stond meteen op. 'Dat laatste geldt ook voor mij. Ik zie jou en je vrienden wel in de rechtszaal.'
'Wacht even... alsjeblieft.'
Ze aarzelde.
'Ik kan je de naam niet geven omdat ik die niet weet. Je hebt gelijk, ik was ook maar een pion. Ik heb niet genoten van wat ik deed, en ik zag hoeveel leed het je berokkende. Maar het was jij of ik.' Hij sloot zijn ogen. Zijn schouders zakten wat af. Binnen enkele seconden leek hij weer een stuk ouder. Was dit een schuldbekentenis? Excuses?

'Ik heb hem enkele malen ontmoet.'

Joyce ging weer zitten. 'Beschrijf hem.'

'Een man tussen de veertig en vijftig. Normaal postuur, slank. Omdat hij tijdens onze gesprekken, die altijd 's avonds plaatsvonden, een pet, sjaal en zonnebril droeg, kan ik weinig over zijn gezicht zeggen. Beetje een spitse neus, daar houdt het mee op.'

'Welke taal spraken jullie?'

'Engels. Hoewel hij met een licht Spaans accent sprak, kreeg ik steeds meer de indruk dat dit fake was. Een afleidingsmanoeuvre om zijn moedertaal te verdoezelen. Dat lukte aardig, maar ik weet bijna zeker dat hij uit Groot-Brittannië komt. In een lang gesprek komt toch die typisch Britse uitspraak bovendrijven. Dat is onvermijdelijk.'

Joyce knikte. Ze dwong zichzelf om rustig te blijven, maar ze voelde een enorme paniek en woede opkomen.

'Kun je je nog andere dingen herinneren? Zijn houding, manier van spreken, stopwoordjes? Denk goed na, alles kan helpen.'

Andrey kneep zijn oogleden wat samen en dacht diep na. 'Het enige wat me te binnenschiet is zijn ogen. Niet dat ik die kon zien, maar hij draaide vaak zijn hoofd weg en begon met zijn vingertoppen onder zijn zonnebril te wrijven. Misschien had hij gewoon jeuk of een oogziekte, dat weet ik niet. Het kan ook iets dwangmatigs zijn geweest. Een zenuwtic, of zo.'

Joyce had genoeg gehoord. Ze stond op, mompelde 'bedankt' en liep weg van het terras. Ze koos geen richting, maar liet zich leiden door haar benen, die opeens zelfstandig leken te functioneren. Het geraas en gebonk in haar hoofd werd opgeschroefd tot een volume dat alle stadsgeluiden van Madrid makkelijk overschreeuwde. In haar maag zat opeens een knoop, normaal ademen werd met de seconde lastiger en het tintelende gevoel in haar vingers was beangstigend. Het beeld werd wazig terwijl de tranen over haar wangen stroomden.

Ze was verraden door haar beste vriend. Iemand die ze tot vandaag volledig had vertrouwd en zelfs geholpen had door hem alles te vertellen.

56

'Probeer rustig te blijven,' zei Bencomo nadat hij de auto voor het politiebureau had geparkeerd. 'Ik begrijp hoe moeilijk dit voor je is, maar doe je uiterste best om niet te emotioneel te worden.'
Joyce knikte afwezig en stapte uit. Het kon bijna niet anders of ze zou straks weer met dingen geconfronteerd worden waarmee ze eigenlijk niets meer te maken wilde hebben. Toch realiseerde ze zich donders goed dat ze nu moest doorzetten. Ze was te diep gegaan om nu nog af te haken. Het was al de tweede keer binnen twaalf uur dat ze het politiebureau bezocht. Na haar gesprek in Madrid met Andrey had ze eerst Bencomo gebeld en was met een taxi via haar hotel direct naar vliegveld Barajas gereden. Om vier uur was ze opgestegen en een kleine drie uur later op Tenerife geland. Bencomo had haar opgewacht, waarna ze samen in een restaurant hadden gegeten. Jason sliep bij zijn tante María, de zus van Bencomo.
Tijdens het diner had ze openheid van zaken gegeven. Ze was geestelijk en lichamelijk uitgeput, maar nog wel helder genoeg om zichzelf te realiseren dat juist nu een vertrouwenspersoon cruciaal was. Na de blamage met Nigel had ze iemand nodig die met haar meedacht en wat van de loodzware, geestelijke bagage van haar overnam. Ook al vond ze het erg moeilijk nog iemand te vertrouwen. De enige persoon die hier nog voor in aanmerking kwam, was de vader van haar kind. Haar ex-man voor wie ze de afgelopen tijd steeds meer gevoelens kreeg waarvan ze dacht dat die jaren geleden waren begraven en nooit meer zouden terugkeren. Zoals ze hoopte en verwachtte, was hij vanaf het moment dat ze elkaar op het vliegveld zagen de sterke schouder waarop zij kon steunen.
Tijdens het begin van de vlucht naar Tenerife zag ze zichzelf in gedach-

ten bij thuiskomst direct met Nigel contact opnemen, hem helemaal verrot schelden en zijn appartement kort en klein slaan. Hij zou opgepakt worden door de politie, waarna een rechter hem tot een levenslange gevangenisstraf in een kerker zou veroordelen. Hoe had hij haar vertrouwen en vriendschap zó kunnen misbruiken?! Ze moest bijna kotsen als ze aan hem dacht. Dit verraad was zoveel erger dan Angelo's overspel.

Naargelang Tenerife dichterbij kwam, kreeg de ratio weer vat op haar. Hysterisch stennis maken was wel het laatste wat ze moest doen. Ze zou met Bencomo praten en samen zouden ze er wel uitkomen. Zonder iets te weten, had hij dat toegezegd toen hij hoorde hoe overstuur ze was. Omdat hij nog nergens van af wist, vertelde ze hem het hele verhaal vanaf het begin tot en met het gesprek met Andrey in Madrid. Toen ze uitverteld was, knikte hij traag en zuchtte diep. Ze zag ongeloof en medelijden in zijn ogen. Het drong tot hem door wat haar en Jason was aangedaan. Hoe had iemand het gore lef deze dierbaren zo te kwetsen, zo kapot te maken! Hij wilde Nigel eigenhandig in elkaar slaan, maar wist als geen ander dat dat niets oploste. Hij haalde diep adem en stelde de ene na de andere vraag aan Joyce. Alleen zo kon hij helder blijven nadenken. Als Nigel ter sprake kwam, viel ze stil. Zijn optreden en beweegredenen waren haar nog steeds een raadsel. Opeens realiseerde ze zich dat elke seconde die wegtikte in zijn voordeel was. Als hij op de een of andere manier, misschien wel door Andrey, lucht had gekregen van haar speurtocht, was het logisch dat hij maatregelen nam.

Bencomo raadde haar aan, ondanks haar twijfels, zo snel mogelijk de politie in te schakelen. Het idee dat andere mensen, vooral vrienden of bekenden, over deze zaak zouden horen, of nog erger misschien wel de videobeelden zouden zien, hing als een molensteen om haar nek. In gedachten zag ze de smalende blikken van politiemensen en het hotelpersoneel al voor zich. Om maar te zwijgen van de directie van de HV-keten. Na het zien van die beelden konden ze haar nooit meer serieus nemen. In scène gezet of niet, ze had daar wel in haar nakie gelegen terwijl het gekreun door de speakers galmde... Maar Bencomo had haar

overtuigd en gezegd dat ze het allemaal niet meer alleen hoefde te doen. Hij zou er onvoorwaardelijk voor haar zijn.
Ze stonden nu recht voor de ingang van het politiebureau. Dezelfde plek waar ze gisterenavond rond tien uur met knikkende knieën was binnengestapt. Ook toen had Bencomo naast haar gestaan.
'Kom op,' hoorde ze hem zeggen. Hij pakte haar hand en kneep er zachtjes in.
'Het ergste is achter de rug. Vanaf vandaag enkel goed nieuws.'
Ze glimlachte voorzichtig en hoopte dat hij gelijk had.

57

'Goedemorgen,' zei rechercheur Felipe Lujan van de *policía nacional* met een vriendelijke glimlach. Ze schudden elkaar de hand en Joyce en Bencomo volgden hem naar zijn kantoor. Joyce vond het prettig dat Lujan op het bureau was en deze zaak behandelde. Hij was de eerste rechercheur met wie ze gisteren had gesproken en hij was sympathiek op haar overgekomen. Nadat ze met horten en stoten haar verhaal had verteld, waren het daaropvolgende uur verschillende rechercheurs en een officier van justitie aangeschoven. Steeds stelde een andere politieman een vraag waarop ze het antwoord even daarvoor aan een van zijn of haar collega's had gegeven die de kamer inmiddels hadden verlaten. Ze moest er niet aan denken om weer tegen een ander gezicht aan te kijken, weer haar verhaal, of gedeelten daarvan, aan iemand te vertellen die niet volledig op de hoogte van haar lotgevallen was.

'Ik denk dat ik goed nieuws voor u heb,' begon Lujan toen ze aan zijn bureau zaten.

'Nadat u gisterenavond bij ons op het bureau bent geweest, zijn wij zo snel mogelijk tot actie overgegaan. Toen de benodigde papieren door de officier van justitie waren getekend, hebben onze arrestatieteams op verscheidene locaties gelijktijdig invallen gedaan.'

Joyce knikte. Van de inval in de bungalow in haar eigen hotel was ze op de hoogte. Nadat de leden van het arrestatieteam twee hoertjes en hun klanten hadden afgevoerd, had Kevin haar direct gebeld. Op dringend verzoek van de politie waren ze gisterenavond rechtstreeks van het politiebureau naar huis gereden. Hoewel ze sterk de neiging had gehad om langs haar hotel te gaan, wist Bencomo haar van dat idee af te brengen. In plaats van de inval van dichtbij te kunnen volgen, waren ze op het

terrasje van haar bungalow gaan zitten en hadden tegen de zenuwen een flesje wijn opengetrokken. Toen Kevin belde was er toch een last van hun schouders afgevallen. Hoe het allemaal zou aflopen was nog onduidelijk, maar het snelle politieoptreden gaf hun ontegenzeglijk hoop op een goede afloop.
Diep in de nacht waren ze naar bed gegaan. Bencomo sliep op de bank. Dat dit de eerste keer sinds hun scheiding was dat ze gezamenlijk onder één dak sliepen, was toen nog niet tot haar doorgedrongen. Dit besef kwam pas de volgende morgen, toen Bencomo haar precies om negen uur een ontbijt op bed bracht.
'Naast een inval in Bungalow 1 van hotel La Palmera, zijn er ook teams binnengetreden in discotheek Freedom en op het privéadres van de heer Nigel Bannister.'
Joyce keek hem verwachtingsvol aan. Felipe Lujan trok een rapport uit zijn bureaula en sloeg de eerste pagina om. Tot haar verwondering en teleurstelling begon hij weer over de twee hoertjes.
'Na de eerste verhoren konden wij vaststellen dat beide dames prostitutie hadden bedreven in de bungalow van het hotel zonder dat daarvoor door de directie toestemming was verleend of de benodigde vergunningen hiervoor aanwezig waren.'
Hij maakte een verontschuldigend handgebaar.
'Sorry, voor de formele formulering. Beroepsdeformatie. Ik zal overschakelen op mensentaal.'
Zijn grapje bracht bij hen een flauwe glimlach teweeg, maar ze waren te gespannen om er echt om te kunnen lachen. Lujan ging snel verder.
'Ook werd snel duidelijk dat deze dames werkten voor Club Amor, een bordeel in Playa de las Américas. Ruim drie uur na onze eerste invallen, drongen arrestatieteams gelijktijdig bij Club Amor en op twee privéadressen binnen. In de club zelf werden twee arrestaties verricht, de eigenaren Boris en Jevgenij Nikolajev werden aangehouden op verdenking van aanzetten tot prostitutie, chantage en medeplichtigheid aan ontvoering. De exacte aanklacht tegen hen wordt de komende weken door de aanklager geformuleerd.'

Uit een andere la pakte Lujan een doorschijnende plastic zak met daarin een mobiele telefoon. Joyce herkende het apparaatje direct.
'Deze vonden wij in de kluis van Boris Nikolajevs huis. De beelden zijn inmiddels door de technische recherche als bewijsmateriaal in beslag genomen.'
Ze slaakte een zucht van verlichting, onbehagen en schaamte. Ze voelde zich opgelucht en opgelaten tegelijk, het geruststellende kneepje in haar arm van Bencomo bracht hierin geen verandering. Haar lichaamstaal werd door Lujan op de juiste waarde geschat. Door zijn jarenlange ervaring als rechercheur beschikte hij over voldoende mensenkennis om adequaat te reageren.
'Deze beelden komen niet in de openbaarheid, mevrouw Nieuwpoort. Enkel tijdens het proces staan ze ter beschikking van het Openbaar Ministerie en de verdediging van de beklaagden. Ik garandeer u dat hiermee zeer zorgvuldig wordt omgesprongen.'
Joyce knikte traag. Als er geen kopieën bestonden, zou slechts een selectief groepje de beelden zien. Misdaadbestrijders en advocaten, mensen met beroepscode en een beroepseed. 'De prostituees werkten dus voor die Russische broers,' begon ze aarzelend. Veel liever had ze over Nigel gesproken, maar haar verstand zei dat het beter was in de lijn van de inspecteur te blijven. Het leek er verdacht veel op dat hij de inval in Nigels disco en zijn huis bewust liet rusten. Ze kon enkel hopen dat hij het beste nieuws voor het laatst bewaarde. En als ze heel eerlijk was, vond ze het zelf ook moeilijk om het antwoord te horen.
'De clientèle werd geronseld in de club of vooraf via het internet op de hoogte gesteld van de nieuwe, ultraluxe service. Hoe het exact in zijn werk ging weten we nu nog niet. De verhoren in de komende dagen en weken zullen hierover meer duidelijkheid scheppen. Zoals het er nu uitziet, kunnen we zo goed als zeker stellen dat de directe lijn is opgerold.'
Joyce keek verbaasd. 'Hoe bedoelt u dat? Er zijn toch meerdere mensen bij betrokken? Nigel en de muzikanten die mij hebben bedwelmd, bijvoorbeeld?'
Lujan knikte bevestigend.

'Absoluut. Er zijn nog een aantal verdachten met wie we zo snel mogelijk willen spreken.'
Dit antwoord beviel haar totaal niet.
'Ik kan u niet volgen,' reageerde ze nogal snibbig. 'U kunt toch op elk moment van de dag met Nigel spreken?'
'Helaas hebben onze teams de heer Bannister niet in discotheek Freedom en niet op zijn privéadres aangetroffen. Uit de verklaringen van zijn personeel blijkt dat hij zonder enige reactie vooraf gisteren niet op zijn werk is verschenen. In zijn appartement lijkt alles normaal. Daarmee bedoel ik dat zijn koffers er gewoon staan, zijn kleren in de kast hangen en zijn persoonlijke spullen onaangeroerd lijken. Hij is zeer waarschijnlijk halsoverkop vertrokken.'
Hij maakte een kort handgebaar waaruit sprak dat niet alles in het leven liep zoals hij dat wilde.
'Inmiddels is er een internationaal opsporingsbericht voor hem uitgegeven. Meer kunnen wij op dit moment niet doen. Behalve op Tenerife, natuurlijk. Als hij zich hier schuilhoudt, is het een kwestie van tijd voordat hij wordt gearresteerd.'
Weer voelde Joyce hoe Bencomo haar voorzichtig kneep. Hij begreep feilloos hoe hard dit nieuws bij haar was aangekomen en probeerde haar op deze wijze te steunen. Ze waardeerde het gebaar, maar het woog niet op tegen de teleurstelling die van haar gezicht droop.
'Hetzelfde geldt min of meer voor de leden van het muziekensemble,' ging Lujan verder. 'We hebben contact opgenomen met onze collega's in La Gomera en Madrid met het verzoek tot aanhouding. Tot nu toe heb ik geen bericht ontvangen over een arrestatie.'
'Dus die zijn ook verdwenen,' zei Joyce spontaan. 'Dat schiet lekker op.'
Terwijl ze reageerde, realiseerde ze zich dat de arrestatie van Svetlana, Andrey en de rest van het ensemble geen prioriteit voor haar was. Omdat ze tegenover de politie het hele verhaal had verteld, was het onmogelijk geweest hun namen weg te laten. Toch had ze hiervoor gekozen, omdat er gewoonweg geen andere mogelijkheid was. Om zichzelf minder slecht te voelen, had ze aan de beelden van die bewuste nacht ge-

dacht. Tenslotte waren zij in de fout gegaan. Wat het voor haar weer makkelijker maakte de waarheid te vertellen. Dat ze, met name aan Svetlana, haar woord had gegeven, bleef een zure appel waar ze doorheen moest bijten. Ze had de Russische uitsluitend verraden om de hoofddaders in de cel te krijgen. Niet dat Svetlana hiermee iets opschoot, maar toch...Voor zichzelf voelde het als een rechtvaardiging.
'Ik kan u verzekeren dat Justitie alles in het werk stelt om de verdachten in deze zaak aan te houden.' Ondanks de zelfverzekerde toon klonken zijn woorden obligaat.
'Daar ga ik ook van uit,' antwoordde Joyce enigszins timide. Diep in haar hart wist ze dat niet de politie, maar zijzelf het Nigel mogelijk had gemaakt te ontsnappen. In plaats van meteen naar de politie in Madrid te stappen, had ze lang getwijfeld over hoe ze het moest aanpakken. Achteraf bleek dat die uren zeer kostbaar waren geweest. Nigel had de tijd gekregen te vluchten en blijkbaar geen seconde geaarzeld.
Nadat ze nog wat beleefdheden hadden uitgewisseld, stonden ze op, schudden Felipe Lujan de hand en verlieten het politiebureau. Uitgeblust. De vlucht van Nigel als een donkere onheilswolk boven hen.

Woensdag 29 december 2010

58

De foto in het zilveren lijstje stond pas twee dagen op haar bureau en had de werking van een magneet. Zelden had ze een kiekje gezien waarop de sfeer van dat moment zo pakkend werd getoond. De foto was op kerstavond genomen in Bencomo's ouderlijk huis. Jason, Bencomo, diens vader, zus en zijzelf keken recht in de camera, die door een neef van Bencomo werd bediend. Het was geen geforceerde pose. Iedereen lachte omdat men dat wilde, het geluk spatte ervan af. Niets kon de definitieve hereniging treffender uitbeelden dan deze foto.
Ze pakte een van de laatste rapporten van een stapel en probeerde zich hierop te concentreren, maar weer dwaalde haar blik af naar de foto. De hele familie was voor het eerst sinds lange tijd weer bijeen geweest. De sfeer was meteen goed. Ze was niet de ex die na lange tijd weer met 'hun' Bencomo hokte en met scheve ogen werd aangekeken, maar zijn vrouw voor wie zijn familie nog evenveel respect had als jaren geleden het geval was geweest. Zij hadden haar massaal in hun armen gesloten en van de liefde die zij die avond had ontvangen, kreeg ze het nog steeds warm.
Een kerst om nooit te vergeten. Dat kon ze van de rest van het afgelopen jaar niet zeggen. Maar ze kon niet doen alsof er niets gebeurd was, bovendien was ze er sterker uitgekomen, had juist alle ellende haar gezin weer compleet gemaakt en had ze eindelijk weer een man op wie ze toch bleek te kunnen vertrouwen. Nee, ze zou 2010 nooit vergeten. Ze was door een diep dal gegaan, maar er helemaal bovenop gekomen.
Genegenheid voor Bencomo was weer overgegaan in liefde. Wat ze onbewust weg had willen stoppen liet zich niet langer in een afgesloten hokje duwen. Aangename herinneringen uit vervlogen tijden gingen op-

eens samen met mooie beelden uit een toekomst die voor haar lag. Bencomo bleef bij haar. In het begin reed hij minstens drie dagen per week van zijn werk direct naar het zuiden en sliep 's nachts op de bank. Tijdens die weken waarin de onzekerheid over de toekomst groot was, groeiden ze steeds dichter naar elkaar toe. Jason voelde feilloos aan wat er aan de hand was en keek, meestal op de achtergrond, toe hoe zijn ouders zich weer herenigden.

In augustus trok Bencomo definitief bij hen in. Zijn vader was een vermogend man die een financiële constructie had bedacht waarbij Bencomo jaarlijks een aanzienlijk bedrag kreeg zonder hiervoor veel werk te verrichten. Hij bleef als journalist op parttime basis aan de krant verbonden, wat inhield dat hij hooguit driemaal per week naar de hoofdstad Santa Cruz hoefde te rijden. De tijd die hij vroeger in zijn werk stopte, besteedde hij nu aan zijn gezin.

Als iemand haar twaalf maanden geleden had verteld wat haar stond te wachten, dan had ze die persoon ontoerekeningsvatbaar verklaard. De heisa rond de suite, hectische toestanden tijdens de rechtszaak tegen die Russische pooiers, haar drastisch veranderde privésituatie... Het was allemaal te gek voor woorden. Eind november hadden Boris en Jevgenij Nikolajev terechtgestaan. Omdat de rest van de verdachten nog steeds niet waren gelokaliseerd, had het Openbaar Ministerie een zwakke zaak tegen de Russen, wist Bencomo vooraf. Hij had bij zijn collega's geïnformeerd en de meesten zeiden dat het erg moeilijk ging worden om ze te berechten.

Tijdens het proces was zij de belangrijkste getuige. Ze beantwoordde de vragen naar eer en geweten, al werd dit haar door de advocaat van de gebroeders Nikolajev behoorlijk lastig gemaakt. Met zijn insinuaties en sluwe vraagstellingen bracht hij haar regelmatig van de wijs. Op die momenten vervloekte ze Nigel en de muzikanten vanwege hun afwezigheid. Nu stond zij er alleen voor en haar grootste vijand bleek een geslepen advocaat die van alles probeerde om haar verklaringen onderuit te halen. Naast haar getuigenis werd zelfs het sterkste bewijsmateriaal, de in Boris' kluis gevonden mobiele telefoon, door hem betwist. Volgens

zijn redenering kon iedereen die de cijfercode kende het telefoontje in die kluis hebben neergelegd.
De intensiteit waarmee zij het proces beleefde, kende ook een voordeel. Bij haar binnenkomst had ze Boris Nikolajev direct herkend als de foute man op Nigels verjaardagsfeest in Freedom. Het beschaafde donkerblauwe pak met stropdas dat hij nu droeg, kon die herinnering niet doen vervagen. Ook de intense, dierlijke blik in zijn ogen had haar meteen naar die bewuste avond gebracht.
De rechtbank deed een opmerkelijke uitspraak. Boris Nikolajev werd veroordeeld tot een gevangenisstraf van zes jaar. Zijn broer werd echter vrijgesproken. Het magere bewijsmateriaal kon de rechters er niet van overtuigen dat hij ook een rol in deze zaak had gespeeld. Een dag na het vonnis verliet Jevgenij Tenerife.
Joyce stond op en knipperde een paar maal met haar ogen. Voor nu wilde ze het verleden laten rusten. Het liep tegen achten en ze ging snel wat in het restaurant eten om daarna tot ongeveer twaalf uur door te werken. Dit nieuwe schema was ook onderdeel van hun opgebloeide relatie. Ze bleef de woensdagavond doorwerken, maar het nachtwerk was over. De deadline lag op middernacht, dan trok ze de deur achter zich dicht en liep naar huis waar Bencomo haar op het terras met een wijntje opwachtte. Het was een compromis dat haar uitstekend beviel. Hetzelfde gold voor de donderdagochtend waarin ze elkaar gezelschap hielden. Eindelijk werkte ze om te leven en niet omgekeerd, wat veel te lang het geval was geweest.

59

Om halftwaalf vond Joyce het welletjes. Vanaf het moment dat ze terug was gekeerd uit het restaurant had ze het vermoeden gehad dat iemand stroop op de wijzers van de klok had gesmeerd, zó langzaam tikten de seconden weg. Ze had haar best gedaan om nog iets van de avond te maken, maar er was nauwelijks wat uit haar handen gekomen. Tegen halfelf waren de lettertjes van de rapporten af en toe gaan zweven en rond elf uur liepen de zinnen zelfs door elkaar heen. Dit had geen zin. Pure tijdverspilling. Morgenmiddag ging ze er weer met frisse moed tegenaan. Ze glimlachte om haar eigen gedachte. Nog geen jaar geleden was dit niet eens in haar hoofd opgekomen. Dan was ze hoogstwaarschijnlijk een rondje gaan lopen om tien minuten later met een verbeten trek op haar gezicht weer achter haar bureau plaats te nemen. Wat nou inkakken? Dacht het niet, er moest gewerkt worden!

Ze was geobsedeerd geweest door het idee dat een vrouw net zo goed een hotel kon leiden als een man, zo niet beter. Daarom had ze constant op haar tenen gelopen. Hoewel Jason altijd zou ontkennen dat hij tekort was gedaan, wist ze dat dit wel zo was. Ze had te veel tijd en energie in haar baan gestoken en te weinig uren met hem doorgebracht. Gelukkig waren de schellen nu van haar ogen gevallen en deed ze haar best om wat verloren terrein terug te winnen. Vandaag was niet echt een goed voorbeeld, maar over het algemeen snoepte ze redelijk wat tijd af van de uren die ze normaal gesproken op kantoor doorbracht.

Tijdens het opruimen van haar werkplek viel een kerstkaart op de grond. Ze pakte de kaart op en zette hem naast de overige kaarten, die opengevouwen op haar bureau stonden. BEDANKT VOOR ALLES stond er aan de binnenkant geschreven. Het keurige handschrift was van Esmeralda. In september was haar man Pedro als klusjesman begonnen in La Palmera en dit was haar bedankje. Een extraatje, want haar sympathieke food-and-beverage-manager had haar na Pedro's aanstelling al met tranen in haar ogen bedankt. Sindsdien ging het financieel stukken beter met hen en als ze het iemand gunde, dan was het Esmeralda wel.

Uit de kaart naast die van de familie Delgado sprak minder warmte. Het was de obligate kerstwens van de directie, ondertekend door de directeur himself. Een korte krabbel in donkerblauwe inkt boven een vetgedrukt FIJNE KERSTDAGEN EN EEN GELUKKIG NIEUWJAAR. Dat was nog eens een persoonlijke benadering, dacht ze cynisch. Was het gesprek op La Gomera met de *big boss* toch nog ergens goed voor geweest. De volgende kaart was een foto van Jurre en Isabelle op een zonovergoten strand in Australië. In badkleding en met een kerstmuts op wensten ze iedereen fijne dagen toe. Elke keer als ze naar dit plaatje keek, moest ze glimlachen. De twee voormalige animators hadden tijdens hun werk in Parque Montabal hun spaarcenten in een webwinkel gestoken die later uiterst succesvol bleek te zijn. Van het geld dat zij hiermee verdienden konden ze hun droom verwezenlijken. Ze zaten nu in Australië en hun volgende stop was Nieuw-Zeeland. Voor dit tweetal had ze veel respect. Het waren fijne mensen die altijd hard hadden gewerkt. Dat ze hun opbloeiende liefde voor de buitenwereld hadden weten te verbergen, was niet alleen knap, maar ook professioneel. Als ze op zo'n jonge leeftijd al deze mentaliteit hadden, lag er een gouden toekomst voor hen in het verschiet.

Ook César Espino kon weer in jaren, in plaats van maanden, gaan denken. Nadat hij opmerkelijke sprongen op de wachtlijst had gemaakt, was hij in september succesvol aan zijn hart geopereerd. Hoe het kwam dat hij opeens boven aan de lijst werd geplaatst was voor iedereen een raadsel. Zelf had ze het vermoeden dat de invloed van Bencomo's vader hiervoor verantwoordelijk was. Aangezien haar geliefde hierover nooit had gesproken of zelfs maar een hint had gegeven, liet ze het verder onbesproken. Het maakte haar niet uit, want César was een fantastisch mens die een tweede kans op het leven verdiende.

Half november was hij al een kijkje in het hotel komen nemen en begin

december op zijn post teruggekeerd. Eerst voor halve dagen en naar verloop van tijd weer fulltime.
Aan de kaart die hij op haar bureau had neergezet, was een pakketje geniet. In een plastic zakje zaten een aansteker en drie grote rotjes. MONSTERBANG stond er met helblauwe letters op het vuurwerk geschreven. César wist dat Jason gék was op vuurwerk en wilde met zijn droge humor een bijdrage aan het oudejaarsavondvuurwerk leveren. Jasons voorkeur ging uit naar rotjes en de knallen die die ondingen maakten, konden hem niet hard genoeg zijn. Het was ook het enige vuurwerk dat hij van haar mocht afsteken.
Deze nieuwjaarsviering werd voor Kevin Ortega een heel bijzondere, dacht Joyce terwijl ze naar de kaart keek die hij en zijn vriendin hadden gestuurd. Met in hun midden de pasgeboren Carmelo glimlachten ze breeduit naar de camera. Ook voor Kevin kon ze veel bewondering opbrengen. Evenals Jurre en Isabelle had ook hij zich in zijn droom vastgebeten en die verwezenlijkt. Nadat Nigel spoorslags was vertrokken en het duidelijk werd dat hij voorlopig zijn gezicht niet meer op Tenerife zou laten zien, had Kevin contact gezocht met de eigenaar van discotheek Freedom. Vanwege zijn gevorderde leeftijd had deze man geen ambities om de tent zelf te runnen. Hij bood Kevin een schappelijke huurprijs, die hij accepteerde. Het was een uitdaging die hij niet kon weerstaan. Half augustus heropende hij Freedom en voor zover zij wist, draaide de tent prima. Helemaal met een baby op komst was het een sprong in het diepe geweest, maar Kevin was een doorzetter en niet van plan te verzuipen. Ze had er alle vertrouwen in dat hij succesvol bleef. Kevin was een intelligente knul en een harde werker die bovendien door zijn vriendin werd gesteund, wat niet onbelangrijk was.
De laatste kaart in het rijtje was tevens de meest opmerkelijke. Ze had hem gisteren ontvangen en, toen ze zag wie de afzender was, had ze op het punt gestaan hem te verscheuren. Toch had ze zich kunnen beheersen. Met een licht trillende hand had ze de kerstgroet naast de andere neergezet. Voor even, wist ze. Ze zou hem nog in de prullenbak gooien, als een symbolische daad.

FIJNE KERST EN EEN GEZOND NIEUWJAAR had Angelo met rode pen geschreven. Ze kon maar geen reden bedenken waarom hij haar een kaart had gestuurd. Was het soms spijt over de manier waarop ze uit elkaar waren gegaan? Nee, dat kon ze nauwelijks geloven. Al helemaal niet na wat ze in het roddelcircuit over zijn nieuwe werkzaamheden had opgevangen. Het gerucht ging dat Angelo zich in Marbella ophield en zich vorstelijk liet betalen om rijpere dames uit betere kringen gezelschap te houden.

De ringtone van haar mobiele telefoon onderbrak haar gedachten over Angelo, die ze wel in staat achtte om op deze wijze zijn geld te verdienen. Op het schermpje zag ze dat het Kevin was. Vreemd dat hij nog zo laat belde. Ze nam op.

'Hallo, Kevin. Hoe is het ermee?'

Zijn antwoord klonk gejaagd.

'Ik moet direct met je praten, Joyce.'

Automatisch keek ze naar de klok. Op dit tijdstip moest Kevin zijn handen vol hebben met allerlei zaken in Freedom.

'Is het dringend, Kevin? Ik wil graag naar huis...'

'Het kan niet wachten, Joyce,' onderbrak hij haar haastig. 'Kom meteen naar Freedom, ik ben in mijn kantoor.'

Voordat ze kon antwoorden, verbrak hij de verbinding. Ze klikte vertwijfeld met haar tong en stopte de mobiele telefoon in haar handtas. Na een korte aarzeling pakte ze de kaart van Angelo. Ze liep naar de kapstok, verscheurde Angelo's kaart, gooide de snippers in de prullenbak en trok haar jas aan.

Terwijl ze naar de achteruitgang van het hotel liep, belde ze Bencomo om te zeggen dat het wat later zou worden, omdat Kevin haar nog even dringend moest spreken.

60

Ter bescherming tegen de windvlagen van de oceaan en de motregen trok ze de kraag van haar jack wat verder omhoog. De elektronische letters op een bord aan de gevel van een fastfoodtent gaven aan dat het vijftien graden was. Zelfs voor deze tijd van het jaar was deze temperatuur voor de Canarische Eilanden aan de lage kant.
Vijftien graden en regen, relativeerde ze. Daarvoor zouden ze nu in Holland een moord doen. Aan de overkant van de straat zag ze hoe een propper probeerde toeristen naar binnen te kletsen. Hij wees nadrukkelijk naar een bar die even verderop lag. De jongen droeg een spijkerbroek, een zwartleren jack met een bontkraag en een pet. De twee meiden met wie hij sprak, waren een jaar of achttien. Met hun open schoenen, korte rokjes en mouwloze shirtjes scheen de lage temperatuur hen nauwelijks te deren. Treffender kon het niet in beeld worden gebracht. De propper die nog net niet stond te rillen en de toeristen die nergens last van hadden.
Er werd gezegd dat je bloed dunner werd als je langer dan een paar jaar in een warm klimaat woonde. Of dit waar was wist ze niet, waarschijnlijk was het een fabeltje. Wel klopte het dat je lichaam aan de dagelijkse omstandigheden ging wennen. Ze had het zelf ervaren in de jaren dat ze hier nu woonde. Vandaag vond ze het ook best frisjes, koud was niet het woord, terwijl ze hier vijftien jaar geleden met deze temperatuur absoluut zonder jas buiten had gelopen, lachend om het lekkere weertje in een decembermaand, die in Nederland altijd koud was.
Vanuit de bars aan haar linkerkant galmde de muziek als vanouds. Even moest ze weer aan de zoektocht naar Jason denken. Snel concentreerde ze zich op de zijstraat waar Freedom lag. Ze had geen zin om alle narig-

heid weer te beleven. Het duurde nog een paar minuten voordat ze de ingang zou bereiken. Deze route kende ze uit haar hoofd. De laatste maal dat ze hem had gelopen was tijdens de heropening van Freedom geweest. Samen met Bencomo was ze een glaasje champagne bij Kevin gaan drinken.

Joyce glimlachte toen ze het gezicht van haar voormalig operation manager weer voor zich zag. Goh, wat was hij trots geweest. Hij stráálde van top tot teen. Freedom was nu zijn tent en hij zou er een groot succes van maken. Voor zover zij wist, lukte hem dat inmiddels ook aardig. Waarom had hij daarnet dan zo vreemd geklonken? Wat was er zo belangrijk dat hij zo laat nog wilde afspreken terwijl hij nu de boel in zijn tent in de gaten moest houden? Ze liep de zijstraat in. Omdat ze zo in gedachten was, duurde het even voordat ze doorhad dat er iets niet klopte. Ze hield haar pas in en keek naar de ingang van de disco. De deur was gesloten en de neonverlichting uit. In geen velden of wegen was een portier te zien.

Wat vreemd, dacht ze. Op primetime gesloten? Dat was niets voor Kevin, als je hem zijn zin gaf werkte hij vijfentwintig uur per dag. Tijd was geld, luidde zijn filosofie. Evenals hij ook altijd uitstraalde dat een mens leefde om te werken. En die man sloot op dit tijdstip de deuren van zijn inkomstenbron?

Joyce aarzelde. Ze was nog vijf meter van de disco verwijderd en dacht dat ze de voordeur zag bewegen. Moest ze verdergaan? Bencomo bellen? Of Kevin zelf? Opeens werkte de stille straat, het weer en de donkere discotheek op haar zenuwen. Dit was geen plek voor een vrouw alleen. Wegwezen! Ze had nu met Bencomo onder het afdak nog een glas wijn kunnen drinken. Het kon nog steeds, als ze zich nu omdraaide, maar de urgentie die in Kevins verzoek had gelegen won het van haar intuïtie. Ze liep naar de voordeur.

Kom op, zeg, hield ze zichzelf voor. Niet zo angstig doen. Kevin is een serieuze vent die jou hier niet voor niets heeft laten komen. Dat zijn tent is gesloten is daarvan een bewijs. Hij wil jou hier en nu dringend spreken en rekent op je. Het is voor hem zelfs zo belangrijk dat hij zijn personeel naar huis heeft gestuurd. Of ze moesten allemaal in het donker staan wachten, maar ze was niet jarig en het was nog geen oud en nieuw. Geen reden voor een feestje. Nee, het sloeg allemaal nergens op. Toch liep ze naar voren en duwde tegen de deur die zich als vanzelf opende. In de hal was het aardedonker en doodstil. Ze deed nog een stap naar voren om Kevin te roepen en wist dat het fout zat. Maar toen was het al te laat.

61

'Hallo, Joyce.' Die stem herkende ze uit duizenden. Als versteend bleef ze staan.
'Dit is geen illusie,' hoorde ze Nigel ergens vanuit de duisternis zeggen. Ze voelde hoe een hard voorwerp tegen haar zij werd gedrukt. 'Maar de loop van een geladen pistool.' Ze hoorde hoe de voordeur op slot werd gedraaid. Een dwingende por met het wapen volgde.
'Loop langzaam recht vooruit. Straks zie je het kantoor, daar brandt licht.'
Voetje voor voetje schuifelde ze door het duister. Toen ze de discozaal bereikten, zag ze links het kantoor, waar inderdaad licht brandde. Een man zat op een stoel. Kevin!
Met een groeiend angstgevoel waardoor haar hart steeds sneller ging kloppen, liep ze naar het kantoor. Nigel bleef constant vlak naast haar. Ze wilde haar gezicht naar hem toedraaien, maar durfde het niet. Ondanks alle voorstellingen, dromen en gedachten die ze over dit weerzien had gehad en waarin ze hem flink de les zou lezen, was ze bang voor hem, voor het afschuwelijke pistool waarvan de loop constant tegen haar zij duwde.
'Zo, de vriendenclub bestaat nu uit drie leden,' zei Nigel quasivrolijk. Ze keek hem aan.
Hij lachte luid om zijn eigen grap, trok een bureaustoel bij en ging zitten. Met een afgemeten hoofdknik maakte hij duidelijk dat Joyce hetzelfde moest doen.
Nigel had een metamorfose ondergaan. Hij droeg een vale spijkerbroek en een legerjack met daaronder een smoezelig shirt. Sinds hun laatste ontmoeting was zijn haardos gehalveerd. Het dunne haar hing nu in slierten langs zijn hoofd en op zijn schedel waren kale plekken zichtbaar.

Ook de bril met een oubollig metalen montuur paste totaal niet bij de man met wie ze jarenlang bevriend was geweest. De ooit zo verzorgde Nigel had ingevallen wangen, was zo mager als een lat en zou zo voor een zwerver door kunnen gaan. Misschien was hij dat al die tijd ook wel geweest.

Uit die ene, haast klunzige beweging toen hij de stoel pakte, maakte ze op dat hij lichamelijk niet in orde was.

Blijkbaar had Nigel haar zien kijken. Hij leunde wat achterover en mat zich een nonchalante houding aan.

'Zó, jij bent scherp.' Hij wilde droogkomisch overkomen, maar uit zijn geforceerde grijns sprak het tegenovergestelde. 'Helaas was je niet slim genoeg om zijn telefoontje op de juiste waarde in te schatten.' Hij knikte in de richting van Kevin, die links van haar op zijn bureaustoel zat. Hij was vastgebonden met een touw en zond haar een schuldige blik. 'Nog steeds zo naïef. Joyce, Joyce, Joyce. Jammer voor jou, gelukkig voor mij,' ging Nigel op cynische toon verder. 'Eindelijk heb ik ook een mazzeltje.'

Nu de paniek een klein beetje gezakt was, drong de ernst van de situatie pas echt tot haar door. Nigel was terug en had haar en Kevin, die ook nog vastgebonden was, onder schot. Ze had in elk geval haar bewegingsvrijheid nog, maar wat had je daaraan als er een pistool op je gericht werd.

'Weet je, Joyce,' zei Nigel zoetgevooisd. 'De laatste tijd heb ik niet zoveel geluk gehad. Sterker nog, vanaf het moment dat ik moest vluchten bestond mijn leven alleen nog maar uit tegenslagen. Alle klachten die ik ooit heb gehad, vielen in het niet bij wat ik het afgelopen jaar te verduren heb gekregen. De martelingen kun je eigenlijk geen tegenslag noemen.'

Met de loop van zijn pistool wees hij op zijn linkerarm. 'Cadeautje van Jevgenij Nikolajev. Zijn mannetjes kwamen het namens zijn broer Boris persoonlijk overhandigen.' Hij maakte een stuntelige beweging met zijn arm, die overduidelijk niet functioneerde zoals hij dat wilde.

'Deze arm is weinig meer dan een aanhangsel. De pezen zijn doorgesneden en zo'n beetje alle botten gebroken. Volgens de doktoren is het een wonder dat ik er überhaupt nog iets mee kan.'

Hij legde het pistool op zijn schoot en viste uit zijn jack een pakje sigaretten. Nadat hij er eentje had opgestoken, kwam zijn linkerarm tergend langzaam omhoog. Toen zijn vingers op dezelfde hoogte als zijn mond waren, klemde hij de sigaret tussen zijn wijs- en middelvinger, blies de rook uit en stopte hem weer in zijn mond. Even traag als zijn arm daarnet omhoog was gekomen, daalde hij ook, tot hij weer stil hing naast zijn lichaam.
'Dat was niet slecht,' sprak hij met ingehouden bewondering over zijn eigen prestatie, met de sigaret aan zijn lip geplakt. Met zijn rechterhand nam hij de sigaret weer uit zijn mond om na een flinke hijs de as af te tikken. 'Er zijn genoeg dagen dat dit kunstje me niet lukt.' Hij grijnsde breeduit en keek haar scherp aan voordat hij de sigaret weer tussen zijn lippen stopte en het pistool van zijn schoot pakte.
Joyce voelde een koude rilling over haar rug lopen. De man tegenover haar leek in weinig meer op de Nigel van vroeger. Afgezien van zijn kleding en het mishandelde lichaam, was de sprankelende blik in zijn ogen veranderd in de blik van een waanzinnige. Het ene moment onrustig, het andere moment naar binnen gericht en dan weer priemend, alsof hij in haar ziel kon kijken.
'Wat wil je van ons?' vroeg Kevin angstig. Hoewel de reactie van Nigel paste in het plaatje wat ze daarnet voor zichzelf had geschetst, schrok ze zich toch wild van zijn reactie. Van het ene op het andere moment sloeg zijn stemming om. Als door een wesp gestoken stond hij op en zwaaide vervaarlijk met zijn pistool. Zijn pupillen verwijdden zich en zijn mond kreeg een verbeten trek.
'Wat ik van jullie wil?! Dat jullie toekijken, natuurlijk. Toekijken hoe ik er een eind aan maak!' Hij stak de loop van het pistool in zijn mond en spande de trekker.
'Nee!' schreeuwde Kevin wanhopig. Joyce kwam omhoog en stak als een soort van laatste redmiddel haar handen vooruit.
'Alsjeblieft, Nigel, niet doen!'
Hij haalde de loop van het pistool uit zijn mond en richtte het op haar.
'Oké, dan doe ik het niet,' zei hij met een valse grijns. 'En nu weer zitten, trut. De nacht is nog lang.'

Zo snel als het vuur in zijn blik doofde, zo rap laaide het ook weer op. Hij keek Kevin woedend aan en zette het pistool op diens voorhoofd.
'Dat zou je wel willen, hè, vuile gluiperd? Eerst pak je mijn disco af en daarna schiet ik mezelf recht voor jouw ogen door mijn kop. Dan is jouw victorie compleet, nietwaar?! Want je bent helemaal de man, toch? Dat hoorde ik namelijk van een stelletje zuipschuiten die in een kroeg in Birmingham lalden hoe geweldig ze het op Tenerife hadden gehad. In Birmingham, verdomme nog aan toe, in míjn stad. Ik moest in míjn stad aanhoren dat een broekie míjn Freedom had overgenomen en op míjn succes voortborduurde. Ik kan je melden dat zoiets hard aankomt, ellendeling!'
Kevin begon ongecontroleerd te trillen. Als Nigels wijsvinger de trekker overhaalde was hij dood.
Maar hij liet de loop naar rechts zwenken, legde zijn hoofd in zijn nek en begon schokkend te lachen. Even later ging hij weer zitten en keek hen uiterst vriendelijk aan. De gestoorde oogopslag was verdwenen.
'Daar had ik jullie goed te pakken, hè?' sprak hij op kameraadschappelijke toon.

62

Joyce zag op de klok dat er inmiddels achttien minuten waren verstreken sinds het moment dat Nigel hun had verboden te spreken. Hij wilde complete stilte. Waarom was haar een raadsel. De Nigel die zij had gekend hield niet van stiltes. Maar ja, dat was vroeger. Ze wilde hem verrot schelden, ze wilde hem vragen wat er was gebeurd, waarom hij had gedaan wat hij had gedaan, wat er zo belangrijk was geweest dat hij alles op het spel had gezet, ze wilde hem door elkaar schudden, een klap in zijn gezicht geven, maar ze wilde vooral dat hij hiermee ophield en hen liet gaan.

'Dit geluid hoorde ik vijf weken lang,' zei hij opeens. ''s Nachts, bedoel ik. Het geluid van de absolute stilte. Overdag is er in een ziekenhuis behoorlijk wat leven. Dan loopt het personeel door de gangen en is er regelmatig bezoek voor de patiënten.' Hij glimlachte minzaam. 'Natuurlijk niet voor mij, niemand wist namelijk dat ik daar lag. Twee dagen nadat ik in Londen was geland, nam ik in Birmingham een andere identiteit aan. Een nieuw paspoort, rijbewijs en een nieuwe sociale verzekering om onder een andere naam een nieuw leven te beginnen. Dat is het voordeel als je contacten hebt in wat de brave burgers de onderwereld noemen.'

Hij trok een scheef gezicht. 'Er kleven ook nadelen aan. Loslippigheid, bijvoorbeeld. En niet te vergeten, die oude, vertrouwde hebzucht. Toen bekend werd dat de clan rond de broers Nikolajev mij zocht, is iemand uit die scene gezwicht voor de verleiding. Hij heeft de beloning die op mijn hoofd stond, geïncasseerd en mij op een presenteerblaadje aan de Russen geserveerd. Wie mij heeft verraden weet ik niet, dat doet er verder ook niet toe. Opeens stonden er vier man in mijn appartement en kon de afranseling beginnen.'

Het verbaasde Joyce dat hij er zo rustig over kon spreken. Alsof het iemand anders was overkomen. Of misschien was het berusting. Toch had hij nog niet afgerekend met afgelopen jaar, anders zouden ze hier niet zitten.

'Als de ergste pijnen zijn verdwenen, gaat je bovenkamer ook anders functioneren. Nadat ik uit de operatie was bijgekomen, heb ik Jevgenij ontelbare malen dood gewenst. Ik zwoer dat ik op de dag dat ik uit het ziekenhuis ontslagen werd, persoonlijk met hem ging afrekenen. Dat ik hem de meest gruwelijke dood zou laten sterven.' Hij schudde bedachtzaam met zijn hoofd.

'Toen ik het ziekenhuis verliet, dacht ik er heel anders over. In het kort kwam het erop neer dat ik Jevgenij heel dankbaar moest zijn. Hij had mij laten leven, terwijl het in zijn wereld normaal was geweest als hij mij had vermoord.'

Hij knikte kort in de richting van Joyce.

'Andrey belde mij direct op na jullie gesprek in Madrid. Hij vertelde wat er was voorgevallen, waaruit ik mijn conclusies trok. Hijzelf en zijn bandleden zouden direct onderduiken en hij ging ervan uit dat Svetlana inmiddels hetzelfde had gedaan. Hierdoor werden alle lijnen afgesneden die naar de chantage liepen. Ik had hooguit een paar uur voordat ze mij zouden oppakken. In mijn haast, noem het paniek, moest ik een beslissing nemen en ik maakte de fout de broers Nikolajev niet in te lichten. Ik wist dat zij het telefoontje met daarop de opnames in hun bezit hadden en gokte erop dat de politie die zou vinden waardoor zij voor de hele zwendel op zouden draaien en ik buiten schot zou blijven.'

Hij stak weer een sigaret op, inhaleerde diep en blies de rook in kringetjes uit.

'En zo gebeurde het ook. Natuurlijk wisten zij precies wie hen had verraden. Vanuit hun cel hadden zij opdracht gegeven mij een lesje te leren. Nog steeds vraag ik me af waarom ze niet definitief met me hebben afgerekend. Ik denk dat ze mij met het oog op het proces in leven wilden houden. Blijkbaar heeft hun advocaat besloten dat het verstandiger voor hen was mij niet als getuige op te roepen, want ik heb verder nooit meer iets van hen of hun medewerkers vernomen. Al heb ik uiteraard wel steeds ondergedoken gezeten. Ik kon niet gewoon meedraaien met de rest van de wereld.'

'Maar...' Nog voor Kevin verder kon praten, vloog Nigel naar voren en sloeg hem met de loop van het pistool tegen zijn wang. Uit de lelijke wond stroomde meteen bloed.

'Heb ik gezegd dat jij mocht praten, klootzak?! Denk jij werkelijk dat jij hier de baas bent? Nou, dan zal ik je even uit die droom helpen.' Hij zwaaide vervaarlijk met het pistool in de rondte.

'Dit heb je allemaal te leen. Deze tent was van mij en wordt weer van mij, begrepen? In die tussentijd heb jij even op mijn hut mogen passen, niet meer en niet minder. Het is nu de hoogste tijd dat ik de regie weer overneem.'

Zonder enige notie van Kevins wond te nemen, ging hij weer zitten. Uit zijn binnenzak pakte hij een klein flesje met daarin een wit goedje. In de hals van het flesje zaten twee piepkleine bekers gemonteerd die met een draaimechanisme aan de buitenkant konden worden bediend.

Joyce wendde haar blik af van Kevins bloedende wang. Nog vol afschuw over dit aangezicht, zag ze hoe Nigel het flesje omkeerde, aan het mechanisme draaide en het flesje snel weer in de normale positie zette. Hij bracht het flesje naar zijn neus en snoof de poeder op die in het bekertje was achtergebleven. Hij herhaalde het ritueel en vulde zijn andere neusgat met het witte spul.

'Niet echt op doktersrecept,' verduidelijkte hij. 'Maar zonder een snuif of een flinke borrel loop ik er constant bij als een zombie. Van de medicijnberg die ik elke dag moet slikken, word je down en depressief, daar is geen lol aan.'

Hij stopte het flesje weer terug, en graaide nog wat in zijn binnenzak. Met een groots gebaar haalde hij een zakmes tevoorschijn en knipte het open. Hij legde het recht voor zich op het bureau neer. Opgepept, alsof hij zich ergens op verheugde, keek hij hen aan.

'Ik heb het toch zo naar mijn zin. Jullie ook?'

63

Joyce probeerde haar gedachten te ordenen, maar kon niet helder nadenken omdat de angst voor Nigels onberekenbare gedrag al haar concentratie wegnam. Bovendien keek hij haar zo vaak aan, dat ze het idee kreeg dat hij haar doorhad, haar gedachten kon lezen. Ondanks de verlammende angst, wist ze dat ze iets moest ondernemen. Hier willoos blijven zitten en Nigels ziekmakende onzin aanhoren, betekende het einde voor haar en Kevin. Gedwee meegaan in Nigels krankzinnige onemanshow en hopen op een wonder was zo goed als geen optie. Vroeg of laat zou hij hun iets aandoen. Hij had ze al te veel verteld om ze te laten gaan. Hij zou zich zeker niet nog een keer aan chantage wagen. Intussen zag ze de man die recht tegenover haar zat niet meer als Nigel. Hij was een wezen, een ding dat de gedaante van haar voormalige vriend had aangenomen. Ze bleef zichzelf inprenten dat dit monster hen uiteindelijk zou vermoorden, voor haar de enige manier om verborgen krachten naar boven te halen. Ze moest iets forceren.

'Waarom?' Ze had het kalm en redelijk uitgesproken. Ze moest grip op de zaak krijgen en hem niet gekker maken met haar paniek. Zoals ze had verwacht laaide het vuur in Nigels blik ogenblikkelijk op. Ze zette zich schrap, maar hij kwam niet overeind. Met een superieure grijns en een spottende blik keek hij haar aan.

'Waarom wat, dom gansje?'

'Waarom heb je mij zo misbruikt? Waarom heb jij je beste vriendin moedwillig de afgrond in geholpen?'

Met de kolf van het pistool sloeg hij hard op tafel. 'Mijn beste vriendin... Hm, ik weet het niet. Ik heb namelijk nog nooit echte vrienden gehad, Joyce. Zeker geen vrouwen, die zijn slechts nuttig voor één ding.

Misschien was onze relatie wel gebaseerd op de zekerheid dat we eens per week ons verhaal aan elkaar kwijt konden, denk je niet? Jij deed dat door middel van zogenaamd diepgaande gesprekken die altijd weer betrekking hadden op jouw privésituatie als alleenstaande moeder die zo hard aan haar carrière werkte, en ik kon stoom afblazen nadat ik het zoveelste grietje mijn appartement had uitgetrapt.'

Hij maakte een wegwerpgebaar. 'Als je dat beste vrienden wilt noemen, prima. Maar dan we spreken we wel in de verleden tijd. Ik mocht je graag, juist om je ondernemerschap en ik kon het ook wel waarderen dat je de eerste vrouw was met wie ik niet het bed had gedeeld. Dus het was een beetje pijnlijk in het begin, dat hele gedoe. Totdat jij die hoeren uit de suite had getrapt. Dat was erg dom van je. Zie je, ik had het allemaal zo voorzichtig mogelijk, met zo min mogelijk geweld aangepakt. En toen verpestte je alles! Ik zag je niet meer als mijn beste vriendin, kon je niet meer zo zien. Omdat jij niet meewerkte, liep iedereen gevaar. Het ging om mijn leven, Joyce, ik moest dat circus in La Palmera draaiende blijven houden. Toen realiseerde ik me ook dat ik een niveau had bereikt waarop je vriendschappen kunt missen als kiespijn. Die zitten je slechts in de weg bij het nemen van belangrijke beslissingen. Vanaf dat moment verdwenen de vriendschappelijke gevoelens die ik ooit voor je koesterde. En ik heb er geen seconde spijt van gehad. Tevreden?'

Joyce was geschokt. Dit deed nog meer pijn dan een klap in haar gezicht. Hoe kon iemand zo veranderen? Zoveel haat opbouwen zonder dat ze zich daar bewust van was geweest? Ze was te verslagen om in woede uit te barsten. Precies dat moest ze gebruiken. Het kostte haar met deze emoties niet veel moeite om hem met zijn eigen wapens terug te pakken. Ze zou acteren, net zo lang tot ze hem daar had waar ze hem wilde hebben. Beschaamd sloot ze haar ogen en liet haar schouders hangen. Als Nigel het idee kreeg dat hij haar had gebroken en de situatie nu helemaal onder controle had, zou hij misschien zijn waakzaamheid laten varen.

'Dat bedoelde ik niet,' fluisterde ze. 'Ik wil graag de reden weten.'

De vraag scheen hem niet te bevallen. Hij knipperde nerveus met zijn oogleden en leek te twijfelen of hij erop in zou gaan.

'Gokschulden,' sprak hij met tegenzin. 'Ik gokte. Gewoon, omdat ik het leuk vond. Niet dat ik verslaafd was, of zo. Het was meer een hobby die een beetje uit de klauwen liep.' Hij grinnikte, alsof het om een jeugdzonde ging die weinig voorstelde. Nu het hoge woord eruit was, leek hij weer wat meer te ontspannen. 'Op een avond kwamen de broers Nikolajev langs. Mijn gokschuld in hun illegale casino was sneller opgelopen dan ik dacht. Omdat ik Freedom niet wilde verliezen, moest ik wel met een alternatief op de proppen komen. Ik kreeg weinig tijd. Zij hielden er niet van om op hun geld te wachten, de boodschap was heel duidelijk. Nachtenlang dacht ik na over een manier om in korte tijd veel geld te verdienen. Zoals veel goede ideeën kwam het antwoord op mijn problemen uit het niets. Ergens in mijn gedachten kruisten het bordeel van de Russen, de explosieve toename van toeristen uit Oost-Europa en de luxebungalow in jouw hotel elkaar. Met al je verhalen en goede wil, had je me op een idee gebracht. Dus eigenlijk, Joyce, is het ook een beetje je eigen schuld.' Een triomfantelijk lachje. 'Het plan was vrij simpel, zoals alle briljante ideeën. De rest weet je.'
Die man was echt gek geworden! *Mijn eigen schuld?! Kalm blijven.* Voordat ze nog een vraag kon stellen klonk vanuit haar handtas de ringtoon van haar mobiele telefoon. Ze keek Nigel vragend aan.
'Niet opnemen,' sprak hij gedecideerd.

64

'Jevgenij en Boris hadden wel oren naar mijn voorstel. Het was toen nog een ongepolijst plan, maar het idee was goed. In de tijd die ik nodig had het verder uit te werken, regelden zij de benodigde mankracht. De mensen die zij daarvoor op het oog hadden, leken geschikt mijn orders uit te voeren.'

Hij stak weer een sigaret op, inhaleerde diep en keek voldaan voor zich uit.

'Tijdens onze lunches kon ik alle informatie die ik nodig had zo krijgen. De meeste tijd kwekte jij maar door en gaf je onbewust antwoord op achteloos gestelde vragen die mij wél interesseerden. Jij had werkelijk geen flauw benul dat de rolverdeling was veranderd. Ik was daar slechts uit eigenbelang. Als ik tussendoor om je pincode had gevraagd, had je die ongetwijfeld ook gegeven.'

Joyce kromp uit zogenaamde schaamte verder ineen. Hoewel zijn woorden haar niet meer deerden, wilde zij hem juist het gevoel geven dat de vernedering haar tot in het diepst van haar ziel raakte. Misschien dat hij hierdoor slordig werd en een fout maakte.

'Nadat ik een paar keer rond etenstijd door het hotel had gelopen, wist ik precies welke kamer het meest geschikt was. Jevgenij en Boris hadden overal mannetjes voor die klusjes opknapten, dus ook voor het reserveren van de kamer.'

Zijn blik bleef hangen op iets schuin achter haar. Ze draaide haar hoofd en zag de kleine kast waarin enkele glazen en flessen sterkedrank stonden. Terwijl hij naar het alcoholassortiment bleef kijken, vervolgde hij zijn verhaal.

'Tijdens de gesprekken met Andrey droeg ik een vermomming. Ik had de man nog nooit gezien, maar wilde elk risico van herkenning uitsluiten. Hij en zijn muzikanten waren geronseld door mensen uit Rusland die weer nauwe banden met Boris en Jevgenij hadden. Hierdoor wist Andrey niet dat hij in werkelijkheid voor de broers Nikolajev werkte. Een prima constructie. Voor hem was ik de opdrachtgever die zijn schuld uit Rusland had afgekocht voor zijn medewerking. Toen hij mij vanuit Madrid in paniek opbelde, wist ik dat zijn beschrijving van mijn uiterlijk me niet verraden kon hebben. Het was het gedoe met mijn lenzen waardoor...'

Wederom klonk de ringtone van haar mobiele telefoon. Ze keek hem vragend aan.

'Niet opnemen, geef maar aan mij.'

Ze pakte de telefoon uit haar handtas en overhandigde hem aan Nigel. Hij legde het telefoontje op het bureau en verbrijzelde het apparaatje met de kolf van zijn pistool. De stilte die na deze geweldsexplosie volgde was indrukwekkend en beangstigend.

'Zo, van die herrie zijn we eindelijk af,' sprak hij met een uitgestreken gezicht.

'Waar was ik ook alweer gebleven?'

65

Bencomo ijsbeerde door de kamer. Hij keek voor de zoveelste keer op zijn horloge en besloot de knoop door te hakken. Het afgelopen kwartier had hij gewikt en gewogen en hij was het nu zat. Dit duurde gewoon te lang, verdedigde hij de zojuist genomen beslissing. Het was niet normaal dat Joyce op dit tijdstip zo lang wegbleef zonder iets van zich te laten horen en het was zeker niet normaal dat ze zijn telefoontje negeerde. Kevin was een kennis, een oud-werknemer die voor zichzelf was begonnen. Dat hij vanwege zijn werktijden haar om deze tijd om advies vroeg, want wat kon het anders zijn, dat ging nog wel. Dat het zo lang moest duren, sloeg nergens op. Ook hij wist dat Joyce er een lange dag had opzitten en naar huis verlangde.

Terwijl hij een kort briefje schreef voor het geval Jason opeens wakker werd en niemand aantrof, vroeg hij zich nog eens af of hij wel zo zenuwachtig moest doen. Joyce was een volwassen vrouw, die precies wist wat ze deed. Ze kende Kevin al lang en als hij echt met een probleem zat, zou ze daarvoor ongetwijfeld de tijd nemen. Zo sociaal was ze wel. Dat ze haar telefoon niet opnam kon allerlei redenen hebben. De herrie in de discotheek, bijvoorbeeld. Of misschien voerde ze een emotioneel gesprek waarbij ze niet gestoord wilde worden.

De twijfel over zijn beslissing groeide. Maakte hij zichzelf niet belachelijk door achter haar aan te gaan? Wat kon er nu helemaal zijn gebeurd? Dit was Tenerife, niet Madrid of Chicago. De enige lastpakken die je hier op straat tegenkwam, waren proppers. En dan nog, alleen de nieuwelingen spraken je aan, degenen met ervaring zagen in een oogopslag wie wel of geen stapper was en lieten je met rust.

Hij stond stil en slaakte een diepe zucht. Het laatste wat hij wilde was een modderfiguur slaan. Dat hij Freedom binnenkwam terwijl Joyce een serieus gesprek met Kevin voerde, bijvoorbeeld. Of haar tegenkwam op straat, in een stevig tempo om zo snel mogelijk thuis te komen na een gesprek dat iets was uitgelopen. Hoe zou zij dan naar hem kijken? Verwijtend of juist waarderend?

Ze had nog niet zo lang geleden een flinke beproeving doorstaan, hij kon zichzelf niet meer wijsmaken dat er geen gevaar op Tenerife bestond. Het was dus helemaal niet zo vreemd dat hij zich wat sneller zorgen maakte dan normaal het geval zou zijn geweest, toch? Vastbesloten legde hij het briefje voor Jason neer en liep naar de deur.

Op dat moment ging zijn mobiele telefoon over. Opgelucht graaide hij het ding uit zijn zak. Met verbazing keek hij naar het nummer op het schermpje.

'Goedenacht,' zei inspecteur Felipe Lujan. 'Sorry dat ik u op dit tijdstip stoor.'

'Geen probleem,' antwoordde Bencomo. 'Wat kan ik voor u doen?' Hij probeerde zo neutraal mogelijk te klinken, wat niet helemaal lukte. Als een politieman je op dit uur belde, kon je de ongerustheid niet onderdrukken.

'Ik probeerde daarnet uw vrouw te bereiken, maar de verbinding werd verbroken. Ik heb het nogmaals geprobeerd, maar ik kreeg haar niet te pakken.'

'Hetzelfde geldt voor mij. Eerlijk gezegd maak ik me een beetje ongerust en ga zo poolshoogte nemen.'

'Dus ze is niet bij u?'

'Nee, maar misschien kan ik u van dienst zijn?'

Even was er een stilte op de lijn.

'Het gaat over Jevgenij Nikolajev. Zijn lijk is eergisteren opgedregd uit de Theems in Londen. Omdat hij tijdens het proces een van de hoofdverdachten was, belde ik uw vrouw om haar van zijn overlijden op de hoogte te stellen.'

'Weten ze al wie het heeft gedaan?' vroeg Bencomo. 'Ik neem aan dat hij niet vrijwillig in die rivier is gesprongen.'

‘Ik heb begrepen dat ze weinig aanknopingspunten hebben. Ik kom namelijk net op het bureau binnen, mijn collega heeft me thuis gebeld. Hij dacht dat ik dit zo snel mogelijk wilde lezen. Het is in het Engels, niet bepaald mijn sterkste taal.’

Bencomo hoorde een knisperend geluid. ‘Hij is door een geweldsmisdrijf aan zijn einde gekomen. Vierentwintig messteken en verscheidene snijwonden, verdeeld over zijn hele lichaam. De patholoog-anatoom geeft aan dat het lichaam zich in vergaande staat van ontbinding bevond. Hieruit concludeert hij dat Jevgenij Nikolajev na zijn onnatuurlijke dood minstens drie weken in het water heeft gelegen.’

Bencomo huiverde. Hij had de man tijdens het proces gezien en vond het toen al een engerd. Hoe vreselijk zou de Rus er hebben uitgezien na drie weken dobberen in vertroebeld water...

‘Zo gauw ik mijn vrouw heb gesproken zal ik haar vragen u terug te bellen.’

‘Prima, en dat heeft geen haast, hoor. Ik ga zo meteen weer naar huis. Als ze morgen belt is dat vroeg genoeg.’

Bencomo wenste hem goedenacht en verbrak de verbinding. Hij opende de deur van de bungalow en liep in hoog tempo naar de ingang van Parque Montabal. Het onaangename gevoel dat hij al had, was door het gesprek met Felipe Lujan alleen maar sterker geworden.

66

'Ik had ongeveer drie maanden nodig,' zei Nigel. 'Negentig dagen waarin die snollen mijn gokschuld terug zouden verdienen. Liep de business langer door, dan werd ik er financieel zelfs wijzer van.'
Hij keek Joyce hoofdschuddend aan.
'Maar jij moest weer zo nodig het bijdehandje uithangen, nietwaar? In plaats van de nieuwe situatie te accepteren en je vooral gedeisd te houden, ging jij op onderzoek uit.'
'Het was toeval dat ik Svetlana tegen het lijf liep,' weerlegde Joyce. 'Pas daarna werd het me duidelijk...'
'En ging je wroeten in zaken die je geen flikker aangingen!' Het volume in zijn stem was opeens aangezwengeld van normaal naar bulderend. 'Je had haar verhaal gewoon voor kennisgeving moeten aannemen en verder helemaal niks!'
Ze wist dat hij op z'n minst onredelijk was, eerder gek. 'Wat had ik dan moeten doen?' Ze keek hem uitdagend aan. 'Als een schichtig muisje wegkruipen in een hoekje? Mij laten vernederen, beledigen en te gronde laten richten zonder terug te vechten? Zou jij dat soms ook hebben gedaan?'
Ze zag zijn pupillen nog meer verwijden. De combinatie van opwinding, medicijnen en cocaïne bezorgden hem de blik van een waanzinnige. Verdomme, ze had zich rustig moeten houden. Die opstandigheid van haar had haar al vaker in de problemen gebracht. Heel even was ze ervan overtuigd dat hij haar zou doodschieten of met zijn blote handen ging wurgen. Tot haar opluchting bedaarde hij.
'Dat jij die Russische trut tegen het lijf zou lopen was niet te voorzien. Ik kan mezelf hooguit verwijten dat ik voor zo'n situatie geen plan C had

bedacht. Een plan B was er namelijk wel, eentje dat ook nog eens precies verliep zoals ik vooraf had ingeschat.'

Joyce zag hoe de trots terugkeerde in zijn houding.

'Ik was voorbereid op het moment dat jij in een vlaag van woede, verzet of pure domheid, een wanhoopspoging zou doen. Twee jonge klaplopers uit Liverpool die al wekenlang in Freedom van klanten drank liepen te bietsen, gaf ik honderd euro de man. Hiervoor moesten ze zorgen dat Jason een tijdje uit beeld verdween en mij moesten ze daarna een paar klappen verkopen. Die zaterdagochtend liep beter dan ik had kunnen wensen, omdat jij in mijn appartement leegliep en ik de o, zo meelevende vriend kon uithangen.' Even viel er een stilte.

'Weet jij wat die hoeren op een avond verdienen, Joyce?' vroeg hij redelijk.

'Geen flauw idee.'

'Tweeduizend euro per persoon. Daarvan ging duizend euro naar de Russen, vijfhonderd was voor die snol en datzelfde bedrag werd van mijn schuld afgetrokken.'

Hij floot scherp en liet de toon langzaam wegsterven.

'Minstens duizend euro per dag,' fluisterde hij weemoedig. 'Wat een gouden handel.'

Joyce voelde hoe haar intuïtie door alle emoties en gedachten heen denderde. Nigel werd met de minuut onberekenbaarder. Ze moest nu wat ondernemen. Nigel smakte en slikte.

'God, wat krijg ik een dorst van dat geklets. Ik heb zin in een borrel. Schenk eens een whisky voor me in, Joyce.'

Hij keek haar enigszins wantrouwend aan. 'En geen geintjes.' Hij zwaaide met zijn pistool in de richting van de drankkast.

Ze stond op en liep naar de kast. Met in haar ene hand een fles en in de andere een glas knikte ze met een bezorgd gezicht in de richting van Kevin.

'Zijn wond blijft maar bloeden. Kun jij misschien...'

Hij legde zijn pistool neer, pakte het mes en stond op om naar Kevin te lopen.

‘Of ik misschien wat, Joyce?’ sarde hij en hij liet de punt van het mes langs de wond glijden waar het bloed uit sijpelde. ‘Dit doet me denken aan een klusje van een aantal weken geleden. Dat begon ook met een onschuldige snee en eindigde...’ Hij grinnikte. ‘Dat willen jullie vast niet weten.’

Ongemerkt had ze haar grip op de flessenhals verstevigd. Dit is het moment, dacht ze. Nu of nooit.

‘Niet zo treuzelen, meid. Schenk die borrel in,’ sprak Nigel onverschillig. Hij bleef gefocust op Kevins wond, terwijl Kevin zelf steeds witter wegtrok.

Met een snelle armbeweging gooide ze de fles naar Nigels hoofd.

Omdat hij zo opging in Kevins wond en zijn angst, zag hij nog net hoe Joyce haar arm hief, maar zijn hersens waren niet snel genoeg om zijn lichaam te sturen. De fles miste zijn hoofd, maar raakte vol zijn schouder. Hij slaakte een kreet en kromp ineen van de pijn.

67

In het kantoor klonk de klap van de brekende fles als een ruit die werd ingegooid. Drank en glasscherven besmeurden de grond en vormden een walmend en messcherp tapijt.

Joyce rende instinctief naar de deur. Toen ze omkeek zag ze hoe Kevin haar met een verdwaasde blik aanstaarde. Met zijn gebonden handen had hij zich niet kunnen beschermen tegen rondvliegende scherven. Voor zover ze kon inschatten, was hij niet geraakt.

Nigel herstelde zich van de klap. Hij zat op zijn knieën en probeerde zich weer op te richten. Zijn rechterhand tastte het bureau af tot zijn vingers het pistool vonden. Met een van pijn vertrokken gezicht trok hij het wapen langzaam naar zich toe. Heel even stond Joyce in dubio. Moest ze proberen het pistool van hem af te pakken of zich aan haar plan houden? Ze koos voor het laatste. Een aangeslagen Nigel bleef toch een onberekenbaar mens. In die paar passen die ze moest overbruggen, hoefde hij slechts de trekker over te halen en haar poging te ontsnappen was voor niets geweest. Ze rende het schemerduister in. Daar was ze veiliger. Prompt struikelde ze over de opstaande rand van de dansvloer. Ze viel languit en gleed een stukje door. Zonder zich te bedenken krabbelde ze overeind en liep ze zo snel mogelijk verder. De pijn registreerde ze nauwelijks. Geheel gefocust op het groene, verlichte bordje van de nooduitgang stootte ze met haar knie tegen een stoel. Ze wist met moeite overeind te blijven en slalomde langs wat tafels.

Een immens gevoel van opluchting schoot door haar heen toen ze beide handen op de stangen legde waarmee de deuren van binnenuit konden worden geopend. Eenmaal buiten zou ze met haar geschreeuw direct de aandacht van het uitgaanspubliek trekken.

Ze zette zich schrap en duwde met al haar kracht. Doordat de deuren geen centimeter weken, schoot ze door en stootte met haar hoofd tegen een metalen strip. Zonder zich te bedenken draaide ze zich een kwartslag om, duwde de stangen weer naar beneden en gebruikte haar schouder als extra breekijzer. De deuren bleven gesloten.

Achter haar klonk een lach.

'Dom, dom meisje,' sprak Nigel op neerbuigende toon. 'Dacht je nu echt dat ik daar niet aan had gedacht? Voordat ik jouw vriendje Kevin bij de voordeur opwachtte, heb ik uiteraard eerst op mijn gemak de nooduitgang geblokkeerd.'

Joyce voelde hoe de moedeloosheid haar systeem blokkeerde. Dit was het dan, ging het door haar heen. De voordeur zit op slot, de nooduitgang is geblokkeerd en die psychopaat staat me op te wachten. In een flits zag ze Jason en Bencomo voor zich. Nee, zo ging het niet eindigen. Er was nog steeds een flinke afstand tussen haar en Nigel en ze moest nu van de duisternis gebruikmaken. Op hoop van zegen liep ze verder, parallel aan de dansvloer.

Ze strekte haar armen en tastte met haar handen de omgeving af. De inrichting kon ze zich vaag voor haar geest halen, zo vaak was ze hier nu ook weer niet geweest. Ongeveer ter hoogte van waar ze nu liep lag de bar, die in de vorm van een hoefijzer was gebouwd. Die kon ze zich nog goed herinneren. Als ze eenmaal met haar handpalmen over het hout gleed, kon ze een inschatting maken van haar positie. Tenminste, daar ging ze van uit.

'Dit is zo kansloos, Joyce,' hoorde ze Nigel belerend zeggen. 'Kom gewoon naar het kantoor. Heus, ik zal je geen kwaad doen. Het was van mijn kant een spelletje en dat blijft zo. Het is een beetje uit de hand gelopen, sorry. Ik had ook wel gewild dat het allemaal anders gelopen was, maar ik kan de tijd niet terugdraaien. Nogmaals, ik beloof dat jou en Kevin niets overkomt. Ik wil wat dingen de wereld uit hebben, that's it. Daarna verdwijn ik.'

Met die 'dingen' bedoel je ons, schoft. Haar hand raakte het koele hout. Ze volgde het voetje voor voetje enkele meters tot het ophield. Ze maak-

te zich klein en verschool zich achter de bar.
'Kom op nou.' In Nigels stem klonk irritatie door. 'Wil je nu werkelijk dat ik de hele disco ga doorzoeken. Dat is toch zonde van de tijd, Joyce. Ik ken elk plekje, dus is het een kwestie van minuten voordat ik je vind.'
Ze hield zich doodstil.
'Waar ben je?! Tussen de tafeltjes? Achter de bar? Kom maar tevoorschijn!' Zijn stem klonk harder. Hij kwam dichterbij. Hij kende Freedom als zijn broekzak zodat het inderdaad een kwestie van tijd was voordat hij haar had gevonden. Ze moest iets bedenken, om zich te verdedigen, om hem uit te schakelen. Ze koesterde geen enkele hoop dat Nigel zou doen wat hij daarnet had beloofd.
Op handen en voeten kroop ze naar het midden van de bar. Behoedzaam kwam ze omhoog. Ze zag hem niet, het was te donker. Waar zou hij zijn, hoe ver was hij van haar vandaan? Ze besloot de gok te wagen.
'Blijf praten, dan kom ik naar je toe,' zei ze kortaf en ze dook weer achter de bar. Hij reageerde verrassend snel.
'Geen probleem, Joyce,' sprak hij ontwapenend. 'Ik blijf net zo lang praten als jij wilt. Neem je tijd. Ik blijf op dit punt staan zodat jij weet waar ik ben, maar weet je, ik kan ook even het licht aandoen.' Hij lachte.
Blijf waar je bent, schoft, dat is precies wat ik wil, dacht ze en ze pakte twee flessen uit het rek achter zich. Aandachtig luisterde ze naar zijn stem om in te kunnen schatten waar hij zich bevond. Tot haar opluchting kletste hij maar door, vol van zichzelf en schijnbaar ontspannen.
'Je maakt de juiste keuze. We gaan straks in alle rust praten en als alles uit de wereld is, zetten we er een dikke streep onder. Of we pakken onze vriendschap weer op, of ieder gaat zijn eigen weg. Die keuze is geheel aan jou. Hoewel het wat lastig wordt, want ik kan natuurlijk niet op Tenerife blijven.'
Elke zenuw in haar lichaam schreeuwde dat ze de flessen moest gooien. Moest ze proberen hem te raken, of moest ze de flessen juist als afleiding gebruiken? Ze wist zich nog even te beheersen. Pas op het moment dat ze bijna zeker wist waar hij was, stond ze op en gooide zo hard als ze kon de flessen in de richting van Nigels stemgeluid. Een doffe knal volgde.

Tot haar genoegen hoorde ze Nigel kreunen en vloeken. Aan zijn voetstappen te horen, liep hij bij haar vandaan.
‘En ik heb er nog meer, vuile klootzak!’ schreeuwde ze. ‘Als je weer komt krijg je de volle laag!’
Trillend van emotie en angst zakte ze door haar knieën. Voor even had ze het acute gevaar weten te bezweren. Maar het zou niet lang meer duren voordat Nigel weer een poging waagde, wist ze. En het kon nog weleens heel gevaarlijk worden als hij zijn wapen ging gebruiken.

68

Toen Bencomo de discotheek zag liggen en zag dat de deuren dicht waren, rende hij ernaartoe en hield pas in toen hij vlak voor de ingang stond. Na wat gerammel aan de deurkruk, deed hij een stap naar achteren en keek om zich heen.

De voordeur zat op slot, de neonletters waren gedoofd en de straat was verlaten. Dit klopte niet. Joyce had in hun korte gesprek niet gezegd dat Freedom gesloten was, dat wist hij absoluut zeker. Ze had hem niet gebeld dat ze iets anders was gaan doen, dus had ze Kevin ontmoet, toch? Dat leek het meest voor de hand liggend. Kevin had haar hier opgewacht, ja, daar moest hij van uitgaan. En toen? Zijn ze samen naar een andere locatie gegaan? Een bar aan de boulevard waar ze onopvallend konden spreken. Nee, dat was volstrekte onzin. Joyce zou hem zeker hebben gebeld. Behalve als dat onmogelijk was...

Hij balde zijn vuisten, haalde diep adem en dwong zichzelf rustig te blijven om helder na te denken. Een paniekaanval was nergens goed voor, dat vertroebelde slechts zijn vermogen om de situatie goed in te schatten.

De andere optie was dat ze samen naar binnen waren gegaan. Kevin wilde in zijn eigen omgeving met een vertrouwd persoon praten zonder de hinderlijke aanwezigheid van pottenkijkers. Blijkbaar was het een heel belangrijk gesprek voor hem, want met het sluiten van Freedom, nota bene in de kerstvakantie, liep hij een avond omzet mis.

Bullshit, dacht Bencomo. Als journalist was hij gewend razendsnel te analyseren en hieruit conclusies te trekken. Kevin had al eerder op de avond besloten dat Freedom niet openging. Hij had eerst het personeel op de hoogte gesteld en daarna Joyce gebeld. Hij gooide het over een andere boeg. Wat was Kevin voor een figuur? Voor zover Bencomo wist was hij een harde werker met veel ambities. Sinds kort eigen baas en vader van een zoon.

Zijn gezicht verstrakte. Pas vader geworden, vriendin met een postnatale depressie, heimelijk verliefd op zijn voormalige bazin, lokt haar met een smoes zijn eigen disco binnen? Stel dat ze binnen opgesloten was?

Hij keek om zich heen in de hoop ergens een aanknopingspunt te vinden. Het enige wat hij kon bedenken was de nooduitgang. Aan de zijkant van de disco liep een smalle gang. Het was er donker, waardoor het groen verlichte bordje van de nooduitgang goed opviel. Toen hij dichterbij kwam zag hij dat recht voor de deuren een vuilniscontainer stond waarvan de wielen werden geblokkeerd door halfvolle vuilniszakken. De zakken waren zo geplaatst dat de container geen kant op kon. Vreemd en onverantwoord.

Opeens klonk er van achter de deur muziek. Hij dacht zelfs een stem te horen, maar dat kon ook verbeelding zijn.

De container verplaatsen en de deur intrappen was het eerste wat in hem opkwam. Met moeite wist hij zich te beheersen. Hij wist niet wat hij achter de deuren aan zou treffen en kon het risico nu niet nemen. Hij pakte zijn mobiele telefoon, belde inspecteur Lujan en legde hem de situatie in korte zinnen uit. Nadat hij het gesprek had beëindigd, begon hij met het verplaatsen van de vuilniszakken.

69

Opeens ging er licht aan. Paars licht. Ze zag de tap en de spiegel, die als achterwand diende voor de rekken waarin de flessen stonden. Overal zag ze kleine glinsteringen overheen glijden. De discobal. Waarom had hij niet het gewone licht aangedaan? Dan kon hij haar toch veel makkelijker vinden? Tenzij dit niet meteen de bedoeling was. Wat was die man onberekenbaar en arrogant. Hij nam de tijd, zeker van zijn eigen kunnen en kracht, zeker dat ze hier niet wist te ontsnappen of hem nog iets aan kon doen. Er klonk muziek. Het onmiskenbare intro van *Staying Alive* van The Bee Gees vulde de ruimte. Eerst zachtjes, daarna werd het volume langzaam opgevoerd tot een acceptabel geluid, een soort achtergrondmuziek.

Abrupt werd de muziek zachter gezet. 'Volgens het boekje zou ik nu moeten dreigen iets lelijks met Kevin uit te halen als jij niet snel tevoorschijnt komt,' sprak hij met de flair van een dj die over een hopeloze timing beschikte.

'Of ik zou je kunnen verblinden met een van de lampen en je overhoop schieten. Maar ik ben geen crimineel, Joyce. Integendeel, onze vriendschap is voor mij van grote waarde. Die wil ik weer terugwinnen. Daarom geef ik je alle rust om na te denken over een beslissing. Hiervoor krijg je het hele nummer de tijd.'

Zie je wel, hij zag het nog steeds als een spelletje! Terwijl de muziek weer aanzwol, dwong ze zichzelf snel een beslissing te nemen. Ze zou niet het hele nummer uitzitten. Bovendien was hij zo onbetrouwbaar dat ze hem niet meer geloofde. Op haar hurken sloop ze langs de bar. Het licht kon ze in haar voordeel gebruiken. Haar blik viel op een spleet in het houtwerk. Ze kroop onder de tap en boog haar bovenlichaam naar voren.

Met een oog keek ze door de smalle opening.
Nigel stond rechtop in het hokje waar de dj normaal gesproken zijn muziek draaide. Hij schudde met zijn hoofd op het ritme van de muziek. Tijdens het refrein wiegde hij met zijn bovenlijf en maakte met zijn arm schokkende bewegingen. Hij was gek, volkomen doorgedraaid. Wapens, dacht Joyce. De bar staat er vol mee. Flessen drank, alcohol. Nigel stond te ver weg om hem nogmaals nauwkeurig te kunnen raken. Ze zou naast hem moeten staan om een paar flessen op zijn schedel kapot te kunnen slaan. Andere oplossing. Alcohol en vuur? Bij brand zouden de sprinklers automatisch beginnen te werken. De brandweer rukt uit en binnen een kwartier sta je buiten. Hoe noemen ze zo'n bom ook alweer? O, ja, een molotovcocktail. Een fles drank met een hoog alcoholpercentage, wodka of rum, lont erin, aansteken, wegwerpen en boem! De lont kun je maken van een doekje. Daarvan liggen er genoeg achter de bar. Nu nog het vuur. Een aansteker, een doosje lucifers? Dat moet in een bar toch wel ergens te vinden zijn?!
Wat wist zij nou van molotovcocktails. Bovendien waren de risico's groter dan de winst. Als de brand uit zou slaan en de sprinklers het niet aankonden, zou ze stikken, zichzelf levend verbranden voordat er ook maar iemand binnen had kunnen komen. De laatste tonen van het nummer stierven weg. Nigel stond nog op dezelfde plaats. Hij bediende het paneel voor hem en begon door de microfoon te spreken.
'Back to the seventies met de titelsong van *Saturday Night Fever*, een onvergetelijke klassieker die de oudjes onder ons terug op de dansvloer bracht. Jammer dat een reünie van The Bee Gees onmogelijk is.' Hij lachte uitbundig om zijn eigen grap.
'Maar dat hoeft niet voor ons te gelden, Joyce. Wij kunnen met elkaar om de tafel zitten en besluiten als vrienden verder te gaan.'
Joyce hield zich stil. Hij probeerde haar uit haar tent te lokken. Zij zou voor zichzelf bepalen wanneer er weer contact zou zijn en als het aan haar lag, gebeurde dit nooit meer.
Wederom klonk de intro van *Staying Alive* door de discotheek. Nigel stapte uit het hok en wandelde op zijn dooie gemak naar het danspodi-

um. Hij ging in het midden staan en begon ritmisch met zijn heupen te bewegen. In zijn rechterhand hield hij het pistool vast. Hij strekte zijn arm en zwenkte de loop langzaam heen en weer.

Whether you're a brother or whether you're a mother, you're
staying alive, staying alive. Feel the city breaking and everybody shaking and
we're staying alive, staying alive.
Ah, ha, ha, ha, staying alive, staying alive.
Ah, ha, ha, ha, staying alive.

Hij deed eerst een stap vooruit, daarna vier naar rechts om met een serie van acht aan de linkerkant van de dansvloer te eindigen. Terwijl hij met een snelle inspectie de ruimtes tussen de banken en de stoelen verkende, hield hij gedurende dit idiote dansje zijn pistool recht vooruit gericht. Zelfs nu maakte hij er nog een show van, dacht Joyce. Alsof hij het allemaal niet zo serieus neemt. Háár niet serieus neemt. Hij wist wel dat ze hier ergens moest zitten, maar niet precies waar. Ze moest iets bedenken om hem achteruit te drijven.
Zijn linkerarm bungelde langs zijn lichaam en in zijn hals zat een donkere vlek. Bloed? Het had hetzelfde effect op haar als doping. Als ze toch met een fles dicht in zijn buurt kon komen, had ze kans hem nog meer te verwonden. Uit het rek achter zich pakte ze weer twee flessen. Door de kier in het hout zag ze hem dansend, eerder zwalkend, dichterbij komen. Nu zag ze de verkrampte trek op zijn gezicht. Hij hield zijn kaken stijf op elkaar en ademde zwaar door zijn neus. Er stroomde bloed uit een wond onder zijn oor. Mocht ze nog ergens diep in haar hart een beetje twijfel over zijn toestand hebben gekend, dan was dit op slag verdwenen. De haat droop van zijn gezicht.
Ze kwam omhoog en wierp de flessen met alle kracht die ze in zich had naar zijn hoofd. Een fractie van een seconde kruisten hun blikken. Ze zag hoe Nigel het pistool op haar richtte, aarzelde en ineendook om zichzelf tegen het vliegende glas te beschermen. Ze liet zich snel achter de bar vallen. Toen ze op de vloer lag, ontplofte Nigel.

'Pokkenwijf!' gilde hij. 'Dat zal je berouwen!'
De muziek was gestopt. 'Kom maar, schoft,' gromde Joyce tegen Nigel, die recht op haar afkwam en zijn pistool op de bar richtte. Ze pakte weer een fles drank uit het rek. Een harde klap deed haar verstijven. De deur van de nooduitgang sloeg uit zijn hengsels en belandde op de vloer. Ook Nigel stond even aan de grond genageld. Hij herstelde zich snel en draaide naar de plek waar het geluid vandaan was gekomen.
Twee politieagenten droegen een stormram. Inspecteur Felipe Lujan glipte met getrokken pistool langs hen heen. Voor het podium bleef hij staan en richtte het wapen op Nigel.
'Leg uw wapen neer!'
Nigel keek hem verbouwereerd aan.
'Ik moet het wapen neerleggen?!' vroeg hij met een verongelijkt gezicht. 'Wat dacht je ervan om die groupie hier en die slijmjurk daar te arresteren? Zíj hebben mij in de problemen gebracht, zonder hun inmenging was er niets aan de hand geweest.'
Hij spreidde beide armen en keek om zich heen.
'Dan was dit allemaal nog van mij geweest. Alles!'
Lujan verstrakte. Als het onvermijdelijke zich aandiende zou hij niet aarzelen om te doen wat hij moest doen.
'Leg dat wapen neer of ik schiet.'
Ondanks de dreiging in de stem van de inspecteur leek Nigel niet van plan zich over te geven. Hij haalde laconiek zijn schouders op en keek uitdagend naar Lujan en de twee politiemannen, die inmiddels ook hun dienstpistool hadden getrokken.
'Moet ik daar soms bang van worden? Een stelletje snotneuzen met geweertjes? Fuck it!' Hij richtte zijn pistool op Lujan.
De kogels uit drie dienstpistolen sloegen in Nigels lichaam. Hij wankelde, keek stomverbaasd naar het drietal, zeeg op de dansvloer neer en bleef daar bewegingloos liggen.
Joyce sloeg van afschuw haar hand voor haar mond en keek toe hoe Lujan zich over het lichaam boog en constateerde dat Nigel geen hartslag meer had.

Nog in trance van het drama wat zich voor haar ogen had afgespeeld, realiseerde ze zich pas dat Bencomo naast haar stond toen hij een arm om haar heen legde.
'Rustig maar,' fluisterde hij. 'Het is voorbij.'
'Kevin is gewond,' stamelde ze. 'Hij moet naar het ziekenhuis.'
Bencomo drukte haar nog dichter tegen zich aan.
'Dat komt in orde.'
Terwijl inspecteur Lujan door een mobilofoon sprak en de twee politiemannen Kevin ondersteunden, liepen ze naar de vernielde nooduitgang van Freedom. Eenmaal buiten bleven ze op Kevin wachten, die even later kwam aanstrompelen. Hij maakte zich los van de twee dienders en omarmde Joyce.
'Je was geweldig,' fluisterde hij. 'Zonder jou was ik nu...'
'Ga naar het ziekenhuis, Kevin,' interrumpeerde ze. 'We zien elkaar morgen.'
Hij drukte een kus op haar wangen, knikte naar Bencomo en gaf hem een vriendschappelijke tik op zijn arm. Met in zijn kielzog de twee politieagenten strompelde hij naar de ambulance die de straat in reed.
'Lijkt het u niet verstandig om ook naar het ziekenhuis te gaan?' vroeg Lujan, die net kwam aanlopen.
'Ik mankeer niets,' antwoordde Joyce. 'Ik wil naar huis.'
Lujan aarzelde. Hij had zoveel vragen en formulieren in te vullen. Eigenlijk kon hij haar niet zomaar laten weglopen, dat was niet bepaald volgens het boekje. En misschien was ze wel in shock, ze moest eigenlijk toch even een arts zien. Toen hij haar vermoeide en smekende blik zag, wist hij dat hij het kort moest houden.
'Als ik u nu vraag kort te vertellen wat er is gebeurd, kan ik er dan op rekenen dat u zich morgenochtend op het bureau meldt voor een uitgebreidere verklaring?'
Joyce knikte.
Ze namen plaats aan een tafeltje en Joyce probeerde zo zakelijk mogelijk haar verhaal te doen vanaf het moment dat Kevin haar belde, tot de politie binnendrong. Ze verbaasde zich over haar eigen kalmte. Zou de

klap later komen? Lujan noteerde haar verhaal in steekwoorden en bedankte haar.
'Tot morgen, dan.'
'Bedankt, inspecteur.'
Even was er een blik van verstandhouding tussen de twee mannen.
'Graag gedaan. Zonder uw man was het trouwens anders afgelopen. Hij vertrouwde het niet en belde mij.'
Bencomo wachtte haar reactie niet af. Met zachte dwang trok hij haar mee, wat eigenlijk niet nodig was, want Joyce liet zich gewillig meevoeren. Ze slenterden dicht tegen elkaar aan in de richting van de promenade. Toen ze daar eenmaal waren aanbeland, lieten ze het langzame wandeltempo nog wat zakken.
Joyce keek om zich heen. Het was alsof ze naar een andere wereld keek. Toeristen, palmbomen, proppers, auto's, neonverlichting, mensen die plezier maakten, mensen die aangeschoten waren. Alles leek opeens niet meer zo vanzelfsprekend. Het had niet veel gescheeld of al die gewone dingen waren nooit meer een onderdeel van haar leven geweest. Om maar te zwijgen over de mensen van wie ze hield. Ze leefde en datzelfde gold godzijdank voor haar geliefden en echte vrienden.
Straks als ze thuis was, kon ze zich laten gaan. Nu was er vooral de opluchting. Ze hield haar pas in en keek Bencomo aan.
'Weet je wat ik me de hele avond al afvraag?'
Hij trok zijn wenkbrauwen op.
'Of jij die fles wijn al had opengetrokken,' zei ze.
Hij lachte uitbundig. De opgebouwde spanning en zenuwen, wist ze, terwijl ze met hem mee lachte. Ook voor haar was het een uitlaatklep. Voordat ze het doorhad ging het lachen in huilen over. Het was zo'n bevrijding om even niet meer sterk te hoeven zijn. Bencomo zei niks en hield haar vast. Toen ze weer wat kalmeerde en zich weer bewust van haar omgeving werd, haalde ze diep adem. Het zou nog wel zwaar worden om over alles heen te komen, maar dat was van later zorg. Nu wilde ze genieten van het leven. Het was alsof Bencomo haar precies aanvoelde.

'Weet je wat ik me al een tijdje afvraag?'
'Geen flauw idee,' mompelde ze in zijn shirt.
'Of jij met me wilt trouwen.' Hij stapte wat naar achteren zodat ze elkaar aan konden kijken. Joyce glimlachte.
'Alweer?' zei ze en ze trok hem dichter tegen zich aan.

Dankwoord

Wederom heeft redacteur Juliette van Wersch van een manuscript een goedlopend verhaal weten te maken. Mijn dank is groot.

Suzanne Vermeer

Jeroen zat op zijn knieën aan de rand van de kunstmatige Nijl. Zijn ogen waren tweemaal zo groot als normaal en uit zijn blik sprak volledige wanhoop. Met zijn vingers trok hij als een waanzinnige aan zijn haren. Zijn asgrauwe gezicht behoorde toe aan een man die per vergissing een enkele reis naar de hel had genomen en zich realiseerde dat zijn leven voorbij was.
Naast hem bogen vier medewerkers van het hotel zich beurtelings over twee levenloze kinderen.

ISBN 978 90 229 9607 2

Suzanne Vermeer

All-inclusive

Jeroen en Chantal van der Schaaf hebben met hun tweeling een all-inclusive vakantie naar Turkije geboekt: een compleet pakket van vlucht, verblijf, eten, drank en amusement. Maar dan slaat het noodlot toe. Jeroen, die heeft beloofd op de kinderen te letten, valt in slaap en in die tijd verdrinken de tienjarige Max en Dennis in het zwembad.

Het leven dat Jeroen en Chantal tot dat moment had toegelachen, verandert in een nachtmerrie. Dan krijgt Chantal uit betrouwbare bron te horen dat de dood van Max en Dennis vermoedelijk geen incident was. Langzaam maar zeker komt ze erachter welke schokkende praktijken de grote hotelketens hanteren om het all-inclusive systeem tot een succes te maken...

'Een van de grootste bestsellers op Schiphol van het afgelopen jaar.' – AKO SCHIPHOL

'Het boek leest als een trein.' – CHICKLIT.NL

Ze zag hoe hij op de richel sprong. Heel voorzichtig liep hij in haar richting. Ze dwong zichzelf onbeweeglijk te blijven zitten. Linkerknie gebogen, de rechter op de grond. Als een sprinter die op het startschot wachtte. In het vale licht zouden haar contouren het meest lijken op die van een gebroken vrouw. Steunend op één knie, wachtend op de genadeklap. Totale overgave. Toen hij haar tot op minder dan drie meter was genaderd, haalde ze diep adem en spande haar spieren.

ISBN 978 90 229 9608 9

Suzanne Vermeer

De vlucht

Dagmar Vredeling heeft het prima voor elkaar. Ze werkt met plezier als stewardess en woont al twee jaar samen met haar vriend Ruben. Dat verandert allemaal op slag wanneer ze erachter komt dat Ruben vreemdgaat. En dat verraad is pas het begin. In de daaropvolgende weken verspreidt Ruben allerlei leugens over haar. Vrienden laten haar als een baksteen vallen en haar werkgever ontvangt ernstige klachten van collega's en passagiers.

Dan krijgt Dagmar een schokkend telefoontje uit Mallorca. Haar vriendin Marianne, die daar als reisleidster werkt, is vermoord. Vastberaden om zich niet bij alle tegenslagen in haar leven neer te leggen, neemt Dagmar een besluit. Ze zal de waarheid over de dood van haar vriendin achterhalen en reist af naar het vakantie-eiland. Daar komt ze terecht in een criminele wereld van schone schijn, veel geld en grote belangen…

'Suzanne Vermeer trekt je in een beangstigende wereld van bedrog en intimidatie.' – EZZULIA.NL

Het bloed was uit Isabels gezicht getrokken. Haar pupillen waren groot. Ze keek alsof ze een aanstormende trein zag en geen kant op kon. Haar mond stond iets open, woorden leken in haar keel te blijven steken. Met verstikte stem zei ze: 'We komen eraan.' Daarna legde ze de hoorn op de haak. Haar ogen waren vochtig, haar blik angstig. 'Bibi wordt vermist.'

ISBN 978 90 229 9522 8

Suzanne Vermeer

Zomertijd

Koen en Isabel hebben allebei een zeer verantwoordelijke en drukke baan. Wanneer de schoolvakantie aanbreekt, komen ze in de problemen. Hun dochtertje Bibi zou, voordat ze zelf met vakantie gaan, een week bij opa en oma logeren. Maar Isabels vader krijgt een hartinfarct en moet in het ziekenhuis worden opgenomen.
Naast de zorgen die ze om zijn gezondheid hebben, moeten ze opvang voor Bibi zien te regelen. Op aanraden van een collega van Koen brengen ze haar naar een zomerkamp.

Elke dag bellen ze met hun dochter om zich gerust te stellen. Totdat ze een telefoontje krijgen dat Bibi is verdwenen... Een grootscheepse zoekactie levert niets op. Dan neemt een vreemde contact op met Isabel. Als ze haar dochter ooit nog terug wil zien, zal ze een hoge persoonlijke prijs moeten betalen.

'Deze thriller vráágt om een verfilming.' – ESTA

'Is er nieuws?' Haar tong struikelde bijna over de woorden.
'Er is nieuws,' sprak de man op een ingehouden toon. 'De zoekoperatie is zojuist beëindigd. Uw man is niet gevonden.'
Ze hoorde hoe hij zijn adem inhield om naar de juiste formulering te zoeken. 'Het spijt me om u dit te moeten mededelen, mevrouw Van Rijnsburg.'
Hij haperde even. 'Uw man is nu officieel vermist.'

ISBN 978 90 229 9677 5

Suzanne Vermeer

Cruise

Heleen en Frank zijn vijftien jaar getrouwd. Kinderen hebben ze nooit gekregen, hoewel Heleen dat graag had gewild. Als touroperator is Frank vaak van huis. Op een dag komt hij onverwacht eerder thuis en verrast hij Heleen met een romantische cruise ter ere van hun jubileum. De reis is geweldig, totdat Frank verdwijnt… Heleen is in alle staten, maar hij wordt niet gevonden. Gebroken keert ze terug naar Nederland. Na een paar moeilijke maanden nemen twee verzekeringsmaatschappijen contact met haar op. Heleen komt erachter dat Frank een dubbelleven leidde en een kant had die ze nooit had verwacht. Dan gaat bij haar de knop om en zet ze alles op alles om achter de waarheid te komen. Dat wordt haar niet in dank afgenomen…

'Met Cruise *bewijst de auteur definitief haar kwaliteiten.'* – EZZULIA.NL